CB128188

MEMÓRIAS de um SARGENTO de MILÍCIAS

manuel antônio de almeida

textos informativos: fátima mesquita

8ª impressão

PANDA BOOKS

© Panda Books

Direção comercial
Marcelo Duarte
Patth Pachas
Tatiana Fulas

Gerente editorial
Vanessa Sayuri Sawada

Assistentes editoriais
Henrique Torres
Laís Cerullo

Assistente de arte
Samantha Culceag

Projeto gráfico, diagramação e capa
Casa Rex

Colaboração
Denise Dambros
Leonardo Lanna

Estabelecimento de texto
Ronald Polito

Preparação
Ab Aeterno

Revisão
Tatiana Malheiro
Luciana Moreira

Imagens
iStockphoto
MAClarke21/ CC BY 2.0 (p. 39)

Impressão
Corprint

Este livro foi estabelecido com base na primeira edição de 1854, publicada por Typographia Brasiliense de Maximiano Gomes Ribeiro, Rio de Janeiro; na segunda edição de 1862, publicada por Typ. do Commercio de Joaquim F. Nunes, Pelotas; na edição de 1969, publicada por Insituto Nacional do Livro, Ministério da Educação e Cultura, Rio de Janeiro; e na edição de 2004, publicada por Ática, São Paulo.

CIP – BRASIL. CATALOGAÇÃO NA PUBLICAÇÃO
SINDICATO NACIONAL DOS EDITORES DE LIVROS, RJ

Almeida, Manuel Antônio de, 1830-1861
Memórias de um sargento de milícias/ Manuel Antônio de Almeida.
São Paulo: Panda Books, 2015. 264 pp.: il.

ISBN 978-85-7888-217-4

1. Romance brasileiro. I.Título.

12-1146 CDD: 910
CDU: 913

2024
Todos os direitos reservados à Panda Books.
Um selo da Editora Original Ltda.
Rua Henrique Schaumann, 286, cj. 41
05413-010 – São Paulo – SP
Tel./Fax: (11) 3088-8444
edoriginal@pandabooks.com.br
www.pandabooks.com.br
Visite nosso Facebook, Instagram e Twitter.

FSC
www.fsc.org
MISTO
Papel | Apoiando uma gestão florestal responsável
FSC® C121203

Nenhuma parte desta publicação poderá ser reproduzida por qualquer meio ou forma sem a prévia autorização da Editora Original Ltda. A violação dos direitos autorais é crime estabelecido na Lei nº 9.610/98 e punido pelo artigo 184 do Código Penal.

O QUE É UM CLÁSSICO?

Não sei você, mas pra mim "clássico" mesmo é jogo de futebol, tipo Fla X Flu, Coringão X Porco, Brasil X Argentina. Só que, na escola, os professores de português e de literatura cismavam em dizer que "clássico" eram os livros chatos que eles queriam porque queriam que a turma toda lesse. Ah, e não bastava empurrar pra cima da gente livro velho de fala complicada que a gente mal entendia. Além disso, eles ainda queriam que a gente fizesse exercício e prova sobre os textos. Pode haver castigo maior? E por que é assim?

Na minha aventura para tentar entender esse grande mistério da humanidade, comecei checando no dicionário o que quer dizer a palavra "clássico". A definição varia de A a Z, mas lá pelas tantas diz mais ou menos assim: "Obra que se mantém ao longo dos tempos, que se tornou um modelo de inspiração, que pela sua qualidade obteve consagração definitiva".

Beleza. Pra mim, saber melhor o que é considerado um "clássico" já ajudava a entender muita coisa, mas não mudava a minha opinião de que os clássicos eram uns chatos de galocha! E eu segui batendo nessa tecla por muito tempo, até que resolvi reler livros que eu havia empurrado com a barriga na escola pra ver se dava para acabar com essa conversa de sempre: de que os tais "clássicos da literatura brasileira" eram uns livros mais chatos que bêbado contando sonho. E, galera, vou admitir: quanto mais eu lia, mais eu gostava do que eu lia e mais eu me espantava com isso :)

E O TALENTO FOI POR ÁGUA ABAIXO

Manuel Antônio de Almeida nasceu numa família pobre, no Rio de Janeiro, em novembro de 1830. Era filho do tenente Antônio de Almeida com a dona de casa Josefina Maria de Almeida e ficou órfão de pai muito cedo, por volta dos 11 anos. Mesmo assim, ele conseguiu estudar medicina, enquanto pagava as contas trabalhando como jornalista, cronista, crítico literário e escritor.

Também foi funcionário público, administrando a Tipografia Nacional e trabalhando na Secretaria da Fazenda, até que cismou de virar candidato ao que hoje seria um deputado estadual. Só que deu tudo muito errado: ao preparar-se para as eleições, o escritor embarcou numa viagem no navio a vapor *Hermes*, do Rio para a cidade de Campos. No dia 28 de novembro de 1861, com apenas 31 anos, Manuel morreu vítima de um naufrágio que aconteceu na altura de Macaé.

FOLHETIM E FAMA

Por ter morrido tão novo, a obra dele não é muito extensa. Fora este livro aqui, ele escreveu uma peça de teatro, um libreto de ópera, a tese de doutoramento em medicina e uns poemas aqui e ali. Estas *Memórias* que você está prestes a curtir saíram primeiro como folhetim – uma espécie de novela, que era impressa em capítulos nos jornais, e que o povo seguia tão apaixonadamente como hoje em dia a gente acompanha novela e seriado na TV. Os capítulos foram publicados durante um ano, de junho de 1852 a julho do ano seguinte, e sem assinatura. Só em 1854 é que saiu a primeira metade da coleção completa dos capítulos, seguida, em 1855, pela metade final, e ainda assim sem o nome do autor. A primeira vez que o livro foi publicado com o nome de Manuel foi em 1863, mas, infelizmente, ele já estava morto.

Mas por que este livro é considerado um clássico? Primeiro, porque ele é bem escrito. A narrativa dele é envolvente. Se você não ficar com preconceitos e passear na boa por um português que não é igualzinho ao que a gente fala hoje, vai ver que o enredo é legal, cheio de viradas, confusões e muito humor.

Além disso, na época, este livro foi uma grande inovação porque, naquela altura, os escritores estavam numa onda de escrever coisas que pintavam um mundo ideal, que não tinham nada a ver com a realidade, ou seja, eles estavam deitando e rolando num estilo literário que ficou conhecido como Romantismo. Mas nas *Memórias*, Manuel passa longe disso. O cara saiu retratando a vida do Rio de um modo realista, bem do jeito como ela era no comecinho do século XIX, quando a corte portuguesa estava arranchada cá no Brasil. E fez isso usando uma linguagem bem coloquial, num tom direto, bem-humorado, sem se preocupar em seguir a moral e fazendo, assim, um livro bem popular na época.

O PICARETA E O PICARESCO

O mais legal, aliás, é isso mesmo: é ver como o autor meio que tira uma fotografia do modo como o povão vivia naquele tempo. E isso era uma perspectiva bem diferente, já que antes os autores andavam escrevendo sempre do ponto de vista da nata, dos ricaços de então. E aí, pra culminar, Manuel também vem com um personagem principal que é um anti-herói – isso mesmo: o tal do Leonardo é o maior folgado, querendo sempre se dar bem sem fazer esforço algum.

Na verdade, por conta dessa coisa malandra, os especialistas dizem que este livro tem a ver com o que é chamado de romance picaresco, que teve sua origem na Espanha e nos remete à palavra "pícaro", usada para referir-se àqueles que vivem de pequenos golpes, de trapaças, de malandragem pura. E vem daí a palavra "picareta", no sentido de ser uma pessoa sacana, em quem a gente não pode confiar. O pícaro ou picareta apronta essas coisas pra garantir seu sustento, sua sobrevivência, e é exatamente isso o que o Leonardo faz, dando sempre um jeitinho de se sair bem.

Se você não cismar de sofrer com a língua que é, claro, diferente do português que a gente usa hoje em dia, você vai dar boas risadas com a malandragem que corre solta nas páginas deste livro, que tem capítulos curtos, muito fáceis de devorar aos pouquinhos, sem sofrer. E pra te dar uma mãozinha extra, a gente ainda lotou o texto de **explicações** e **links** bem espertos pra sua leitura ficar ainda mais suave e tranquila. Você vai ver que esta história, escrita há mais de 160 anos, tem tudo a ver com a nossa vida hoje. Então, deixa o bode de lado, desamarra essa tromba de quem está sendo obrigado a ler um livro e tente curtir, na boa, o que tem de engraçado e interessante nesta trama.

Vale a pena tentar!

Fátima Mesquita

Fotos para contextualizalizar a cena.

Sugestões de pesquisa na internet.

Comentários curtos e curiosidades.

Dicas de vídeos para assistir online.

Significado de palavras e expressões em vermelho.

SUMÁRIO

TOMO I

TOMO II

TOMO I

I

ORIGEM, NASCIMENTO E BATIZADO

Era no tempo do rei.

Uma das quatro esquinas que formam as ruas do Ouvidor e da Quitanda, cortando-se mutuamente, chamava-se nesse tempo — *O canto dos meirinhos* —; e bem lhe assentava o nome, porque era aí o lugar de encontro favorito de todos os indivíduos dessa classe (que gozava então de não pequena consideração). Os meirinhos de hoje não são mais do que a sombra caricata dos meirinhos do tempo do rei; esses eram gente temível e temida, respeitável e respeitada; formavam um dos extremos da formidável cadeia judiciária que envolvia todo o Rio de Janeiro no tempo em que a demanda era entre nós um elemento de vida: o extremo oposto eram os desembargadores. Ora, os extremos se tocam, e estes, tocando-se, fechavam o círculo dentro do qual se passavam os terríveis combates das citações, provarás, razões principais e finais, e todos esses trejeitos judiciais que se chamava o *processo*.

Com a invasão de Portugal pelo Exército Francês de Napoleão, d. João VI e sua turma – que somava nada menos que umas 15 mil pessoas – se meteram no mar a bordo de 35 navios, desembarcando no Rio de Janeiro em março de 1808. Portanto, a história aqui contada se passa no século XIX.

Daí sua **influência moral**.

Mas tinham ainda outra influência, que é justamente a que falta aos de hoje: era a influência que derivavam de suas condições físicas. Os meirinhos de hoje são homens como quaisquer outros; nada têm de imponentes, nem no seu semblante nem no seu trajar, confundem-se com qualquer procurador, escrevente de cartório ou contínuo de repartição. Os **meirinhos** desse belo tempo não, não se confundiam com ninguém; eram originais, eram tipos: nos seus semblantes transluzia um certo ar de majestade forense, seus olhares calculados e sagazes significavam **chicana**. Trajavam sisuda casaca preta, calção e meias da mesma cor, sapato afivelado, ao lado esquerdo aristocrático espadim, e na ilharga direita penduravam um círculo branco, cuja significação ignoramos, e coroavam tudo isto por um grave chapéu armado. Colocado sob a importância vantajosa destas condições, o meirinho usava e abusava de sua posição. Era terrível quando, ao voltar uma esquina ou ao sair de manhã de sua casa, o cidadão esbarrava com uma daquelas solenes figuras que, desdobrando junto dele uma folha de papel, começava a lê-la em tom confidencial! Por mais que se fizesse não havia remédio em tais circunstâncias senão deixar escapar dos lábios o terrível — *Dou-me por citado.* — Ninguém sabe que significação fatalíssima e cruel tinham estas poucas palavras! eram uma sentença de peregrinação eterna que se pronunciava contra si mesmo; queriam dizer que se começava uma longa e afadigosa viagem, cujo termo bem distante era a caixa da Relação, e durante a qual se tinha de pagar importe de passagem em um sem-número de pontos, o advogado, o procurador, o inquiridor, o escrivão, o juiz, inexoráveis **Carontes**, estavam à porta de mão estendida, e ninguém passava sem que lhes tivesse deixado, não um **óbolo**, porém todo o conteúdo de suas algibeiras, e até a última parcela de sua paciência.

Mas voltemos à esquina. Quem passasse por aí em qualquer dia útil dessa abençoada época veria sentado em assentos baixos, então usados, de couro, e que se denominavam — cadeiras de campanha — um grupo mais ou menos numeroso

Sabe aqueles VIPs que conseguem tudo o que querem? Tipo isso.

Meirinho é o que hoje conhecemos como oficial de justiça. Ele era uma espécie de supercarteiro que executava ordens de prisão, entrega de intimações para depor, ou penhorar bens e outros mandatos judiciais.

Chicana é um termo judicial e formal para "problema".

Caronte: na mitologia grega, moedas eram colocadas sobre os olhos dos mortos como pagamento a Caronte, o barqueiro que os transportava para o mundo inferior.

Óbolo: moeda grega de pouco valor.

Fidalgo vem da expressão "filho de algo". Eram as celebridades da época.

Se nessa época já existisse futebol, o tema nas rodas de conversa seria a tabela do Campeonato Brasileiro.

dessa nobre gente conversando pacificamente em tudo sobre que era lícito conversar: na vida dos **fidalgos**, nas **notícias do Reino** e nas astúcias policiais do Vidigal. Entre os termos que formavam essa equação meirinhal pregada na esquina havia uma quantidade constante, era o **Leonardo-Pataca**. Chamavam assim a uma rotunda e gordíssima personagem de cabelos brancos e carão avermelhado, que era o decano da corporação, o mais antigo dos meirinhos que viviam nesse tempo. A velhice tinha-o tornado moleirão e pachorrento; com sua vagareza atrasava o negócio das partes; não o procuravam; e por isso jamais saía da esquina; passava ali os dias sentado na sua cadeira, com as pernas estendidas e o queixo apoiado sobre uma grossa bengala, que depois dos cinquenta era a sua infalível companhia. Do hábito que tinha de queixar-se a todo o instante de que só pagassem por sua citação a módica quantia de 320 réis, lhe viera o apelido que juntavam ao seu nome.

O Leonardo-pai tinha o apelido de Pataca, nome de uma moeda de prata que circulou no Brasil. Uma moeda valia 320 réis. Você sabia que a pataca existe até hoje no Timor-Leste e em Macau?

Sua história tem pouca cousa de notável. Fora Leonardo algibebe em Lisboa, sua pátria; aborrecera-se porém do negócio, e viera ao Brasil. Aqui chegando, não se sabe por proteção de quem, alcançou o emprego de que o vemos empossado, e que exercia, como dissemos, desde tempos remotos. Mas viera com ele no mesmo navio, não sei fazer o quê, uma certa Maria da hortaliça, quitandeira das praças de Lisboa, saloia rechonchuda e bonitota. O Leonardo, fazendo-se-lhe justiça, não era nesse tempo de sua mocidade mal-apessoado, e sobretudo era maganão. Ao sair do **Tejo**, estando a Maria encostada à borda do navio, o Leonardo fingiu que passava distraído por junto dela, e com o ferrado sapatão assentou-lhe uma valente pisadela no pé direito. A Maria, como se já esperasse por aquilo, sorriu-se como envergonhada do gracejo, e deu-lhe também em ar de disfarce um tremendo beliscão nas costas da mão esquerda. Era isto uma declaração em forma, segundo os usos da terra: levaram o resto do dia de namoro cerrado; ao anoitecer passou-se a mesma cena de pisadela e beliscão, com a diferença de serem desta vez um pouco mais fortes; e no dia seguinte estavam os dous amantes tão extremosos e familiares, que pareciam sê-lo de muitos anos.

Tejo é o principal rio de Portugal.

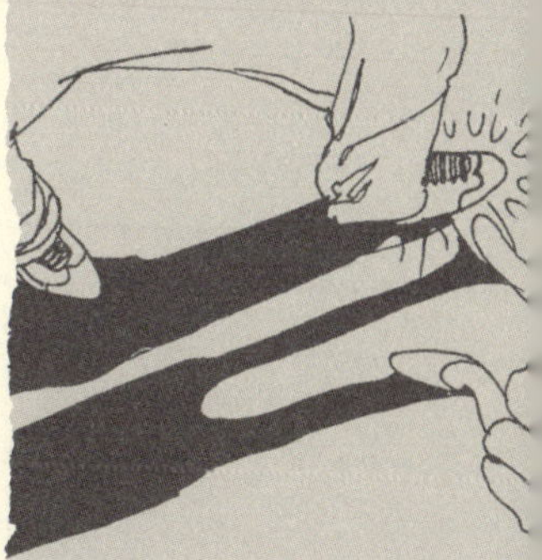

Quando saltaram em terra começou a Maria a sentir certos enojos: foram os dous morar juntos: e daí a um mês manifestaram-se claramente os efeitos da pisadela e do beliscão; sete meses depois teve a Maria um filho, formidável menino de quase três palmos de comprido, gordo e vermelho, cabeludo, esperneador e chorão; o qual, logo depois que nasceu, mamou duas horas seguidas sem largar o peito. E este nascimento é certamente de tudo o que temos dito o que mais nos interessa, porque o menino de quem falamos é o herói desta história.

Chegou o dia de batizar-se o rapaz: foi madrinha a parteira; sobre o padrinho houve suas dúvidas: o Leonardo queria que fosse o Sr. juiz; porém teve de ceder a instâncias da Maria e da comadre, que queriam que fosse o barbeiro de defronte, que afinal foi adotado. Já se sabe que houve nesse dia **função**: os convidados do dono da casa, que eram todos dalém-mar, cantavam ao desafio, segundo seus costumes; os convidados da comadre, que eram todos da terra, dançavam o fado. O compadre trouxe a **rabeca**, que é, como se sabe, o instrumento favorito da gente do ofício. A princípio o Leonardo quis que a festa tivesse ares aristocráticos, e propôs que se dançasse o **minuete** da corte. Foi aceita a ideia, ainda que houvesse dificuldade em encontrarem-se pares. Afinal levantaram-se uma gorda e baixa matrona, mulher de um convidado; uma companheira desta, cuja figura era a mais completa antítese da sua; um colega do Leonardo, miudinho, pequenino, e com fumaças de gaiato, e o sacristão da Sé, sujeito alto, magro e com pretensões de elegante. O compadre foi quem tocou o minuete na rabeca; e o afilhadinho, deitado no colo da Maria, acompanhava cada arcada com um guincho e um esperneio.

Função: trabalho.

Rabeca é um instrumento musical precursor do violino e que acompanhava o canto e a dança. Até o século XX, em Portugal, era o nome dado ao violino moderno.

Assista a vídeos do minuete no YouTube.

Isto fez com que o compadre perdesse muitas vezes o compasso, e fosse obrigado a recomeçar outras tantas.

Depois do minuete foi desaparecendo a cerimônia, e a brincadeira *aferventou*, como se dizia naquele tempo. Chegaram uns rapazes de viola e machete: o Leonardo, instado pelas senhoras, decidiu-se a romper a parte lírica do divertimento. Sentou-se num tamborete, em um lugar isolado da sala, e tomou uma viola. Fazia um belo efeito cômico vê-lo, em trajes do ofício, de casaca, calção e espadim, acompanhando com um monótono zum-zum nas cordas do instrumento o garganteado de uma modinha pátria. Foi nas saudades da terra natal que ele achou inspiração para o seu canto, e isto era natural a um bom Português, que o era ele. A modinha era assim:

Quando estava em minha terra,
Acompanhado ou sozinho,
Cantava de noite e de dia
Ao pé dum copo de vinho!

Obsequiar: agradecer.

Foi executada com atenção e aplaudida com entusiasmo; somente quem não pareceu dar-lhe todo o apreço foi o pequeno, que **obsequiou** o pai como obsequiara ao padrinho, marcando-lhe o compasso a guinchos e esperneios. À Maria avermelharam-se-lhe os olhos, e suspirou.

O canto do Leonardo foi o derradeiro toque de rebate para esquentar-se a brincadeira, foi o adeus às cerimônias. Tudo daí em diante foi burburinho, que depressa passou à gritaria, e ainda mais depressa à algazarra, e não foi ainda mais adiante porque de vez em quando viam-se passar através das rótulas da porta e janelas umas certas figuras que denunciavam que o Vidigal andava perto.

A festa acabou tarde; a madrinha foi a última que saiu, deitando a bênção ao afilhado e pondo-lhe no cinteiro um raminho de arruda.

II

PRIMEIROS INFORTÚNIOS

Oitava é a sequência das oito notas musicais: do, ré, mi, fá, sol, lá, si, dó. Confira no YouTube.

Ojeriza: antipatia.

Não, o autor não está falando daquele biscoito...

Passemos por alto sobre os anos que decorreram desde o nascimento e batizado do nosso memorando, e vamos encontrá-lo já na idade de sete anos. Digamos unicamente que durante todo este tempo o menino não desmentiu aquilo que anunciara desde que nasceu: atormentava a vizinhança com um choro sempre em **oitava** alta; era colérico; tinha **ojeriza** particular à madrinha, a quem não podia encarar, e era estranhão até não poder mais.

Logo que pôde andar e falar tornou-se um flagelo; quebrava e rasgava tudo que lhe vinha à mão. Tinha uma paixão decidida pelo chapéu armado do Leonardo; se este o deixava por esquecimento em algum lugar ao seu alcance, tomava-o imediatamente, espanava com ele todos os móveis, punha-lhe dentro tudo que encontrava, esfregava-o em uma parede, e acabava por varrer com ele a casa; até que a Maria, exasperada pelo que aquilo lhe havia custar aos ouvidos, e talvez às costas, arrancava-lhe das mãos a vítima infeliz. Era, além de **traquinas**, guloso; quando não traquinava, comia. A Maria não lhe perdoava; trazia-lhe bem maltratada uma região do corpo; porém ele não se emendava, que era também teimoso, e as travessuras recomeçavam mal acabava a dor das palmadas.

Assim chegou aos sete anos.

Afinal de contas a Maria sempre era **saloia**, e o Leonardo começava a arrepender-se seriamente de tudo que tinha feito por ela e com ela. E tinha razão, porque, digamos depressa e sem mais cerimônias, havia ele desde certo tempo concebido fundadas suspeitas de que era atraiçoado. Havia alguns meses atrás tinha notado que um certo sargento passava-lhe muitas vezes pela porta, e enfiava olhares curiosos através das rótulas: uma ocasião, recolhendo-se, parecera-lhe que o vira encostado à janela. Isto porém passou sem mais novidade.

Saloia: camponesa; aldeã; pessoa rústica.

Depois começou a estranhar que um certo colega seu o procurasse em casa, para tratar de negócios do ofício, sempre em horas desencontradas: porém isto também passou em breve. Finalmente aconteceu-lhe por três ou quatro vezes esbarrar-se junto de casa com o capitão do navio em que tinha vindo de Lisboa, e isto causou-lhe sérios cuidados. Um dia de manhã entrou sem ser esperado pela porta adentro; alguém que estava na sala abriu precipitadamente a janela, saltou por ela para a rua, e desapareceu.

À vista disto nada havia a duvidar: o pobre homem perdeu, como se costuma dizer, as estribeiras; ficou cego de ciúme. Largou apressado sobre um banco uns autos que trazia embaixo do braço, e endireitou para a Maria com os **punhos cerrados**.

Sorte de Leonardo-Pataca que a lei Maria da Penha ainda não existia.

— Grandessíssima!...

E a injúria que ia soltar era tão grande que o engasgou... e pôs-se a tremer com todo o corpo.

A Maria recuou dous passos e pôs-se em guarda, pois também não era das que se receava com qualquer cousa.

— Tira-te lá, ó Leonardo!

— Não chames mais pelo meu nome, não chames... que tranco-te essa boca a socos...

— Safe-se daí! Quem lhe mandou pôr-se aos namoricos comigo a bordo?

Isto exasperou o Leonardo; a lembrança do amor aumentou-lhe a dor da traição, e o ciúme e a raiva de que se achava possuído transbordaram em socos sobre a Maria, que depois de uma tentativa inútil de resistência desatou a correr, a chorar e a gritar:

— Ai... ai... acuda, Sr. compadre... Sr. compadre!...

Porém o compadre ensaboava nesse momento a cara de um freguês, e não podia largá-lo. Portanto a Maria pagou caro e por junto todas as contas. Encolheu-se a choramingar em um canto.

O menino assistira a toda essa cena com imperturbável sangue-frio: enquanto a Maria apanhava e o Leonardo esbravejava, este ocupava-se tranquilamente em rasgar as folhas dos autos que este tinha largado ao entrar, e em fazer delas uma grande coleção de cartuchos.

Quando, esmorecida a raiva, o Leonardo pôde ver alguma cousa mais do que seu ciúme, reparou então na obra meritória em que se ocupava o pequeno. Enfurece-se de novo: suspendeu o menino pelas orelhas, fê-lo dar no ar uma meia-volta, ergue o pé direito, assenta-lhe em cheio sobre os glúteos atirando-o sentado a **quatro braças** de distância.

— És filho de uma pisadela e de um beliscão; mereces que um pontapé te acabe a casta.

O menino suportou tudo com coragem de mártir, apenas abriu ligeiramente a boca quando foi levantado pelas orelhas: mal caiu, ergueu-se, embarafustou pela porta fora, e em três pulos estava dentro da loja do padrinho, e atracando-se-lhe às pernas. O padrinho erguia nesse momento por cima da cabeça do freguês a bacia de barbear que lhe tirara dos queixos: com o choque que sofreu a bacia inclinou-se, e o freguês recebeu um batismo de água de sabão.

A braça equivale à distância entre o dedo médio da mão direita até o mesmo dedo da mão esquerda, com os braços estendidos um para cada lado. O problema dessa medida é que cada pessoa tem um tamanho, ou seja, era difícil ter duas braças exatamente iguais. Mas hoje se sabe que uma braça era o equivalente a 2,2 metros e vinha subdividida em duas varas, cada uma de 1,1 metro.

— Ora, mestre, esta não está má!...

— Senhor, balbuciou este... a culpa é deste endiabrado... O que é que tens, menino?

O pequeno nada disse; dirigiu apenas os olhos espantados para defronte, apontando com a mão trêmula nessa direção.

O compadre olhou também, aplicou a atenção, e ouviu então os soluços da Maria.

— Ham! resmungou; já sei o que há de ser... eu bem dizia... ora aí está!...

E desculpando-se com o freguês saiu da loja e foi acudir ao que se passava.

Por estas palavras vê-se que ele suspeitara alguma cousa; e saiba o leitor que suspeitara a verdade.

Espiar a **vida alheia**, inquirir dos escravos o que se passava no interior das casas, era naquele tempo cousa tão comum e enraizada nos costumes, que ainda hoje, depois de passados tantos anos, restam grandes vestígios desse belo hábito. Sentado pois no fundo da loja, afiando por disfarce os instrumentos do ofício, o compadre presenciara os passeios do sargento por perto da rótula de Leonardo, as visitas extemporâneas do colega deste, e finalmente os intentos do capitão do navio. Por isso contava ele mais dia menos dia com o que acabava de suceder.

E nessa época nem se falava em Big Brother, hein? Daqueles tempos até hoje, a vida alheia sempre esteve entre os trending topics.

Chegando ao outro lado da rua empurrou a rótula que o menino ao sair deixara cerrada, e entrou. Dirigiu-se ao Leonardo, que se conservava ainda em posição hostil.

— Ó compadre, disse, você perdeu o juízo?...

— Não foi o juízo, disse o Leonardo em tom dramático, foi a honra!...

A Maria, vendo-se protegida pela presença do compadre, cobrou ânimo, e altanando-se disse em tom de zombaria:

— Honra!... honra de meirinho... ora!

O **vulcão de despeito** que as lágrimas da Maria tinham apagado um pouco, borbotou de novo com este insulto, que não ofendia só um homem, porém uma classe inteira! Injúrias e murros à mistura caíram de novo sobre a Maria das mãos e da boca de Leonardo. O compadre, que se interpusera, levou alguns por descuido; afastou-se pois a distância conveniente, murmurando despeitado por ver frustrados seus esforços de conciliador:

Olha uma metáfora para reforçar a ironia!

— Honra de meirinho é como fidelidade de saloia.

Enfim serenou a tormenta: a Maria sentou-se a um canto a chorar e a maldizer a hora em que nascera, o dia em que pela primeira vez vira o Leonardo, a pisadela, o beliscão com que tinha começado o namoro a bordo, e tudo mais que a dor dos murros lhe trazia à cabeça.

O Leonardo, depois de um pouco de calma, teve um momento de exasperação; avermelharam-se-lhe os olhos e as faces, cerrou os dentes, meteu as mãos nos bolsos do calção, inchou as bochechas e pôs-se a balançar violentamente a perna direita. Depois, como tomando uma resolução extrema, juntou as folhas dispersas dos autos que o menino despedaçara, enterrou atravessado na cabeça o chapéu armado, agarrou na bengala, e saiu batendo com a rótula e exclamando:

— Vá-se tudo com os diabos!...

— Vai... vai... exclamou a Maria já de novo em segurança, pondo as mãos nas cadeiras, que o caso não há de ficar assim... pôr-me as mãos!... ora... vou com isto à justiça!...

— Comadre...

— Nada, não atendo, compadre... vou com isto à justiça, e apesar de ser ele um meirinhaço muito velhaco, há de se haver comigo.

— É melhor não se meter nisto, comadre... sempre são negócios com a justiça... o compadre é seu oficial, e ela há de punir pelos seus.

As ameaças da Maria não passavam de bravatas que lhe arrancava o despeito, e portanto com mais quatro razões do compadre cedeu, e foi restituída a paz em casa. Houve então larga conferência entre os dous, no fim da qual o compadre saiu dizendo:

— Ele há de voltar... aquilo é gênio... há de passar... e se não... o dito está dito; fico com o pequeno.

A Maria mostrou-se satisfeita. Tinha ela suas resoluções tomadas, ou anteriormente ou naquela ocasião, e por isso na conferência que referimos tratara de engodar o compadre e arrancar-lhe a promessa de que no caso de algum desarranjo tomaria a si e cuidaria do filho. Esse desarranjo ela **figurara** e o compadre acreditara que só partiria de Leonardo; porém o leitor vai ver que o pobre homem era **condescendente**, e que a Maria tinha razão quando falara ironicamente em honra de meirinho.

Figurar: imaginar.

Condescendente: tolerante; flexível.

Toda esta cena que acabamos de descrever passou-se de manhã. À tardinha o Leonardo entrou pela loja do compadre, aflito e triste. O pequeno estremeceu no banco em que se achava sentado, lembrando-se do passeio aéreo que o pontapé de seu pai lhe fizera dar de manhã. O compadre adiantou-se e disse-lhe com um sorriso conciliador:

— O passado passado; vamos... ela está arrependida... doudices de rapariga... mas não há de fazer outra...

O Leonardo não respondeu; pôs-se a passear pela loja com as mãos cruzadas para trás e por baixo das abas da casaca; porém pelo seu semblante via-se que ele estimara as palavras do compadre, e que seria o primeiro a pronunciá-las se ele não o precedesse.

— Vamos até lá, disse o compadre, e acabe-se tudo! Coitada!... ela ficou muito chorosa.

— Vamos, disse o Leonardo!...

Chegando à porta de casa fez uma pequena parada como quem tinha tomado a resolução de não entrar; mas o que ele queria eram algumas súplicas do compadre, que pudessem ser ouvidas pela Maria; a fim de fazê-la acreditar que se ele voltava era arrastado, e não por sua vontade. O compadre percebeu isto, e satisfez o pensamento de Leonardo dizendo:

— Entre, homem... basta de criançadas... o passado passado.

Entraram. A sala estava vazia; o Leonardo sentou-se junto de uma mesa, descansou o rosto numa das mãos, conservando sempre o chapéu armado atravessado na cabeça, o que lhe dava um aspecto entre cômico e melancólico.

— Comadre, disse em voz alta o agente da conciliação, tudo está acabado; venha cá

Ninguém respondeu.

— Há de estar aí a chorar metida em algum canto, tornou o compadre.

E começou a procurar por toda a casa.

Não era esta mui grande; em pouco percorreu-a toda, e ficou tomado do mais cruel desapontamento por não encontrar a Maria. Voltou portanto à sala entre consternado e espantado.

O Leonardo, supondo que ele tinha achado a Maria, e que sem dúvida a trazia pela mão contrita e humilhada, quis fazer-se de bom: ergueu-se, meteu as mãos nos bolsos, e pôs-se de costas para o lugar donde vinha o compadre.

— Ó compadre, disse este aproximando-se...

— Nada, atalhou o Leonardo sem voltar-se... o dito por não dito... mudei de resolução!...

— Olhe, homem...

— Nada, nada... está tudo acabado...

O Leonardo, dizendo isto, ia dando sempre as costas ao compadre, quando se lhe queria pôr de frente.

— Homem... escute... olhe que a comadre...

— Não quero saber dela... está tudo acabado; e já disse...

— Foi-se embora... homem... foi-se embora, gritou o compadre impacientado.

O Leonardo foi fulminado por estas palavras; voltou-se então todo trêmulo. Não vendo a Maria desatou a chorar.

— Pois bem, disse entre soluços, está tudo acabado... adeus compadre!

— Mas olhe que o pequeno... atalhou este.

O Leonardo nada respondeu, e saiu precipitadamente.

O compadre compreendeu tudo: viu que o Leonardo abandonava o filho, uma vez que a mãe o tinha abandonado, e fez um gesto como quem queria dizer: — Está bom, já agora... vá; ficaremos com uma carga às costas.

Ao outro dia sabia-se por toda a vizinhança que a moça do Leonardo tinha fugido para Portugal com o capitão de um navio que partira na véspera de noite.

— Ah! disse o compadre com um sorriso maligno, ao saber da notícia, foram saudades da terra!...

III

DESPEDIDA ÀS TRAVESSURAS

O Leonardo abandonara de uma vez para sempre a casa fatal onde tinha sofrido tamanha infelicidade; nem mesmo passara mais por aquelas alturas; de maneira que o compadre por muito tempo não lhe pôde pôr a vista em cima.

O pequeno, enquanto se achou novato em casa do padrinho, portou-se com toda a sisudez e gravidade; apenas porém foi tomando mais familiaridade, começou a pôr as manguinhas de fora. Apesar disto porém captou do padrinho maior afeição, que se foi aumentando de dia em dia, e que em breve chegou ao extremo da amizade cega e apaixonada. Até nas próprias travessuras do menino, as mais das vezes malignas, achava o bom do homem muita graça; não havia para ele em todo o bairro rapazinho mais bonito, e não se fartava de contar à vizinhança tudo o que ele dizia e fazia; às vezes eram verdadeiras ações de menino malcriado, que ele achava cheio de espírito e de viveza; outras vezes eram ditos que denotavam já muita velhacaria para aquela idade, e que ele julgava os mais ingênuos do mundo.

Era isto natural em um homem de uma vida como a sua; tinha já cinquenta e tantos anos, nunca tinha tido afeições; passara sempre só, isolado; era verdadeiro partidário do mais decidido celibato. Assim à primeira afeição que fora levado a contrair sua alma expandiu-se toda inteira, e seu amor pelo pequeno subiu ao grau de rematada cegueira. Este, aproveitando-se da imunidade em que se achava por tal motivo, fazia tudo quanto lhe vinha à cabeça.

Umas vezes sentado na loja divertia-se em fazer caretas aos fregueses quando estes se estavam barbeando. Uns enfureciam-se, outros riam sem querer; do que resultava que saíam muitas vezes com a cara cortada, com grande prazer do menino e descrédito do padrinho. Outras vezes escondia em algum canto a mais afiada navalha do padrinho, e o freguês levava por muito tempo com a cara cheia de sabão mordendo-se de impaciência enquanto este a procurava; ele ria-se furtiva e malignamente. Não parava em casa cousa alguma por muito tempo inteira; fazia andar tudo numa poeira; pelos quintais atirava pedras aos telhados dos vizinhos; sentado à porta da rua, entendia com quem passava e com quem estava pelas janelas, de maneira que ninguém por ali gostava dele. O padrinho porém não se dava disto, e continuava a querer-lhe sempre muito bem. Gastava às vezes as noites em fazer **castelos no ar** a seu respeito; sonhava-lhe uma grande fortuna e uma elevada posição, e tratava de estudar os meios que o levassem a esse fim. Eis aqui pouco mais ou menos o fio dos seus raciocínios. Pelo ofício do pai... (pensava ele) ganha-se, é verdade, dinheiro quando se tem *jeito*, porém sempre se há de dizer: — ora, é um meirinho!... Nada... por este lado não... Pelo meu ofício... Verdade é que eu arranjei-me (há neste ***arranjei-me*** uma história que havemos de contar), porém não o quero fazer escravo dos quatro vinténs dos fregueses... Seria talvez bom mandá-lo ao estudo... porém para que diabo serve o estudo? Verdade é que ele parece ter boa memória, e eu podia mais para diante mandá-lo a **Coimbra**... Sim, é verdade... eu tenho aquelas patacas; estou já velho, não tenho filhos nem outros parentes... mas também que diabo se fará ele em Coimbra? Licenciado não: é mau ofício; letrado? Era bom... sim, letrado... mas não; não, tenho zanga a quem me lida com

O padrinho ficava bolando planos mirabolantes para o afilhado, ou seja, viajando na maionese.

Fique ligado: a história do "arranjei-me" aparecerá na página 50.

Como não havia universidades no Brasil, os jovens iam estudar na Universidade de Coimbra, em Portugal.

papéis e demandas... Clérigo?... um senhor clérigo é muito bom... é uma cousa muito séria... ganha-se muito... pode vir um dia a ser cura. Está dito, há de ser clérigo... ora, se há de ser: hei de ter ainda o gostinho de o ver dizer missa... de o ver pregar na Sé, e então hei de mostrar a toda esta gentalha aqui da vizinhança que não gosta dele que eu tinha muita razão em lhe querer bem. Ele está ainda muito pequeno, mas vou tratar de o ir desasnando aqui mesmo em casa, e quando tiver 12 ou 14 anos há de me entrar para a escola.

Tendo ruminado por muito tempo esta ideia, um dia de manhã chamou o pequeno e disse-lhe:

— Menino, venha cá, você está ficando um homem (tinha ele nove anos); é preciso que aprenda alguma cousa para vir um dia a ser gente; de segunda-feira em diante (estava em quarta-feira) começarei a ensinar-lhe o bê-á-bá. Farte-se de travessuras por este resto da semana.

O menino ouviu este discurso com um ar meio admirado, meio desgostoso, e respondeu:

— Então eu não hei de ir mais ao quintal, nem hei de brincar na porta?

— Aos **domingos**, quando voltarmos da missa...

E você aí reclamando de ter só dois dias de descanso, hein?

— Ora, eu não gosto da missa.

O padrinho não gostou da resposta; não era bom anúncio para quem se destinava a ser padre; mas nem por isso perdeu as esperanças.

O menino tomou bem sentido nestas palavras do padrinho: "Farte-se de travessuras por este resto da semana", e acreditou que aquilo era uma licença ampla para fazer tudo quanto de bom e de mau lhe lembrasse durante o tempo que ainda lhe restava de folga. Levou pois todo o dia em uma desenvoltura assustadora; o padrinho foi achá-lo por duas ou três vezes a cavalo em cima do muro que dividia o quintal da casa do vizinho, em grande risco de precipitar-se.

Ao anoitecer, estando sentado à porta da loja, viu ao longe no princípio da rua um acompanhamento alumiado pela luz de lanternas e tochas, e ouviu padres a rezarem; estremeceu de alegria e pôs-se em pé de um salto. Era a **Via-Sacra do Bom Jesus**.

Veja no YouTube o vídeo da Via-Sacra do Bom Jesus.

Há bem pouco tempo que existiam ainda em certas ruas desta cidade cruzes negras pregadas pelas paredes de espaço em espaço.

Às quartas-feiras e em outros dias da semana saía do Bom Jesus e de outras igrejas uma espécie de procissão composta de alguns padres conduzindo cruzes, irmãos de algumas irmandades com lanternas, e povo em grande quantidade; os padres rezavam e o povo acompanhava a reza. Em cada cruz parava o acompanhamento, ajoelhavam-se todos, e oravam durante muito tempo. Este ato, que satisfazia a devoção dos **carolas**, **dava pasto** e ocasião a quanta sorte de zombaria e de imoralidade lembrava aos rapazes daquela época, que são os velhos de hoje, e que tanto clamam contra o desrespeito dos moços de agora. Caminhavam eles em **charola** atrás da procissão, interrompendo a cantoria com ditérios em voz alta, ora simplesmente engraçados, ora pouco decentes; levavam longos fios de barbante, em cuja extremidade iam penduradas grossas bolas de cera. Se ia por ali ao seu alcance algum infeliz, a quem os anos tivessem despido a cabeça dos cabelos, colocavam-se em distância conveniente, e escondidos por trás de um ou de outro, arremessavam o projétil que ia bater em cheio sobre a calva do devoto; puxavam rapidamente o barbante, e ninguém podia saber donde tinha partido o golpe. Estas e outras cenas excitavam vozeria e gargalhadas na multidão.

Carolas: pessoas que iam à missa.

Dar pasto: dar alegria, satisfação.

A charola é aquela espécie de base em que se carregam imagens sacras.

Era a isto que naqueles *devotos* tempos se chamava correr a Via-Sacra.

O menino, como já dissemos, estremecera de prazer ao ver aproximar-se a procissão. Desceu sorrateiramente a **soleira**, e sem ser visto pelo padrinho colocou-se unido à parede entre as duas portas da loja, levantando-se na ponta dos pés para ver mais a seu gosto.

Vinha aproximando-se o acompanhamento, e o menino palpitava de prazer. Chegou mesmo defronte da porta; teve ele então um pensamento que o fez estremecer; tornou-se a lembrar das palavras do padrinho: "farte-se de travessuras"; espiou para dentro da loja, viu-o entretido, deu um salto do lugar onde estava, misturou-se com a multidão, e lá

Soleira: laje de pedra ou madeira que fica embaixo da porta, junto ao piso.

foi concorrendo com suas gargalhadas e seus gritos para aumentar a vozeria. Era um prazer febril que ele sentia; esqueceu-se de tudo, pulou, saltou, gritou, rezou, cantou, e só não fez daquilo o que não estava em suas forças. Fez camaradagem com dous outros meninos do seu tamanho que também iam no rancho, e quando deu acordo de si estava de volta com a Via-Sacra na Igreja do Bom Jesus.

IV

FORTUNA

Aqui se trata do Leonardo-pai.

Alhada: confusão, trapalhada.

Mais ou menos como uma quitinete.

Enquanto o compadre, aflito, procura por toda a parte o menino, sem que ninguém possa dar-lhe novas dele, vamos ver o que é feito do **Leonardo**, e em que novas **alhadas** está agora metido.

Lá para as bandas do mangue da Cidade Nova havia, ao pé de um charco, uma casa coberta de palha da mais feia aparência, cuja frente suja e testada enlameada bem denotavam que dentro o asseio não era muito grande. Compunha-se ela de uma **pequena sala e um quarto**; toda a mobília eram dous ou três assentos de paus, algumas esteiras em um canto, e uma enorme caixa de pau, que tinha muitos empregos; era mesa de jantar, cama, guarda-roupa e prateleira. Quase sempre estava essa casa fechada, o que a rodeava de um certo mistério. Esta sinistra morada era habitada por uma personagem talhada pelo molde mais detestável; era um caboclo velho, de cara hedionda e imunda, e coberto de farrapos. Entretanto, para a admiração do leitor, fique-se sabendo que este homem tinha por ofício **dar fortuna**!

O Leonardo-pai foi consultar o "nigromante", ou seja, foi bater num terreiro de candomblé. Porém, naquela época, o candomblé era proibido; todo mundo só podia ser católico. Era a lei.

Naquele tempo acreditava-se muito nestas cousas, e uma sorte de respeito supersticioso era tributado aos que exerciam semelhante profissão. Já se vê que inesgotável mina não achavam nisso os industriosos!

E não era só a gente do povo que dava crédito às *feitiçarias*; conta-se que muitas pessoas da alta sociedade de então iam às vezes comprar venturas e felicidades pelo cômodo preço da prática de algumas imoralidades e superstições.

Pois ao nosso amigo Leonardo tinha-lhe também dado na cabeça tomar fortuna, e tinha isso por causa das contrariedades que sofria em uns novos amores que lhe faziam agora andar a cabeça à roda.

Tratava-se de uma cigana; o Leonardo a vira pouco tempo depois da fuga da Maria, e das cinzas ainda quentes de um amor mal pago nascera outro que também não foi a esse respeito melhor **aquinhoado**; mas o homem era romântico, como se diz hoje, e babão, como se dizia naquele tempo; não podia passar sem uma paixãozinha. Como o ofício rendia, e ele andava sempre apatacado, não lhe fora difícil conquistar a posse do adorado objeto; porém a fidelidade, a **unidade no gozo**, que era o que sua alma aspirava, isso não o pudera conseguir: a cigana tinha pouco mais ou menos sido feita no mesmo molde da saloia. Por toda a parte há sargentos, colegas e capitães de navio; a rapariga tinha-lhe já feito umas poucas, e acabava também por fugir-lhe de casa. Desta vez porém, como não eram saudades da pátria a causa desta fugida, o Leonardo decidira haver de novo e por todos os meios a posse de sua amada. Encontrou-a com pouco trabalho, e empregando o pranto, as sú-

Aquinhoado: compartilhado.

Leonardo-Pataca queria a paixão perfeita, única.

plicas, as ameaças, porém tudo embalde, decidiu por isso a buscar com meios sobrenaturais o que os meios humanos lhe não tinham podido dar.

Pecúnio: dinheiro.

Leonardo tinha azar. Quando não perdia a mulher para um marinheiro, perdia dinheiro com o caboclo.

O autor usou uma metáfora bíblica para dizer que o Leonardo-Pataca teve que ficar peladão.

Entregou-se portanto em corpo e alma ao caboclo da casa do mangue, o mais afamado de todos os do ofício. Tinha-se já sujeitado a uma infinidade de provas, que começavam sempre por uma contribuição **pecuniária**, e ainda **nada havia conseguido**; tinha sofrido fumigações de ervas sufocantes, tragado beberagens de mui enjoativo sabor; sabia de cor milhares de orações misteriosas, que era obrigado a repetir muitas vezes por dia; ia depositar quase todas as noites em lugares determinados quantias e objetos com o fim de chamar em auxílio, dizia o caboclo, as suas divindades; e apesar de tudo a cigana resistia ao sortilégio. Decidiu-se finalmente a sujeitar-se à última prova, que foi marcada para a meia-noite em ponto na casa que já conhecemos. À hora aprazada lá se achou o Leonardo; encontrou na porta o nojento nigromante, que não consentiu que ele entrasse do modo em que se achava, e obrigou-o a pôr-se primeiro de **hábitos de Adão** no paraíso, cobriu-o depois com um manto imundo que trazia, e só então lhe franqueou a entrada.

A sala estava com um aparato ridiculamente sinistro, que não nos cansaremos em descrever; entre outras cousas, cuja significação só conheciam os iniciados nos mistérios do caboclo, havia no meio uma pequena fogueira.

Começando a cerimônia o Leonardo foi obrigado a ajoelhar-se em todos os ângulos da casa, e recitar as orações que já sabia e mais algumas que lhe foram ensinadas na ocasião, depois foi orar junto da fogueira. Neste momento saíram do quarto três novas figuras, que vieram tomar parte na cerimônia, e começaram então, acompanhando-os o supremo sacerdote, uma dança sinistra em roda do Leonardo. De repente sentiram bater levemente na porta da parte de fora, e uma voz descansada dizer:

— Abra a porta.

— O Vidigal! disseram todos a um tempo, tomados do maior susto.

V

O VIDIGAL

O som daquela voz que dissera "abra a porta" lançara entre eles, como dissemos, o espanto e o medo. E não foi sem razão; era ela o anúncio de um grande aperto, de que por certo não poderiam escapar. Nesse tempo ainda não estava organizada a polícia da cidade, ou antes estava-o de um modo em harmonia com as tendências e ideias da época. O **major Vidigal** era o rei absoluto, o árbitro supremo de tudo que dizia respeito a esse ramo de administração; era o juiz que julgava e distribuía a pena, e ao mesmo tempo o guarda que dava caça aos criminosos; nas causas da sua imensa alçada não haviam testemunhas, nem provas, nem razões, nem processo; ele resumia tudo em si; a sua *justiça* era infalível; não havia apelação das sentenças que dava, fazia o que queria, e ninguém lhe tomava contas. Exercia enfim uma espécie de inquirição policial. Entretanto, façamos-lhe justiça, dados os descontos necessários às ideias do tempo, em verdade não

Miguel Nunes Vidigal existiu de verdade. O Vidigal era jogo duro e o povo tremia de medo dele. Por isso tinha muito puxa-saco que enchia o major de presentes. Uns monges beneditinos, por exemplo, deram pra ele um baita de um terreno bem ao pé do morro Dois Irmãos, no Rio de Janeiro, em 1820. Hoje, ali é o morro do Vidigal.

abusava ele muito de seu poder, e o empregava em certos casos muito bem empregado.

Era o Vidigal um homem alto, não muito gordo, com **ares de moleirão**; tinha o olhar sempre baixo, os movimentos lentos, e voz descansada e adocicada. Apesar deste aspecto de mansidão, não se encontraria por certo homem mais apto para o seu cargo, exercido pelo modo que acabamos de indicar.

Uma companhia ordinariamente de granadeiros, às vezes de outros soldados que ele escolhia nos corpos que haviam na cidade, armados todos de grossas **chibatas**, comandada pelo major Vidigal, fazia toda a ronda da cidade de noite, e toda a mais polícia de dia. Não havia beco nem travessa, rua nem praça, onde não se tivesse passado uma façanha do Sr. major para pilhar um maroto ou dar caça a um vagabundo. A sua sagacidade era proverbial, e por isso só o seu nome incutia grande terror em todos os que não tinham a consciência muito pura a respeito de falcatruas.

Se no meio da algazarra de um fado rigoroso, em que a decência e os ouvidos dos vizinhos não eram muito respeitados, ouvia-se dizer "está aí o Vidigal", **mudavam-se repentinamente as cenas**; serenava tudo em um momento, e a festa tomava logo um aspecto sério. Quando algum dos ***patuscos*** daquele tempo (que não gozava de grande reputação de ativo e trabalhador) era surpreendido de noite de capote sobre os ombros e viola a tiracolo, caminhando em busca de **súcia**, por uma voz branda que

O Vidigal dava pinta de preguiçoso, mas era só tipo.

Naquela época, a chibata fazia a vez do cassetete.

Assim como acontece quando sua mãe chega.

Patuscos eram os caras baladeiros que se amarravam em curtir a night.

Súcia é a galera do mal que só quer saber de zoação.

Côvado é a medida entre o cotovelo e a ponta dos dedos. Aqui ela sugere dar uma surra no rapaz.

lhe dizia simplesmente "venha cá; onde vai?" o único remédio que tinha era fugir, se pudesse, porque com certeza não escapava por outro meio de alguns dias de cadeia, ou pelo menos da *casa da guarda na Sé*; quando não vinha o **côvado** *e meio às costas*, como consequência necessária.

Foi por isso que os nossos mágicos e a sua infeliz vítima puseram-se em debandada mal conheceram pela voz quem se achava com eles. Quiseram escapar-se pelos fundos da casa, porém ela estava toda cercada de granadeiros, em cujas mãos se viam a arma de que acima falamos. A porta abriu-se sem muita resistência, e o major Vidigal (porque era com efeito ele) com os seus granadeiros achou-os em flagrante delito de nigromancia: estava ainda acesa a fogueira, e os mais objetos que serviam ao sacrifício.

— Oh! disse ele, por aqui dá-se fortuna...

— Sr. major, pelo amor de Deus...

— Eu tinha desejos de ver como era isso; continuem... sem cerimônia, vamos.

Os infelizes hesitaram um pouco, porém vendo que resistir seria inútil, começaram de novo as cerimônias, de que os soldados se riam, antevendo talvez qual seria o resultado. O Leonardo estava corrido de vergonha, tanto mais porque o conhecia; e procurava cobrir-se do melhor modo com a sua imunda capa. Ajoelhou-se quase arrastado outra vez no mesmo lugar; e recomeçou a dança, a que o major assistia de braços cruzados e com **ar pachorrento**. Quando os sacrificadores, julgando que já tinham dançado suficientemente, tentaram parar, o major disse brandamente:

Com aquela cara apática, saca?

— Continuem.

Depois de muito tempo quiseram parar de novo.

— Continuem, disse outra vez o major.

Continuaram por mais meia hora; passado esse tempo, já muito cansados, tentaram dar fim.

— Ainda não; continuem.

Continuaram por tempos esquecidos, já estavam que não podiam de estafados; o nosso Leonardo, ajoelhado ao pé da fogueira, quase que se desfazia em suor. Afinal o major deu-se por satisfeito, mandou que parassem, e sem se alterar disse para os soldados, com a sua voz doce e pausada:

— Toca, granadeiros.

A esta voz todas as chibatas ergueram-se, e caíram de rijo sobre as costas daquela *honesta* gente, fizeram-na dançar, e sem querer, ainda por algum tempo.

— Para, disse o major depois de um bom quarto de hora.

Começou então a fazer a cada um um sermão, em que se mostrava muito sentido por ter sido obrigado a chegar àquele excesso, e que terminava sempre por esta pergunta:

— Então você em que se ocupa?

Nenhum deles respondia. O major sorria-se e acrescentava com riso **sardônico**:

Sardônico: sarcástico, com ironia maldosa.

— Está bom!

Chegou a vez do Leonardo.

— Pois homem, você, um oficial da justiça, que devia dar o exemplo...

— Sr. major, respondeu ele acabrunhado, é o diabo daquela rapariga que me obriga a tudo isto; já não sei de que meios use...

— Você há de ficar curado! Vamos para a casa da guarda.

Com esta última decisão o Leonardo desesperou. Perdoaria de bom grado as chibatadas que levara, contanto que elas ficassem em segredo; mas ir para a casa da guarda, e dela talvez para a cadeia... isso é que ele não podia tolerar. Rogou ao major que o poupasse; o major foi inflexível. Desfez então a vergonha em pragas à maldita cigana que tanto o fazia sofrer.

A casa da guarda era no largo da Sé; era uma espécie de depósito onde se guardavam os presos que se faziam de noite, para se lhes dar depois conveniente destino. Já se sabe que os **amigos de novidades** iam por ali de manhã e sabiam com facilidade tudo que se tinha passado na noite antecedente.

Jeitinho simpático de se referir aos fofoqueiros.

Aí esteve o Leonardo o resto da noite e grande parte da manhã, exposto à vistoria dos curiosos. Por infelicidade sua passou por acaso um colega, e vendo-o entrou para falar-lhe, isto quer dizer que daí a pouco toda a ilustre corporação dos meirinhos da cidade sabia do ocorrido com o Leonardo, e já se preparava para dar-lhe uma solene **pateada** quando o negócio mudou de aspecto e o Leonardo foi mandado para a cadeia.

Significa bater com as patas, o famoso "pé na bunda".

Aparentemente os companheiros mostraram-se sentidos, porém secretamente não deixaram de estimar o contratempo porque o Leonardo era muito afreguesado, e enquanto estava ele preso as partes os procuravam.

VI

PRIMEIRA NOITE FORA DE CASA

O compadre, apenas dera por falta do afilhado, viu-se presa da maior aflição; pôs em alarma toda a vizinhança, procurou, indagou, mas ninguém lhe deu novas nem mandados dele. Lembrou-se então da **Via-Sacra**, e imaginou que o pequeno a teria acompanhado; percorreu todas as ruas por onde passara o acompanhamento, perguntando aflito a quantos encontrava pelo tesouro precioso de suas esperanças; chegou sem encontrar vestígio algum até o Bom Jesus, onde lhe disseram ter visto três meninos que por se portarem endiabradamente na ocasião da entrada da Via-Sacra o sacristão os correra para fora da igreja.

Brincar na Via-Sacra devia ser tão divertido quanto brincar numa biblioteca: parece legal, mas sempre haverá alguém pra reclamar.

Foi este o único sinal que pôde colher.

Vagou depois por muito tempo pela rua, e só se recolheu para casa estando já a noite adiantada. Ao chegar à porta de casa abriu-se o **postigo** de uma rótula contígua, e uma voz de mulher perguntou:

Postigo é uma pequena janela na porta que servia para ficar ligado na vida alheia.

— Então vizinho, nada?

A vizinha quer dizer que o menino tem má índole, que nasceu todo errado.

Bilro é uma peça de madeira para fazer renda em almofadas.

Fazer uma estralada é como dar um "chega pra lá" na pessoa.

Aqui "levar carolo" tem sentido de "ser feito de otário".

— Nada, vizinha, respondeu o compadre com voz desanimada.

— Ora, quando eu lhe digo que aquela criança tem **maus bofes**...

— Vizinha, isto não são cousas que se digam...

— Digo-lhe e repito-lhe que tem maus bofes... Deus permita que não, mas aquilo não tem bom fim...

— Oh! senhora, replicou o compadre muito irritado, que tem a senhora com a minha vida e mais das cousas que me pertencem? Meta-se consigo, cuide nos seus **bilros** e na sua renda, e deixe a vida alheia.

Entrou depois para casa murmurando:

— Um dia faço aqui uma **estralada** com esta mulher: é sempre isto! parece um agouro!

Toda a noite levou o pobre homem acordado a pensar nos meios de achar o pequeno: e depois de ter formado mil planos, disse consigo:

— Em último lugar vou ter com o major Vidigal.

E esperou que o dia voltasse para prosseguir em suas pesquisas.

Entretanto vamos satisfazer ao leitor, que há de talvez ter curiosidade de saber onde se meteu o pequeno.

Com os emigrados de Portugal veio também para o Brasil a praga dos **ciganos**. Gente ociosa e de poucos escrúpulos, ganharam eles aqui reputação bem merecida dos mais refinados velhacos: ninguém que tivesse juízo se metia com eles em negócio, porque tinha certeza de **levar carolo**. A poesia de seus costumes e de suas crenças, de que muito se fala, deixaram-na da outra banda do oceano; para cá só trouxeram maus hábitos, esperteza e velhacaria, e se não, o nosso Leonardo pode dizer alguma cousa a respeito. Viviam em quase completa ociosidade; não tinham noite sem festa. Moravam ordinariamente um pouco arredados das ruas populares, e viviam em plena liberdade. As mulheres trajavam com certo luxo relativo aos seus haveres: usavam muito de

Os estudiosos apontam a Índia como a origem dos povos ciganos. Nômades, eles começaram a se espalhar pela Europa no século XIV. Foram perseguidos e, em alguns países, escravizados. Muitos ciganos foram parar em Portugal, que, assim que teve uma chance, deportou-os aos montes para suas colônias.

rendas e fitas; davam preferência a tudo quanto era encarnado, e nenhuma delas dispensava pelo menos um cordão de ouro ao pescoço; os homens não tinham outra distinção mais do que alguns traços fisionômicos particulares que os faziam conhecidos.

Os dous meninos com quem o pequeno fugitivo travara amizade pertenciam a uma família dessa gente que morava no **largo do Rossio**, lugar que tinha por isso até algum tempo o nome de campo dos Ciganos. Tinham esses meninos, como dissemos, pouco mais ou menos a mesma idade que ele: porém acostumados à vida vagabunda, conheciam toda a cidade, e a percorriam sós, sem que isso causasse cuidado a seus pais; nunca faltavam a acompanhamento de Via-Sacra, nem a outra qualquer cousa desse gênero. Encontrando-se nessa noite, como já sabem os leitores, com o nosso futuro clérigo, a ele se associaram, e o carregaram para casa de seus pais, onde, como de costume, havia festa de ciganos (e este costume ainda hoje se conserva); faziam, dissemos, festa todos os dias, porém motivavam--na sempre. Hoje era um batizado, amanhã um casamento, agora anos deste, logo anos daquele, festa deste, festa daquele santo. Na noite de que tratamos havia um oratório armado, e festejava-se um santo de sua devoção; não lhe sabemos o nome.

O largo do Rossio é onde fica atualmente a praça Tiradentes.

Pelo caminho o menino teve alguns escrúpulos e quis voltar, porém os outros tal pintura lhe fizeram do que ele ia ver se os acompanhasse, que decidiu-se a segui-los até onde quisessem.

Chegaram enfim à casa, onde já tinha começado a festa.

Ao lado esquerdo da sala estava o oratório iluminado por algumas pequenas velas de cera, sobre uma mesa coberta com uma toalha branca, servia-lhe de espaldar uma colcha de chita com folhos. Em roda da sala estavam colocados assentos de toda a natureza, bancos, cadeiras, etc., onde se assentavam os convidados. Não eram estes em pequeno número, eram ciganos e gente do país; traziam ***toilettes*** de toda a casta, do sofrível para baixo; mostravam-se alegres e dispostos a aproveitarem bem a noite.

Aqui, *toilettes* não siginifica "banheiro", mas se refere às roupas que eles usavam.

Os meninos entraram sem que alguém reparasse neles, e foram colocar-se junto ao oratório.

Daí a pouco começou o fado.

Todos sabem o que é **fado**, essa dança tão voluptuosa, tão variada, que parece filha do mais apurado estudo da arte. Uma simples viola serve melhor do que instrumento algum para o efeito.

O fado tem diversas formas, cada qual mais original. Ora, uma só pessoa, homem ou mulher, dança no meio da casa por algum tempo, fazendo passos os mais dificultosos, tomando as mais airosas posições, acompanhando tudo isso com estalos que dá com os dedos, e vai depois pouco e pouco aproximando-se de qualquer que lhe agrada; faz-lhe diante algumas negaças e viravoltas, e finalmente bate palmas, o que quer dizer que a escolheu para substituir o seu lugar.

Veja no YouTube que o fado de Portugal é bem diferente do descrito neste livro.

Assim corre a roda toda até que todos tenham dançado.

No tempo desses dois Leonardos, o fado era um ritmo muito brasileiro, cheio de ginga – diferente do fado de Portugal. Já o minuete – que hoje a gente escreve "minueto" – era uma dança francesa da alta corte, que o pessoal mais pobre gostava de dançar quando queria fingir ser gente fina e elegante.

Outras vezes um homem e uma mulher dançam juntos; seguindo com a maior certeza o compasso da música, ora acompanham-se a passos lentos, ora apressados, depois repelem-se, depois juntam-se; o homem às vezes busca a mulher com passos ligeiros, enquanto ela, fazendo um pequeno movimento com o corpo e com os braços, recua vagarosamente, outras vezes é ela quem procura o homem, que recua por seu turno, até que enfim acompanham-se de novo.

Há também a roda em que dançam muitas pessoas, interrompendo certos compassos com palmas e com um sapateado às vezes estrondoso e prolongado, às vezes mais brando e mais breve, porém sempre igual e a um só tempo.

Além destas há ainda outras formas de que não falamos. A música é diferente para cada uma, porém sempre tocada em viola. Muitas vezes o tocador canta em certos compassos uma cantiga às vezes de pensamento verdadeiramente poético.

Quando o fado começa custa a acabar; termina sempre pela madrugada, quando não leva de enfiada **dias e noites seguidas e inteiras**.

O menino, **esquecido de tudo pelo prazer**, assistiu à festa enquanto pôde; depois chegou-lhe o sono, e reunindo-se com os companheiros em um canto, adormeceram todos embalados pela viola e pelo sapateado.

Quando amanheceu acordou **sarapantado**; chamou um dos companheiros, e pediu que o levasse para casa.

O padrinho ia saindo para começar nas pesquisas quando esbarrou com ele.

— Menino dos trezentos... onde te meteste tu?...

— Fui ver um oratório... Não diz que eu hei de ser padre?!

O padrinho olhou-o por muito tempo, e afinal, não podendo resistir ao ar de *ingenuidade* que ele mostrava, desatou a rir, e levou-o para dentro já completamente **apaziguado**.

Como uma festa rave mais comportada.

Esquecer de tudo numa festa, dormir por lá e acordar sem saber onde está é mais comum do que se imagina.

Sarapantado: atrapalhado, atordoado.

Apaziguado: calmo, em paz.

VII

A COMADRE

Cumpre-nos agora dizer alguma cousa a respeito de uma personagem que representará no correr desta história um importante papel, e que o leitor apenas conhece, porque nela tocamos de passagem no primeiro capítulo: é a comadre, a parteira que, como dissemos, servira de madrinha ao nosso memorando.

Sabe aquele que se faz de desentendido, mas tá de olho em tudo?

Imagine aquela sua tia que sabe de cor todas as novelas.

Era a comadre uma mulher baixa, excessivamente gorda, bonachona, ingênua ou tola até um certo ponto, e **finória** até outro; vivia do ofício de parteira, que adotara por curiosidade, e benzia de quebranto; todos a conheciam por muito beata e pela mais desabrida papa-missas da cidade. Era a folhinha mais exata de todas as festas religiosas que aqui se faziam; sabia de cor os dias em que se dizia missa em tal ou tal igreja, como a hora e até o nome do padre; era pontual à ladainha, ao terço, à novena, ao setenário; não lhe escapava Via-Sacra, procissão, nem sermão; trazia o **tempo habilmente distribuído e as horas combinadas**, de maneira que nunca lhe aconteceu chegar à igreja e achar já a missa no altar.

De madrugada começava pela missa da Lapa; apenas acabava ia à das oito na Sé, e daí saindo pilhava ainda a das nove em Santo Antônio. O seu traje habitual era, como o de todas as mulheres da sua condição e esfera, uma saia de lila preta, que se vestia sobre um vestido qualquer, um lenço branco muito teso e engomado ao pescoço, outro na cabeça, um rosário pendurado no cós da saia, um raminho de arruda atrás da orelha, tudo isto coberto por uma clássica mantilha, junto à renda da qual se pregava uma pequena figa de ouro ou de osso. Nos **dias dúplices**, em vez de lenço à cabeça, o cabelo era penteado, e seguro por um enorme pente cravejado de crisólitas.

Este uso da mantilha era um arremedo do uso espanhol; porém a mantilha espanhola, temos ouvido dizer, é uma cousa poética que reveste as mulheres de um certo mistério, e que lhes realça a beleza; a mantilha das nossas mulheres, não; era a cousa mais prosaica que se pode imaginar, especialmente quando as que as traziam era baixas e gordas como a comadre. A mais brilhante festa religiosa (que eram as mais frequentadas então) tomava um aspecto lúgubre logo que a igreja se enchia daqueles vultos negros, que se uniam uns aos outros, que se inclinavam cochichando a cada momento.

Traduzindo: no dia em que dava na telha.

Mas a mantilha era o traje mais conveniente aos costumes da época; sendo as ações dos outros o principal cuidado de quase todos, era muito necessário ver sem ser visto. A mantilha para as mulheres estava na razão das rótulas para as casas; eram o observatório da vida alheia. Muito agitada e cheia de acidentes era a vida que levava a comadre, de parteira, beata e curandeira de quebranto; não tinha por isso muito tempo de fazer visitas e procurar os conhecidos e amigos. Assim não procurava o Leonardo muitas vezes; havia muito tempo que não sabia notícia dele, nem da Maria, nem do afilhado, quando um dia na Sé ouviu entre duas beatas de mantilha a seguinte conversa:

— É o que lhe digo: a saloiazinha era da pele do tinhoso!

— E parecia uma santinha... e o Leonardo o que lhe fez?

— Ora, desancou-a de murros, e foi o que fez com que ela abalasse mais depressa com o capitão... pois olhe, não teve razão; o Leonardo é um rapagão; ganhava boas patacas, e tratava dela como de uma senhora!...

— E o filho... que assim mesmo pequeno era um malcriadão...

— O padrinho tomou conta dele; quer-lhe um bem extraordinário... está maluco o coitado do homem, diz que o menino há de por força ser padre... **mas qual padre, se ele é um endiabrado**!...

Pelo menos o padrinho teria com quem se confessar.

Nesta ocasião levantava-se a Deus, e as duas beatas interromperam a conversa para bater nos peitos.

Era uma delas a vizinha do compadre, que prognosticava mau fim ao menino, e com quem ele prometera fazer uma estralada; a outra era uma das que tinham estado na função do batizado.

A comadre, apenas ouviu isto, foi procurar o compadre; não se pense porém que a levara a isso outro interesse que não fosse a curiosidade, queria saber o caso com todos os menores detalhes; isso lhe dava longa matéria para a conversa na igreja, e para entreter as **parturientes** que se confiavam aos seus cuidados. Entrou pela loja do barbeiro; e apenas o avistou foi-lhe dizendo:

Parturientes: mulheres em trabalho de parto.

— Então, com que a tal comadre **pregou-nos o mono**? Veja o que são doudices; fazer aquilo ao Leonardo, um homem que não é mal-arranjado... filho do Reino...

Pregar o mono é enganar, fazer uma coisa e resultar em outra.

— Apertaram-lhe as saudades da terra, disse o compadre com sorriso maligno.

— Apertada se veja ela entre as unhas do tinhoso! Olhem que joiazinha... E você, mestre, ficou com a carga às costas...

— Carga, não... eu quero-lhe bem, ele é sossegadinho...

Começou então um interrogatório minucioso acerca do que tinha sucedido em casa do Leonardo; e os dous, compadre e comadre, desabafaram a seu gosto. Depois o compadre narrou, mesmo sem ser interrogado, todas as gentilezas do afilhado, e contou suas intenções a respeito dele. A comadre não concordou com elas (o que nada agradou ao compadre), não via o menino com jeito para padre; achava melhor metê-lo na **Conceição** a aprender um ofício. O compadre porém

A Conceição era uma escola tipo o Senai de hoje, onde se aprendia uma profissão.

persistiu em seus intentos, que tinha muita esperança de ver realizados. Afinal a comadre retirou-se.

Pelo caminho foi repetindo o que acabara de saber a quanto conhecido encontrou, sem escrupulizar muito em acrescentar mais uma ou outra circunstância com que **carregava as cores do quadro**.

Tradução: a comadre foi espalhando a fofoca e aumentando a história.

Entretanto o compadre aplicava-se a trabalhar na realização de seus intentos, e começou por ensinar o ABC ao menino; porém, por primeira contrariedade, este empacou no F, e nada o fazia passar adiante.

A comadre continuou a aparecer daí em diante por um motivo que mais tarde se saberá.

Por agora vamos continuar a contar o que era feito do Leonardo.

VIII

O PÁTIO DOS BICHOS

Lembre-se de que o autor escreveu esta história em 1852.

Soldo era o salário que os militares recebiam. Aqui não se sabe se os coitados ganhavam a grana ou trabalhavam de graça.

Ainda hoje existe no saguão do paço imperial, que no tempo em que se passou esta nossa história se chamava palácio del-rei, uma saleta ou quarto que os gaiatos e o povo com eles denominavam o *Pátio dos Bichos*. Este apelido lhe fora dado em consequência do fim para que ele então servia: passavam ali todos os dias do ano três ou quatro oficiais superiores, velhos, incapazes para a guerra e inúteis na paz, que o rei tinha a seu serviço não sabemos se com mais alguma vantagem de **soldo**, ou se só com mais a honra de serem empregados no real serviço. Bem poucas vezes havia ocasião de serem eles chamados por ordem real para qualquer cousa, e todo o tempo passavam em santo ócio, ora mudos e silenciosos, ora conversando sobre cousas do seu tempo, e censurando as do que com razão já não supunham seu, porque nenhum deles era menor de sessenta anos. Às vezes acontecia adormecerem todos ao mesmo tempo, e então com a ressonância de suas respirações passando pelos narizes atabacados, entoavam um quarteto, pedaço impagável, que os oficiais e soldados que estavam de guarda, criados e mais pessoas que passavam, vinham apreciar à porta. Eram os pobres homens muitas vezes vítimas de caçoadas que naquele tempo de poucas preocupações eram o objeto de estudo de muita gente.

Às vezes qualquer que os pilhava dormindo chegava à porta e gritava:

— Sr. tenente-coronel, el-rei procura por V.S.

Qualquer deles acordava espantado, tomava o chapéu armado, punha o **talim**, acontecendo às vezes com a pressa ficar o chapéu torto ou a espada do lado direito, e lá corria a ter com el-rei.

— Às vossas ordens, real senhor, dizia ainda bocejando.

O rei, que percebia o negócio, desatava a rir e o mandava embora.

Quando chegava o pobre homem abaixo, ia cada um dos que por ali se achavam indagar, o mais seriamente que era possível, qual tinha sido o objeto do chamado del-rei.

Faziam-lhes destas e doutras, mas daí a pouco deixavam-se eles enganar de novo.

Vamos fazer o leitor tomar conhecimento com um desses *ativos* militares, que entra também na nossa história.

Era velho como seus companheiros, porém decerto por ele não é que tinha vindo ao quarto o apelido que lhe davam: suas feições quebradas pela idade tinham ainda certa regularidade de contorno que bem denotava que seu tempo de rapaz não fora a respeito de beleza mal favorecido; de seus cabelos que o tempo levara restavam apenas orlando-lhe as têmporas e a nuca alguns anéis crespos e prateados, sua calva era nobre e imponente. Fora valente; ganhara por seus feitos as **dragonas** de tenente-coronel; era filho de Portugal, e acompanhara el-rei na sua vinda ao Brasil.

Estas qualidades porém não lhe serviam de salvaguarda, e sofria como os outros as caçoadas dos gaiatos.

Assim um dia que uma mulher de mantilha o foi procurar, e se pôs com ele a conversar por algum tempo em

particular, passavam uns e outros e escarravam junto da porta, ou deixavam escapar uma ou outra **chalaça** análoga.

Chalaça é uma zoação violenta.

— Amores velhos nunca se esquecem, dizia um.

— Bravo! Gosto do bom gosto, dizia outro.

A mulher de mantilha é nossa conhecida, porque nem mais nem menos é a comadre; e o negócio que aí a levou também nos interessa, pois que se trata da soltura do pobre Leonardo. Ouça portanto o leitor a conversa dos dous.

— Sr. tenente-coronel, disse a comadre ao chegar, venho me valer de V.S.: meu compadre Leonardo está na cadeia.

— O Leonardo?! Mas então por quê?

— Ora! Maluquices!

E chegando-se ao ouvido do velho, contou-lhe a comadre baixinho a causa da prisão do Leonardo.

O velho desatou a rir.

— Bem pregado!... disse.

— Agora eu queria que V.S. fizesse o favor de falar por ele ao Sr. major Vidigal, que foi quem o prendeu... coitado do homem: é uma vergonha; mas também ele não se emenda!

E prosseguindo, a comadre contou muito em segredo, como já o tinha feito a todos os seus conhecidos, toda a história dos infelizes amores do Leonardo com a Maria, todas as diabruras do menino que ela deixara e de que o padrinho tomara conta: passou depois a relatar todo o ocorrido com a cigana, e voltou de novo à história da prisão, que contou e recontou vinte vezes, sem lhe escapar a mais pequenina circunstância. No fim tornou a fazer o seu pedido, a que o velho prometeu satisfazer, e então saiu ela recebendo no saguão muitos cumprimentos e sorrisos maliciosos. Na porta por onde saiu estava encostado um **cadete** que lhe disse:

Cadete é uma espécie de "estagiário" de tenente, ainda em formação.

— Estimo que fosse feliz; no dia do batizado não se esqueça da gente.

— **Arrenego**! foi a única resposta que ela deu, e passou.

Arrenego: o mesmo que "Deus me livre!".

Como o velho tenente-coronel conhecia a comadre e o Leonardo, e por que se interessava por ele, o leitor saberá mais para diante.

Esse conhecimento era antigo, e o Leonardo apenas se achou na cadeia lembrou-se da proteção que o velho lhe podia prestar em semelhante aperto; mandou por um colega chamar a comadre, e a encarregou da missão de ir ter com ele, missão que ela aceitou de bom grado, e que desempenhou, segundo vimos, satisfatoriamente.

O velho, apenas a comadre saiu, tomou o chapéu armado, pôs a espada à cinta e saiu, depois de ter contado aos companheiros o que sucede a quem vai tomar fortuna. Um deles, que era crédulo até ao entusiasmo a respeito de feitiçarias, ficou muito indignado com o caso, e prometeu também empenhar-se pelo Leonardo.

Já vê pois o leitor que o negócio não estava malparado, e em breve saberá o resultado de tudo isto.

IX

O – ARRANJEI-ME – DO COMPADRE

Os leitores estarão lembrados do que o compadre dissera quando estava a fazer castelos no ar a respeito do afilhado, e pensando em dar-lhe o mesmo ofício que exercia, isto é, daquele *arranjei-me*, cuja explicação prometemos dar. Vamos agora cumprir a promessa.

Se alguém perguntasse ao compadre por seus pais, por seus parentes, por seu nascimento, nada saberia responder, porque nada sabia a respeito. Tudo de que se recordava de sua história reduzia-se a bem pouco. Quando chegara à idade de dar acordo da vida achou-se em casa de um barbeiro que dele cuidava, porém que nunca lhe disse se era ou não seu pai ou seu parente, nem tampouco o motivo por que tratava da sua pessoa. Também nunca isso lhe dera cuidado, nem lhe veio à curiosidade indagá-lo.

Fâmulo: empregado.

Esse homem ensinara-lhe o ofício, e por inaudito milagre também a ler e a escrever. Enquanto foi aprendiz passou em casa do seu... mestre, em falta de outro nome, uma vida que por um lado se parecia com a do **fâmulo**, por outro com a do filho, por outro com a do agregado, e que afinal não era senão vida de **enjeitado**, que o leitor sem dúvida já adivinhou que ele o era. A troco disso dava-lhe o mestre sustento e morada, e pagava-se do que por ele tinha já feito.

Enjeitado: aquele que é abandonado, rejeitado.

Quando passou de menino a rapaz, e chegou a saber barbear e **sangrar** sofrivelmente, foi obrigado a manter-se à sua custa e a pagar a morada com os *ganchos* que fazia, porque o produto do mais trabalho pertencia ainda ao mestre. Sujeitou-se a isso. Porém queriam ainda mais: exigiam que continuasse a empregar-se no serviço doméstico. Lavrou-lhe então n'alma um arrepio de dignidade: já era oficial, e não queria rebaixar o seu ofício. Virou **mareta**; fez-se duro, e safou-se de casa sem escrúpulos nem remorsos, pois bem sabia que estavam saldas as contas de parte a parte. Tinham-no criado; ele tinha servido. Também não encontrou grande resistência à sua deliberação.

Acreditava-se na época que diminuir a quantidade de sangue no organismo era fundamental para ajudar no processo de cura de praticamente todas as doenças. E para fazer essa diminuição, eles sangravam o doente com a ajuda de sanguessugas. No Rio de Janeiro de 1866, havia pelo menos 118 barbeiros aplicadores de sanguessuga em plena atividade.

Apenas passou o primeiro ímpeto e teve tempo de reflexionar, quase que começou a arrepender-se por não saber qual o meio de achar arranjo. Viu-se na rua, sem saber para onde ir, tendo por única fortuna uma bacia de barbear embaixo do braço, um par de navalhas e outro de lancetas na algibeira. Verdade é que quem tinha consigo estes trastes estava com as armas e uniforme do ofício; porém isso não bastava; o pobre rapaz estava em apertos.

Mareta: onda, rebuliço.

Passou a primeira noite em casa de um colega, e no dia seguinte ao amanhecer, tomando os seus apetrechos, saiu em busca de que fazer para aquele dia, e de destino para os mais que se iam seguir.

Achou ambas as cousas: uma trouxe a outra.

No largo do Paço um marujo que estava sentado em uma pedra junto ao mar chamou-o para que lhe fizesse a barba: mãos à obra, que já naquele dia não morria de fome.

Todo o barbeiro é tagarela, e principalmente quando tem pouco que fazer; começou portanto a puxar conversa com o freguês. Foi a sua salvação e fortuna.

O Mercado do Valongo era o local onde se negociava a venda de escravos.

O navio a que o marujo pertencia viajava para a Costa e ocupava-se no comércio de negros; era um dos comboios que traziam fornecimento para o **Valongo**, e estava pronto a largar.

— Ó mestre! disse o marujo no meio da conversa, você também não é sangrador?

— Sim, eu também sangro...

— Pois olhe, você estava bem bom, se quisesse ir conosco... para curar a gente a bordo; morre-se ali que é uma praga.

— Homem, eu da cirurgia não entendo *muito*...

— Pois já não disse que sabe também sangrar?

— Sim...

— Então já sabe até demais.

No dia seguinte saiu o nosso homem pela barra fora: a fortuna tinha-lhe dado o meio, cumpria sabê-lo aproveitar; de oficial de barbeiro dava um salto mortal a *médico* de **navio negreiro**; restava unicamente saber fazer render a nova posição. Isso ficou por sua conta.

8 Procure no Google o poema "O Navio Negreiro", de Castro Alves.

Por um feliz acaso logo nos primeiros dias de viagem adoeceram dous marinheiros; chamou-se o médico; ele fez tudo o que sabia... sangrou os doentes, e em pouco tempo estavam bons, perfeitos. Com isto ganhou imensa reputação, e começou a ser estimado.

Chegaram com feliz viagem ao seu destino; tomaram o seu carregamento de gente, e voltaram para o Rio. Graças à **lanceta** do nosso homem, nem um só negro morreu, o que muito contribuiu para aumentar-lhe a sólida reputação de entendedor do riscado.

Lanceta: lâmina para pequenas cirurgias.

Poucos dias antes de chegar ao Rio o capitão do navio adoeceu; a princípio nem ele nem alguém teve a menor dúvida de que ficaria bom logo depois da primeira sangria;

porém repentinamente o negócio complicou-se, e nem com a terceira e quarta se pôde conseguir cousa alguma. No fim do quarto dia convenceram-se todos e o próprio doente capitão de que estava chegada a sua hora. Nem por isso porém inculparam o nosso homem.

— Ali não há sangria que o salve, diziam; chegou a sua vez de **dar à costa**... há de ir.

Dar à costa: ir para a terra, morrer.

O capitão teve de fazer suas últimas disposições, e, como dissemos, tendo o *médico* granjeado grande amizade e confiança, foi escolhido para desempenhá-las.

O capitão chamou-o à parte, e em segredo lhe fez entrega de uma cinta de couro e uma caixa de pau pejadas de um bom par de **doblas** em ouro e prata, pedindo que fielmente as fosse entregar, apenas chegasse à terra, a uma filha sua, cuja morada lhe indicou. Além deste dinheiro encarregou-o também de receber a soldada daquela viagem e lhe dar o mesmo destino. Eram estas suas únicas e últimas vontades que o encarregava de cumprir, declarando-lhe que lá do outro mundo o espiaria para ver como cuidava disso.

Doblas: moedas.

Poucas horas depois expirou.

Desse dia em diante nenhum só doente escapou mais, porque o *médico* já não sangrava tanto; andava preocupado, distraído, e assim levou até chegar à terra.

Apenas saltou, declarou que não se tinha dado bem, e que não embarcaria mais.

Quanto às ordens do capitão… histórias; quem é que lhe havia de vir tomar contas disso? Ninguém viu o que se passou; de nada se sabia. Os únicos que podiam ter desconfiado e fazer alguma cousa eram os marinheiros; porém estes partiram em breve de novo para a Costa.

O compadre decidiu-se a instituir-se herdeiro do capitão, e assim o fez.

Eis aqui como se explica o *arranjei-me*, e como se explicam muitos outros que vão aí pelo mundo.

X

EXPLICAÇÕES

Vereda: caminho.

Praça: militar com patente inferior a segundo-tenente.

O velho tenente-coronel, apesar de virtuoso e bom, não deixava de ter na consciência um sofrível par de pecados, desses que se chamam da carne, e que não hão de ser levados em conta, não de hoje, que a idade o tornara inofensivo, porém do tempo de sua mocidade: o resultado de um deles fora um filho que deixara em Lisboa, fruto de um derradeiro amor que tivera aos 36 anos. Por castigo em nada havia ele saído ao pai, e nem os conselhos, nem os cuidados e nem o exemplo deste puderam encaminhá-lo por boa **vereda**. Aos vinte anos, tendo sentado **praça**, era um cadete desordeiro, jogador e o mais insubordinado do seu regimento. Bastantes vergonhas custara ao pobre pai, que cuidadoso procurava sempre por todos os meios encobrir-lhe os defeitos e remediar as gentilezas que fazia, já pagando por ele dívidas de jogo, já atabafando-lhe as desordens e curando com ouro as brechas que ele fazia na cabeça de seus adversários. Houve porém uma que as circunstâncias e mesmo a natureza do caso não permitiram que tivesse remédio. Poucos dias antes de embarcar para o Brasil em **companhia del-rei**, estando o infeliz pai em preparativos de viagem, viu entrar-lhe pela porta adentro uma mulher velha, baixa, gorda, vermelha, vestida, segundo o costume das mulheres da baixa classe do país, com uma saia de ganga azul por cima de um vestido de chita, um lenço branco dobrado triangularmente posto sobre a cabeça e preso embaixo do queixo, e uns grossos sapatões nos pés. Parecia presa de grande agitação e de raiva: seus olhos pequenos e azuis faiscavam de dentro das órbitas afundadas pela idade, suas faces estavam rubras e reluzentes, seus lábios franzinos e franzidos apertavam-se violentamente um contra o outro como prendendo uma torrente de injúrias, e tornando mais sensível ainda seu queixo pontudo e um pouco revirado.

Da noite pro dia, chegou ao Rio de Janeiro o equivalente a 12% de sua população da época. Como não havia casa para o povo da companhia del-rei, as autoridades escolheram as melhores residências e marcaram na parede delas as letras PR (Príncipe Regente). Isso queria dizer que quem morava ali tinha que se mandar de casa para dar lugar aos "visitantes".

Apenas se achou ela em frente do capitão (era este o posto que tinha nesse tempo o velho) foi-se chegando para ele com ar resoluto e enfurecido. O capitão recuou instintivamente um passo.

— Ah! Sr. capitão, disse ela por fim pondo as mãos nas cadeiras, chegando a boca muito perto do rosto dele e abanando raivosa a cabeça: olhe que isto assim não vai direito; fazer-me andar a cabeça à roda... põe-me os miolos a ferver... e eu estouro... já viu!...

— Mas o que há então, mulher?... Eu não lhe conheço...

— Não quero cá saber de nada... Já lhe disse que isto não vai bem... e eu estouro...

— Mas por quê?... o que é que tem?... É preciso que você diga...

— Não tenho nada que dizer... Estouro, já lhe disse, Sr. capitão!...

— Pois estoure com trezentos diabos! mas ao menos diga pelo que é que estoura.

— Não tenho nada que dizer... já lhe disse... isto põe a cabeça da gente como uma cebola podre, não tem lugar nenhum... Ir-me por lá com ares de **santarrão** comprar frutas...

Se fazer de santo, como quando você apronta alguma.

— Quem, mulher de Deus? Você não se explicará?

— Qual explicar, nem meio explicar! Pois então por ser cá a gente uma mulher velha, que já perdeu os achegos ao mundo, e ela uma pobre rapariga tola e bisbilhoteira, com vontade de saber de tudo, vir-me cá a mim pregar o mono na bochecha, e a ela em lugar ainda mais melindroso...

— Mas quem é que pregou monos a você mais a ela? E quem é ela?...

— Faz-se de novo! Continuou a mulher exasperando-se; pois o Sr. capitão já não tinha consentido no casamento?...

— Que casamento? Com quem?...

— Ai, ai, ai, que cá me anda a cabeça como uma nora solta... Pois o Sr. capitão não sabe que tem um filho?...

— Sim, sei, respondeu este começando a descobrir o mistério.

— E não sabe que ele é um pedaço de um **mariola**!...

Mariola é homem de recados. Aqui seria fofoqueiro, mau-caráter, biltre.

A isto o capitão podia, porém não se animou a responder afirmativamente, e perguntou somente:

— E que mais?...

— E não sabe também que eu tenho uma filha que trouxe do Lumiar, a Mariazinha?

— Como, se eu nem a conheço?...

— Pois é uma rapariga muito capaz... e o diabo do tal cadete do seu filho andou por lá a entender com ela muito tempo: namoro para cá, namoro para lá, presentes daqui, promessas dacolá... e afinal de contas... brás!... E então que lhe parece?

O capitão foi às nuvens.

— Até lhe prometeu casamento, dizendo que o Sr. capitão consentia... Ora eu bem sei que ela também teve sua culpa... mas eu desculpo isso, porque também já fui rapariga... e sei que quando começa cá o diabo no corpo, adeus! Mas isto põe a gente tonta, porque... enfim a rapariga podia vir a fazer fortuna.

O capitão tinha compreendido tudo, e por mais algumas explicações que se seguiram viu-se reduzido ao maior aperto.

Colareja: quem nasce em Colares, Portugal.

Desta vez a diabrura do rapaz era irremediável. A mulher tinha toda a razão; porém casar seu filho com a filha de uma **colareja**... isso não poderia ser; além de que nada tinha que deixar ao filho, e só com o soldo de cadete não poderia sustentar mulher e casa, restando além disso a dúvida se ele estaria ou não pelos autos...

Despediu a velha, não sem lhe prometer que providenciaria sobre o caso.

— Olhe, veja lá, disse ela ao sair; se o negócio não se arranja, eu estouro!...

O pobre homem ficou nos apuros; foi ter com a ofendida, e procurou, oferecendo-lhe alguma cousa para seu dote, obter que ela se calasse, e que desistisse de suas pretensões; esta quis a princípio recusar, porém a mãe aconselhou-a que aceitasse, sem dúvida com medo de estourar. Deste modo ficou o caso um *pouco* remediado, posto que a consciência do capitão, que era de homem de honra, não ficara de modo algum satisfeita. O tempo porém não dava lugar a mais; era chegado o momento de acompanhar a el-rei, e ele partiu deixando o filho recomendado a quantos amigos tinha. Decorreram os anos, e quando menos esperava soube ele que se achava no Rio de Janeiro em companhia do Leonardo a tal Mariazinha, que então já era a **Maria** que os leitores bem conhecem. Procurou fazer o que pudesse por ela para satisfazer todos os seus escrúpulos de pai honrado, porém quis fazê-lo ocultamente. Foi ter com a comadre, a quem já conhecia, e a encarregou de o avisar apenas sentisse que a Maria sofria qualquer necessidade. Nunca porém teve ocasião de exercer a sua boa vontade diretamente para com ela. Apenas tinha feito ao Leonardo um pequeno favor em ocasião em que este se achava embaraçado por causa de umas irregularidades em uns autos que se lhe atribuía, e que a comadre o aconselhou de procurá-lo mesmo sem o conhecer, a título de que era muito bom homem e amigo de servir a todos.

Viu só? A Maria da hortaliça, mãe do Leonardo, é a tal Mariazinha.

Eis aqui por que o Leonardo se dirigiu no seu segundo apuro ao velho tenente-coronel por intermédio da comadre, e por que este prometeu empenhar-se por ele, o que com efeito tratou de cumprir.

Como dissemos, apenas a comadre saiu, saiu ele também, e foi tratar de pôr o Leonardo na rua. Dirigiu-se primeiro à cadeia para colher do próprio Leonardo todas as informações, e então pôde ver que as que lhe tinha dado a comadre eram exatíssimas, e que ela não deixara escapar a menor circunstância. O Leonardo repetiu e confessou tudo o que ele já sabia, corrido de embaraço e de vergonha; e ao despedir-se o velho:

— Sr. tenente-coronel, disse-lhe ele, V.S. já me livrou de uma que não era culpa minha; livre-me desta também... olhe que está comprometida a minha honra...

O Leonardo esquecia-se da teoria da Maria.

— A honra não, respondeu o velho, o que está comprometido é o seu juízo: hão de dizer (e eu sou o primeiro) que você está doudo.

— Fugi de uma saloia e fui cair numa cigana... tem razão!...

O velho saiu sorrindo-se. Daí dirigiu-se à casa de um seu amigo, fidalgo de valimento, para dele obter a soltura do Leonardo. Morava ele em uma das ruas mais estreitas da cidade, em um sobrado de sacada de rótulas de pau com pequenos postigos que se abriam às furtadelas, sem que ninguém de fora pudesse ver quem a eles chegava.

A poeira amontoada nos cordões da rótula e as paredes encardidas pelo tempo davam à casa um aspecto triste no exterior; quanto ao interior, andava pelo mesmo conseguinte. A sala era pequena e baixa; a mobília que a guarnecia era toda de jacarandá e feita no gosto antigo; todas as peças eram enormes e pesadas; as cadeiras e o canapé, de pés arcados e espaldares altíssimos, tinham os assentos de couro, que era a moda da transição entre o estofo e a palhinha. Quem quiser ter ideia exata destes móveis procure no consistório de alguma irmandade antiga, onde temos visto alguns deles.

As paredes eram ornadas por uma dúzia de quadros, ou antes de caixas de vidro que deixavam ver em seu interior paisagens e flores feitas de conchinhas de todas as cores, que não eram totalmente feios, porém que não tinham decerto o subido valor que se lhes dava naquele tempo. À direita da sala havia sobre uma mesa um enorme oratório no mesmo gosto da mobília.

Havia finalmente em um canto uma palma benta, destas que se distribuem no domingo de ramos; e se o leitor agora supuser tudo isto coberto por uma densa camada de poeira, terá ideia perfeita do lugar em que foi recebido o velho tenente-coronel, que era pouco mais ou menos semelhante em todas as casas ricas de então, e por isso nos demoramos em descrevê-lo.

Sem se fazer esperar muito, apareceu o dono da casa: era um homem já velho e de cara um pouco ingrata; vinha de tamancos, sem meias, em mangas de camisa, com um capote de lã de xadrez sobre os ombros, **caixa de rapé** e lenço encarnado na mão.

Em poucas palavras o velho expôs-lhe o caso e lhe pediu que fosse falar a el-rei em favor de Leonardo.

A princípio opôs ele algumas dúvidas, dizendo:

— Homem, pois eu hei de ir a palácio por causa de um meirinho? El-rei há de rir-se do meu afilhado.

Afinal, porém, teve de ceder a instâncias da amizade, e prometeu tudo. O velho saiu satisfeito e foi levar a nova ao Leonardo, que pulou de contente. Poucos dias depois chegou a ordem de soltura, e ele foi posto na rua. Acreditara que tinha acabado de passar pelo pior dos suplícios, porém insuportáveis torturas começaram para ele no dia em que saiu da cadeia: a mofa, o escárnio, o riso dos companheiros seguiu-o por muitos dias, incessante e martirizador.

O rapé é tabaco torrado e moído. A moda de se entupir de nicotina cheirando rapé teve seu ápice nos séculos XVIII e XIX. Com a invenção do charuto, a sociedade brasileira ficou dividida entre tabaquistas (a turma do rapé) e os fumistas (galera amante do charuto).

XI

PROGRESSO E ATRASO

Dadas as explicações do capítulo precedente, voltemos ao nosso memorando, de quem por um pouco nos esquecemos. Apressemo-nos a dar ao leitor uma boa notícia: o menino desempacara do *F*, e já se achava no *P*, onde por uma infelicidade empacou de novo. O padrinho anda contentíssimo com este progresso, e vê clarear-se o horizonte de suas esperanças; declara positivamente que nunca viu menino de melhor memória do que o afilhado, e cada lição que este dá sabida de quatro em quatro dias pelo menos é para ele um triunfo. Há porém uma cousa que o entristece no meio de tudo: o menino tem para a reza, e em geral para tudo quanto diz respeito à religião, uma aversão decidida; não é capaz de fazer o **pelo-sinal** da esquerda para a direita, fá-lo sempre da direita para a esquerda, e não foi possível ao padrinho, apesar de toda a paciência e boa vontade, fazê-lo repetir de cor sem errar ao menos a metade do padre-nosso, em vez de dizer "venha a nós o vosso reino" diz sempre "venha a nós o pão nosso". Ir à missa ou ao sermão é para ele o maior de todos os suplícios, isto faz que o padrinho desespere às vezes, e até chegue a concordar com a

Pelo-sinal: oração.

comadre em que o menino não tem jeito para clérigo; porém são nuvens passageiras; sempre há isto ou aquilo que faz renascer todas as esperanças, e o homem caminha animado na sua obra.

O que ele porém esperava não esperavam todos, e ninguém via no menino senão um futuro peralta da primeira grandeza; quem mais contava com isso era a vizinha do barbeiro, aquela a quem ele chamava o agouro do pequeno. Era a tal vizinha uma dessas mulheres que se chamam de faca e **calhau**, valentona, presunçosa, e que se gabava de não ter papas na língua: era viúva, e importunava a todo o mundo com as virtudes do seu defunto. **Serrazina** e amiga de contrariar, não perdia ocasião de desmentir o vizinho em suas esperanças a respeito do afilhado, declarando que não lhe via jeito para cousa nenhuma, que não queria para cousa que lhe pertencesse o fim que ele havia de ter, e que quando ele crescesse o melhor remédio era dar-lhe com os ossos a bordo de um navio ou pôr-lhe o côvado e meio às costas. O barbeiro desesperava com isso; por muito tempo conseguiu conter-se, porém um dia não pôde mais, e disparatou com a sujeita. Chegando por acaso à porta da loja, a vizinha que estava à janela disse-lhe em tom de zombaria:

Calhau é fragmento de pedra. Quer dizer, a mulher era boa de briga.

Serrazina: pessoa chata, maçante, enfadonha.

— Então, vizinho, como vai o seu reverendo?

Um velho que morava defronte, e que também se achava à janela, desatou a rir com a pergunta.

O compadre foi às nuvens, avermelhou-se-lhe a calva, franziu a testa, porém fez que não tinha ouvido. A vizinha pôs-se também a rir, percebendo o cavaco, e acrescentou:

— Padre amigo do fado... tem que ver... Quando vai ele outra vez à casa dos ciganos?...

O velho defronte redobrou a risada. A vizinha continuou:

— Então ele já encarrilha o padre-nosso?

O compadre exasperou-se completamente; e estudando uma injúria bem grande para responder, disse afinal:

— Já... já... senhora intrometida com a vida alheia... já sabe o padre-nosso, e eu o faço rezar todas as noites um pelo seu defunto marido que está a esta hora dando **couces** no inferno!...

Couce nada mais é que "coice".

— Hein?... o que é que você diz, senhor raspa-barbas? você mete terceiros na conversa? disse a vizinha encrespando-se; olhe que esse de quem você fala nunca foi sangrador, nem viveu de aparas de cabelos... Não se meta comigo que hei de lhe dizer das últimas e pôr-lhe os podres na rua... Couces no inferno!!! ora dá-se? um santo homem... Couces no inferno... Pois agora saiba, porque eu cá não tenho papas na língua, que o tal seu afilhado das dúzias é um pedaço de um malcriadão muito grande, que há de desonrar as barbas de quem o criou... E não tem que ver, porque ele é de má raça... já ouviu? não se meta comigo...

— E você, respondeu o compadre enquanto a vizinha tomava fôlego, por que se mete com o que não é da sua repartição?

Ela prosseguiu:

— **Hei de me meter**; não é da sua conta, nem venha cá dar regras, que eu não preciso de você...

Se já se metia tanto assim, imagine em uma reunião de condomínio.

— Mas o que tem você que entender com uma criança inocente que nunca lhe fez mal?...

— Tenho muito, porque não me deixa parar os telhados com pedras, faz-me caretas quando me vê na janela, e trata-me como se eu fosse alguma saloia ou mulher de barbeiro... Digo-lhe e repito-lhe... aquilo tem maus bofes, e não há de ter bom fim...

— Está bom, senhora, respondeu o compadre que tinha bom gênio, e que só fora levado àquele excesso pelo amor do afilhado; basta de rezingas, olhe a vizinhança.

— Ora, tomara a vizinhança ver-se livre do tal diabo...

O menino chegou nessa ocasião à porta, e pondo-se na ponta dos pés, esticando o pescoço, e abanando-o como a vizinha e imitando-lhe a voz, repetiu:

— Ver-se livre do tal diabo...

O compadre achou tanta graça, que deu-se por vingado, e desatou a rir por seu turno.

Ah! disse a vizinha, agradece a boa vontade, meu diabo em figura de menino; tu não tens a culpa; a culpa tem quem te dá ousadias.

— A culpa tem quem te dá ousadias... repetiu o menino arremedando.

O compadre ria-se a perder.

A vizinha desesperada bateu com o **postigo** e recolheu-se, porém por muito tempo falou em voz alta, de maneira que toda a vizinhança ouvia, dizendo quanto impropério lhe veio à cabeça contra o barbeiro e o menino.

— O pequeno encheu-me as medidas, disse este consigo, vingou-me desta; agora falta-me aquele velho de defronte que também a acompanhou na risota; mas não faltará ocasião.

Esqueceu-nos dizer que o barbeiro, apesar de ter sabido, pouco se importara com a prisão do Leonardo, e referindo-se à causa da infelicidade deste, dissera apenas:

— É bem feito, para ele não se deixar arrastar para toda a parte agarrado em quanto rabo de saia lhe aparece.

Nem foi à cadeia visitá-lo, nem levar-lhe o filho para tomar a bênção, o que a comadre muito reprovou quando soube.

O velho tenente-coronel, depois de ter posto na rua o Leonardo, informado miudamente, como sabe o leitor, pela comadre do destino da Maria, decidiu tomar o menino sob sua proteção, e acreditou que, se conseguisse felicitá-lo, lavaria seu filho do pecado de ter desonrado a Maria. Por intermédio da comadre mandou oferecer ao compadre seu préstimo em favor do pequeno, mandou-lhe propor até que o deixasse ir para a sua companhia. O compadre porém não esteve por isso de modo nenhum, e até se prometeu aceitar para qualquer outra cousa a proteção do tenente-coronel foi a instâncias da comadre.

— Não quero, dizia ele, que me roubem o gosto de tê-lo feito gente; comecei a minha obra, hei de acabá-la.

— Homem, retorquira-lhe a comadre, você faz mal; olhe que o velho é homem de representação; veja como ele com duas voltas e meia pôs o Leonardo na rua.

— Nada, não hei de dar o gostinho aqui a esta súcia da vizinhança; hei de eu mesmo fazer a cousa por minhas mãos. Lá se o tenente-coronel quiser fazer alguma cousa por ele, aceito; mas quanto a tirá-lo da minha companhia, isso nunca. Agora já é birra; hei de levar a minha avante.

XII

ENTRADA PARA A ESCOLA

É mister agora passar em silêncio sobre alguns anos da vida do nosso memorando para não cansar o leitor repetindo a história de mil travessuras de menino no gênero das que já se conhecem; foram diabruras de todo o tamanho que exasperaram a vizinha, desgostaram a comadre, mas que não alteraram em cousa alguma a amizade do barbeiro pelo afilhado: cada vez esta aumentava, se era possível, tornava-se mais cega. Com ele cresciam as esperanças do belo futuro com que o compadre sonhava para o pequeno, e tanto mais que durante este tempo fizera este *alguns* progressos: lia soletrado sofrivelmente, e por **inaudito** triunfo da paciência do compadre aprendera a ajudar missa. A primeira vez que ele conseguiu praticar com decência e exatidão semelhante ato, o padrinho exultou; foi um dia de orgulho e de prazer: era o primeiro passo no caminho para que ele o destinava.

Mister: necessário.

Inaudito: extraordinário, incrível.

— E dizem que não tem jeito para padre, pensou consigo; ora acertei o alvo, dei-lhe com a balda. Ele nasceu mesmo

Em outras palavras, um padre de responsa.

para aquilo, há de ser um **clérigo de truz**. Vou tratar de metê-lo na escola, e depois... toca.

Com efeito foi cuidar nisso e falar ao mestre para receber o pequeno; morava este em uma casa da rua da Vala, pequena e escura.

Foi o barbeiro recebido na sala, que era mobiliada por quatro ou cinco longos bancos de pinho sujos já pelo uso, uma mesa pequena que pertencia ao mestre, e outra maior onde escreviam os discípulos, toda cheia de pequenos buracos para os tinteiros; nas paredes e no teto haviam penduradas uma porção enorme de gaiolas de todos os tamanhos e feitios, dentro das quais pulavam e cantavam passarinhos de diversas qualidades: era a paixão predileta do pedagogo.

Era este um homem todo em proporções infinitesimais, baixinho, magrinho, de carinha estreita e chupada, excessivamente calvo; usava de óculos, tinha pretensões de latinista, e dava **bolos** nos discípulos por ***dá cá aquela palha*.** Por isso era um dos mais acreditados da cidade. O barbeiro entrou acompanhado pelo afilhado, que ficou um pouco escabreado à vista do aspecto da escola, que nunca tinha imaginado. Era em um sábado; os bancos estavam cheios de meninos, vestidos quase todos de jaqueta ou *robissões* de lila, calças de brim escuro e uma enorme pasta de couro ou papelão pendurada por um cordel a tiracolo: chegaram os dous exatamente na hora da tabuada cantada. Era uma espécie de ladainha de números que se usava então nos colégios, cantada todos os sábados em uma espécie de *cantochão* monótono e insuportável, mas de que os meninos gostavam muito.

Esse bolo aqui não tem nada de saboroso, pois não passa de sinônimo de um castigo corporal que chegou ao Brasil com os jesuítas e foi muito popular nas escolas do país: a palmatória. O mais maluco é saber que oficialmente o uso da palmatória só foi proibido na década de 1980.

A expressão "dá cá aquela palha" significa brigar por qualquer coisa.

As vozes dos meninos, juntas ao canto dos passarinhos, faziam uma algazarra de doer os ouvidos; o mestre, acostumado àquilo, escutava impassível, com uma enorme palmatória na mão, e o menor erro que algum dos discípulos cometia não lhe escapava no meio de todo o barulho; fazia parar o canto, chamava o infeliz, emendava cantando o erro cometido, e cascava-lhe pelo menos seis puxados bolos. Era o regente da orquestra ensinando a marcar o compasso. O compadre expôs, no meio do ruído, o objeto de sua visita, e apresentou o pequeno ao mestre.

— Tem muito boa memória; soletra já alguma cousa, não lhe há de dar muito trabalho, disse com orgulho.

— E se mo quiser dar, tenho aqui o remédio; *santa férula*! disse o mestre brandindo a palmatória.

O compadre sorriu-se, querendo dar a entender que tinha percebido o latim.

— É verdade: faz santos até às feras, disse traduzindo.

O mestre sorriu-se da tradução.

— Mas espero que não há de ser necessária, acrescentou o compadre.

O menino percebeu o que tudo isto queria dizer, e mostrou não gostar muito.

— Segunda-feira cá vem, e peço-lhe que não o poupe, disse por fim o compadre despedindo-se. Procurou pelo menino e já o viu na porta da rua prestes a sair, pois que ali não se julgava muito bem.

— Então, menino, sai sem **tomar a bênção** do mestre?...

O menino voltou constrangido, tomou de longe a bênção, e saíram então.

Na segunda-feira voltou o menino armado com a sua competente **pasta** a tiracolo, a sua lousa de escrever e o seu **tinteiro de chifre**; o padrinho o acompanhou até à porta. Logo nesse dia portou-se de tal maneira que o mestre não se pôde dispensar de lhe dar quatro bolos, o que lhe fez perder toda a folia com que entrara: declarou desde esse instante guerra viva à escola. Ao meio-dia veio o padrinho buscá-lo, e a primeira notícia que ele lhe deu foi que não voltaria no dia seguinte, nem mesmo aquela tarde.

— Mas você não sabe que é preciso aprender?...

— Mas não é preciso apanhar...

— Pois você já apanhou?...

Antigamente, era uma obrigação as crianças pedirem a bênção aos mais velhos. E pensar que hoje mal dão bom-dia...

Pena que os livros não eram tão interessantes como este.

Veja no YouTube alguns vídeos que mostram canetas-tinteiro daquela época. A tinta ia dentro de pequenos chifres de boi.

— Não foi nada, não, senhor; foi porque entornei o tinteiro na calça de um menino que estava ao pé de mim; o mestre ralhou comigo, e eu comecei a rir muito...

— Pois você vai-se rir quando o mestre ralha...

Isto contrariou o mais que era possível ao barbeiro. Que diabo não diria a maldita vizinha quando soubesse que o menino tinha apanhado logo no primeiro dia de escola?... Mas não haviam reclamações, o que o mestre fazia era bem-feito. Custou-lhe bem a reduzir o menino a voltar nessa tarde à escola, o que só conseguiu com a promessa de que falaria ao mestre para que ele lhe não desse mais. Isto porém não era cousa que se fizesse, e não foi senão um engodo para arrastar o pequeno. Entrou este desesperado para a escola, e por princípio nenhum queria estar quieto e calado no seu banco; o mestre chamou-o e **pô-lo de joelhos** a poucos passos de si; passado pouco tempo voltou-se distraidamente, e surpreendeu-o no momento em que ele erguia a mão para atirar-lhe uma bola de papel. Chamou-o de novo, e deu-lhe uma dúzia de bolos.

— Já no primeiro dia, disse, você promete muito...

O menino resmungando dirigiu-lhe quanta injúria sabia de cor.

Quando o padrinho voltou de novo a buscá-lo achou-o de tenção firme e decidida de não se deixar **engodar** por outra vez, e de nunca mais voltar, ainda que o rachassem.

Hoje, a principal tortura é saber a fórmula de Bhaskara.

Engodar: enganar.

O pobre homem **azuou** com o caso.

— Ora logo no primeiro dia!... disse consigo; isto é praga daquela maldita mulher... mas hei de teimar, e vamos ver quem vence.

Azoar: ficar irritado, aborrecido.

XIII

MUDANÇA DE VIDA

À custa de muitos trabalhos, de muitas fadigas, e sobretudo de muita paciência, conseguiu o compadre que o menino frequentasse a escola durante dous anos e que aprendesse a ler muito mal e escrever ainda pior. Em todo este tempo não se passou um só dia em que ele não levasse uma remessa maior ou menor de bolos; e apesar da fama que gozava o seu pedagogo de muito cruel e injusto, é preciso confessar que poucas vezes o fora para com ele: o menino tinha a bossa da desenvoltura, e isto, junto com as vontades que lhe fazia o padrinho, dava em resultado a mais refinada má-criação que se pode imaginar. Achava ele um prazer suavíssimo em desobedecer a tudo quanto se lhe ordenava; se se queria que estivesse sério, desatava a rir como um perdido com o maior gosto do mundo; se se queria que estivesse quieto, parece que uma mola oculta o impelia e fazia com que desse uma ideia pouco mais ou menos aproximada do ***motu continuo***. Nunca uma pasta, um tinteiro, uma lousa lhe durou mais de 15 dias: era tido na escola pelo mais refinado velhaco; vendia aos colegas

Motu continuo: do latim, movimento que nunca para; constante.

tudo que podia ter algum valor, fosse seu ou alheio, contanto que lhe caísse nas mãos: um lápis, uma pena, um registo, tudo lhe fazia conta; o dinheiro que apurava empregava sempre do pior modo que podia. Logo no fim dos primeiros cinco dias de escola declarou ao padrinho que já sabia as ruas, e não precisava mais de que ele o acompanhasse; no primeiro dia em que o padrinho anuiu a que ele fosse sozinho fez uma tremenda **gazeta**; tomou depois gosto a esse hábito, e em pouco tempo adquiriu entre os companheiros o apelido de gazeta-mor da escola, o que também queria dizer apanha bolos-mor. Um dos principais pontos em que ele passava alegremente as manhãs e tardes em que fugia à escola era a igreja da Sé. O leitor compreende bem que isto não era de modo algum inclinação religiosa; na Sé à missa, e mesmo fora disso, reunia-se gente, sobretudo mulheres de mantilha, de quem tomara particular zanguinha por causa da semelhança com a madrinha, e é isso o que ele queria, porque internando-se na multidão dos que entravam e saíam, passava despercebido, e tinha segurança de que o não achariam com facilidade se o procurassem.

Aqui, "gazeta" é cabular aula. Coisa que ninguém faz hoje em dia, né?

Pelo hábito de frequentar a igreja tomara conhecimento e travara estreita amizade com um pequeno sacristão que, digamos de passagem, era tão boa peça como ele; apenas se encontravam limitavam-se a trocar olhares significativos enquanto o amigo andava ocupado no serviço da igreja; assim porém que se acabavam as missas, e que saíam as verdadeiras beatas, reuniam-se os dous, e começavam a contar suas diabruras mais recentes, travando o plano de mil outras novas. Por complacência, ou antes por prova de decidida amizade, o companheiro confiava ao nosso gazeador um **caniço**, e faziam juntos o serviço e as maroteiras: a mais pequena que faziam era irem de altar em altar **escorropichando** todas as **galhetas**, o que lhes incendia mais o desejo de traquinar.

Caniço é a vara de pescar – aqui é um trocadilho para "pescar, fazer bagunça".

Escorropichar: beber.

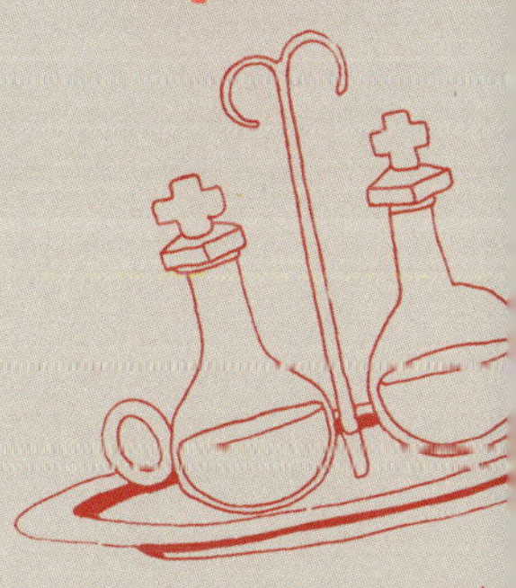

Galheta: garrafa na qual fica o vinho da missa.

Esta vida durou por muito tempo; porém afinal já eram as gazetas tão repetidas, que o padrinho se viu forçado a acompanhá-lo outra vez todos os dias para a escola, o que desfez todos os planos que os dous tinham concertado. O nosso futuro clérigo tinha muitas vezes pensado em como não lhe seria agradável ver-se revestido como o seu companheiro de uma batina e uma sobrepeliz, e feito também

Turíbulo: objeto em que se queima incenso durante a missa.

sacristão, ter a toda hora à sua disposição quantos caniços quisesse, ter por sua e de seu amigo toda a igreja, poder nos dias de festa, tomando o **turíbulo**, afogar em ondas de fumaça a cara da velha que mais perto lhe ficasse na ocasião da missa. Oh! isto era um sonho de venturas! Vendo-se privado, depois que o padrinho o acompanhava, de gozar parte destes prazeres, como fazia nos dias de fugida, atearam-se-lhe os desejos, e começou a confessá-los ao padrinho, dando a entender que nada havia de que agora gostasse tanto como fosse a igreja, para a qual, dizia ele, parecia ter nascido. Isto foi para o padrinho um alegrão, porque neste gosto recente do pequeno via furo aos seus projetos.

— Eu bem dizia... pensava consigo; não tem dúvida, vou adiante; o rapaz está-me enchendo as medidas.

Afinal o menino tomou um dia uma resolução última, e propôs ao padrinho que o fizesse sacristão.

— Isso seria muito bom, disse ele, a fim de acostumar-me para quando for padre.

A princípio a ideia deslumbrou ao padrinho, porém mais tarde acudiu-lhe a reflexão, e assentou que seria rebaixar o menino e comprometer a sua dignidade futura. Afinal porém tantas foram as rogativas e argumentos do pequeno, que se viu obrigado a ceder. O menino tinha nisso duas enormes vantagens; satisfazia seus desejos e saía da escola, poupando assim as remessas diárias de bolos.

— Está bem, dissera consigo o padrinho, ele já sabe ler alguma cousa e escrever: deixo-o, para fazer-lhe a vontade, algum tempo na Sé, para que também tome mais amor àquela vida, e depois, apenas o vir com o juízo mais assente, hei de ir adiante com a cousa. Foi em consequência procurar aquele sacristão da Sé que dançara o minuete na festa do batizado, que era nada menos do que o pai do sacristãozinho com que o nosso pequeno travara amizade, para arranjar o afilhado, que não queria outra igreja que não fosse a Sé. Felizmente pôde ele ser admitido; com a prática que tivera dos dias de gazeta aprendera pouco mais ou menos todo cerimonial que é mister a um sacristão: ajudar a missa já ele sabia, às outras cousas aperfeiçoou-se em pouco tempo.

Em poucos dias aprontou-se, e em uma bela manhã saiu de casa vestido com a competente batina e sobrepeliz, e foi tomar posse do emprego. Ao vê-lo passar a vizinha dos maus agouros soltou uma exclamação de surpresa a princípio, supondo alguma asneira do compadre; porém reparando, compreendeu o que era, e desatou uma gargalhada.

— E que tal?!... Deus vos guarde, Sr. cura, disse fazendo um cumprimento.

O menino lançou-lhe um olhar de revés, e respondeu entre dentes:

— Eu sou cura, e hei de te curar...

Era aquilo uma promessa de vingança.

— Ora dá-se? Continuou a vizinha consigo mesma; aquilo na igreja é um pecado!!

Chegou o menino à Sé impando de contente; parecia-lhe a batina um manto real. Por fortuna houve logo nesse dia dous batizados e um casamento, e ele teve assim ocasião de entrar no pleno exercício de suas funções, em que começou revestindo-se da maior gravidade deste mundo. No outro dia porém o negócio começou a mudar de figura, e as **brejeiradas** começaram.

Brejeiradas são as brincadeiras. Chama-se de "brejeiro" os meninos bagunceiros.

A primeira foi em uma missa cantada. Coube ao pequeno o ficar com uma tocha, e ao companheiro o turíbulo ao pé do altar.

Por infelicidade a vizinha do compadre, a quem o menino prometera *curar*, sem pensar no que fazia colocou-se perto do altar junto aos dous. Assim que a avistou, o novo sacristão disse algumas palavras a seu companheiro, dando-lhe de olho para a mulher. Daí a pouco colocaram-se os dous disfarçadamente em distância conveniente, e de maneira tal, que ela ficasse pouco mais ou menos com um deles atrás e outro adiante. Começaram então os dous uma obra meritória: enquanto um, tendo enchido o turíbulo de incenso, e balançando-o convenientemente, fazia com que os rolos de fumaça que se desprendiam fossem bater de cheio na cara da pobre mulher, o outro com a tocha despejava-lhe sobre as costas da mantilha a cada passo plastradas de cera derretida, olhando disfarçado para o altar. A pobre mulher exasperou-se, e disse-lhes não sabemos o quê.

— Estamos te curando, respondeu o menino tranquilamente.

Vendo que não tirava partido, quis a devota mudar de lugar e sair, porém o aperto era tão grande que o não pôde fazer, e teve de aturar o suplício até o fim. Acabada a festa, dirigiu-se ao mestre de cerimônias, e fez uma enorme queixa, que custou aos dous uma tremenda **sarabanda**. Pouco porém se importaram com isso, uma vez que tinham realizado o seu plano.

Sabe quando você leva aquele sermão por causa de uma nota baixa? Isso é uma sarabanda.

XIV

NOVA VINGANÇA E SEU RESULTADO

A sarabanda que o mestre de cerimônias passara aos dous pequenos em razão do que haviam feito à pobre mulher não produziu, como dissemos, nenhum efeito sobre eles no sentido de os emendar; não perdoaram porém a humilhação que sofreram diante da sua vítima, e a vingança de que ela tinha gozado; na primeira ocasião que tiveram tiraram desforra, pregando também uma peça ao mestre de cerimônias.

No mar ao sul de Portugal fica um conjunto de ilhas que é conhecido como Açores. A primeira a ser descoberta por navegadores foi a ilha de Santa Maria. A segunda foi a de São Miguel e a número três ficou conhecida como... ilha Terceira.

Foi o caso assim:

O mestre de cerimônias era um padre de meia-idade, de figura menos má, **filho da ilha Terceira**, porém que se dava por puro alfacinha: tinha-se formado em Coimbra; por fora era um completo **S. Francisco** de austeridade católica, por dentro refinado **Sardanápalo**, que podia por si só fornecer a Bocage assunto para um poema inteiro; era pregador que buscava sempre por assunto a honestidade e a pureza corporal em todo o sentido; porém

São Francisco: santo da simplicidade e do desapego material. Sardanápalo: rei assírio, cruel e devasso. Sacou o perfil desse padre?

interiormente era sensual como um sectário de Mafoma. O público ignorava talvez semelhante cousa, porém outro tanto não acontecia aos dous meninos, que andavam ao fato de tudo: o mestre de cerimônias, fiado em que pela sua pouca idade dariam eles pouca atenção a certas cousas, tinha-os algumas vezes empregado no seu serviço, mandando recados a uma certa pessoa que, saiba o leitor em segredo, era nada menos do que a cigana, objeto dos últimos cuidados do Leonardo, com que S. Rev.^{ma} vivia há certo tempo em estreitas relações, salvando, é verdade, todas as aparências da decência.

Chegou o dia de uma das primeiras festas da igreja, em que o mestre de cerimônias era sempre o pregador: era no sermão desse dia que o homem se empregava, muito tempo antes, **pondo abaixo a *livraria***, e fazendo um enorme esforço de inteligência (que não era nele cousa muito vigorosa). Já se vê pois que ele devia amar o seu sermão tanto que quase rebentou de raiva em um ano em que por doente o não pôde pregar. Entendia que todos o ouviam com sumo prazer, que o povo se abalava à sua voz: enfim, aquele sermão anual era o meio por que ele esperara chegar a todos os fins, a que contava dever toda a sua elevação futura; era o seu talismã. Digamos entretanto que era bem mau caminho o tal sermão, porque se podia ele demonstrar alguma cousa, era a insuficiência do padre para qualquer cousa desta vida, exceto para mestre de cerimônias, em que ninguém o desbancava. Pois foi nesse ponto delicado que os dous meninos buscaram feri-lo, e o acaso os favoreceu excedendo de muito os seus desejos e esperanças, e fazendo a sua vingança completíssima.

E olha que nem existia o Google...

Chegou, como dissemos, o dia da festa; havia três ou quatro dias antes que o mestre de cerimônias não saía de casa, empregado em decorar a importante peça. Foi o nosso sacristão calouro encarregado de lhe ir avisar da hora do sermão. Chegou à casa da cigana, onde o padre costumava a estar; bateu, e, apesar de todas as recomendações que costumava ter, disse em voz alta:

— O Rev. mestre de cerimônias está aí?...

— Fale baixo, menino, disse a cigana de dentro da rótula... O que quer você com o Sr. padre?

— Precisava muito falar com ele por causa do sermão de amanhã.

— Entra, entra, disse o padre que o ouvira...

— Venho dizer a V. Rev.ma, disse o menino entrando, que amanhã às dez horas há de estar na igreja.

— Às dez? Uma hora mais tarde do que de costume...

— Justo, respondeu o menino sorrindo-se internamente de alegria, e saiu.

Foi logo dali dar parte ao companheiro de que o seu plano tinha saído completamente aos seus desejos, pois o que ele queria era que o padre faltasse ao sermão, e por isso, encarregado de lhe indicar a hora, a trocara, e em vez de nove dissera dez.

Dispuseram-se as cousas; postou-se a música de barbeiros na porta da igreja; andou tudo em rebuliço: às nove horas começou a festa.

As festas daquele tempo eram feitas com tanta riqueza e com muito mais propriedade, a certos respeitos, do que as de hoje: tinham entretanto alguns lados cômicos; um deles era a música de barbeiros à porta. Não havia festa em que se passasse sem isso; era cousa reputada quase tão essencial como o sermão; o que valia porém é que nada havia mais fácil de arranjar-se; meia dúzia de aprendizes ou oficiais de barbeiro, ordinariamente negros, armados, este com um pistão desafinado, aquele com uma trompa diabolicamente rouca, formavam uma **orquestra** desconcertada, porém estrondosa, que fazia as delícias dos que não cabiam ou não queriam estar dentro da igreja.

A festa seguiu os seus trâmites regulares; porém apenas se foi aproximando a hora, começou a dar cuidados a tardança do pregador. Fez-se mais esta cerimônia, mais aquela, e nada de aparecer o homem. Despachou-se a toda pressa um dos meninos que não entrara na festa para ir procurar o padre; ele deu duas voltas pela vizinhança, e veio dizendo que o não tinha encontrado. Subiram os apuros; não havia remédio; era preciso um sermão, fosse como fosse.

Os escravos trouxeram da África um batuque que sacudiu de vez a chatice musical da época. Tudo começou com o mestre de barbeiros Dutra, que ensaiava uma turma de negros na rua da Alfândega. Essas pequenas orquestras ambulantes, que eram às vezes também chamadas de "charangas" ou "ritmos de senzala", faziam um sucesso daqueles com flauta, cavaquinho, viola, rabeca, trompa, pistão, pandeiro, tamboril e machete. Dizem que foi daí que surgiram as hoje tradicionais bandas de coreto, bandas militares e até um gênero de música: o brasileiríssimo chorinho.

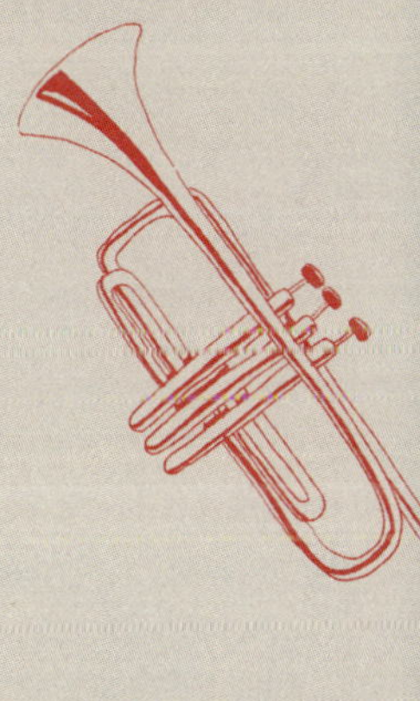

Estava assistindo à festa um capuchinho italiano que por bondade, vendo o aperto geral, ofereceu-se para improvisar o sermão.

Para muitos o sermão é como aula. Parece que estão falando em outra língua.

— Mas V. Rev.ma **não fala a língua da gente**, objetaram-lhe.

— ***Capisco***! respondeu este, ***ed la necessità***!...

Do italiano, "Compreendo! É a necessidade!".

Depois de alguma perplexidade aceitaram-se finalmente os bons ofícios do capuchinho, e foi ele levado ao púlpito. Os meninos triunfantes sorriam-se um para o outro. Apenas apareceu o pregador ao povo houve um murmúrio geral; os gaiatos sorriam-se contando já com o partido que dali tirariam para um bom par de risadas; algumas velhas prepararam-se para uma grande compunção ao aspecto das imensas barbas do pregador; outras menos crentes, vendo que não era o orador costumado, exclamaram despeitadas:

— Arrenego!

— Deus me perdoe.

— Pois aquilo é que prega hoje?...

Apesar porém de tudo isto, a atenção foi profunda e geral, animando a todos uma grande curiosidade. O orador começou: falava já há um quarto de hora sem que ninguém ainda o tivesse entendido: começavam já algumas velhas a protestar que o sermão todo em latim não tinha graça, quando de repente viu-se abrir a porta do púlpito e aparecer a figura do mestre de cerimônias lavado em suor e vermelho de cólera; foi um sussurro geral. Ele adiantou-se, afastou com a mão o pregador italiano, que surpreendido parou um instante, e entoou com voz rouca e estrondosa o seu ***per signum crucis***. Àquela voz conhecida o povo despertou do aborrecimento, benzeu-se, e se dispôs a escutá-la. Nem todos porém foram desta opinião; entenderam que se devia deixar acabar o capuchinho, e começaram a murmurar. O capuchinho não quis ceder de seu direito, e prosseguiu na sua **arenga**. Foi uma verdadeira cena de comédia, de que a maioria dos circunstantes ria-se a não poder mais; os dous meninos, autores principais da obra, nadavam em um mar de rosas.

Do latim, "sinal da cruz".

Arenga é um discurso chato, aqueles que dão sono. Tipo os que passam no horário eleitoral.

— *Ó mei cari fratelli!* exclamava por um lado o capuchinho com voz aflautada e meiga, *la voce de la Providenza*...

— *Semelhante às trombetas de Jericó*, rouquejava por outro lado o mestre de cerimônias...

— *Piage al cor*... acrescentava o capuchinho.

— *Anunciando a queda de Satanás*, prosseguia o mestre de cerimônias.

E assim levaram por algum tempo os dous, acompanhados por um coro de risadas e confusão, até que o capuchinho se resolveu a abandonar o posto, murmurando despeitado:

— *Che bestia, per Dio!*

Acabado o sermão, desceu do púlpito o mestre de cerimônias já um pouco aplacado por ter conseguido fazer-se ouvir, porém ainda bastante furioso para vir protestando arrancar uma por uma as quatro orelhas dos dous pequenos, de quem desconfiava que partira o que acabava de sofrer. Chegou à sacristia, que estava cheia de gente; vendo os dous meninos investiu para eles, e prendendo a cada um com uma mão pela gola da sobrepeliz...

— Então... então... dizia com os dentes cerrados... a que horas é o sermão?

— Eu disse às nove, sim, senhor; pode perguntar à moça, que ela bem ouviu...

— Que moça, menino, que moça? disse o padre exasperado por estar tanta gente e ouvir aquilo.

— Aquela moça cigana, lá onde V. Rev.ᵐᵃ estava; ela ouviu, eu disse às nove.

— Oh! disseram os circunstantes.

— É **falso**, respondeu com força o mestre de cerimônias largando os meninos para evitar novas explicações, e dando satisfação aos circunstantes com protestos de ser falso o que os meninos acabavam de dizer.

E nem podem colocar a culpa pelo desencontro no horário de verão.

Entretanto serenou o alvoroço, acabou-se a festa, o povo retirou-se. O mestre de cerimônias sentado a um canto pensava consigo:

— E que tal? não ia perdendo o meu sermão deste ano por causa daquele endiabrado?! Depois que o maldito menino entrou para esta igreja anda tudo aqui em uma poeira! Ainda em cima dizer à vista de tanta gente que eu estava em casa da cigana! Nada... vou dar com ele daqui para fora...

E com efeito tratou de fazer com que os dous meninos, ou pelo menos o mais novo, fosse despedido. Sem muito custo o conseguiu, porque por certo não gozava ele de grandes simpatias.

Foi esta a pior peça que se lhe podia pregar: ele estava como em um paraíso, e expeliam-no dele; e depois a maldita vizinha como não havia ficar satisfeita vendo-o despedido, e a madrinha que se opusera formalmente à sua entrada para a Sé... tudo isto fazia-o desesperar...

Não se tinha ele enganado em suas previsões; apenas chegou em casa, e que se soube pela vizinhança do que se tinha passado, a vizinha, pilhando de jeito o compadre:

— Então, disse-lhe, eu não lhe tenho dito que aquilo tem maus bofes?...

— Senhora, pelo amor de Deus, meta-se com a sua vida...

— Estou vingada... pensava que a minha mantilha nova havia de ficar assim...

O compadre retirou-se para evitar nova desordem.

A comadre, apenas soube também do sucesso, veio ter com o compadre para dizer-lhe:

— Eu bem lhe digo; ele não serve para aquilo; é melhor pô-lo na Conceição; lá há mais sujeição; olhe, eu podia arranjar isso com o tenente-coronel...

O compadre porém não pareceu resolvido a aceitar o conselho.

XV

ESTRALADA

Apesar de tudo quanto havia já sofrido por amores, o Leonardo de modo algum queria emendar-se; enquanto se lembrou da cadeia, dos granadeiros e do Vidigal esqueceu-se da cigana, ou antes só pensava nela para jurar esquecê-la; quando porém as caçoadas dos companheiros foram cessando, começou a renovar-se a paixão, e teve lugar uma grande luta entre a sua ternura e a sua dignidade, em que esta última quase triunfava, quando uma descoberta maldita veio transtornar tudo. Não sabemos por que meio o Leonardo **descobriu** um dia que o rival feliz que o pusera fora de combate era o reverendo mestre de cerimônias da Sé! Subiu-lhe com isto o sangue à cabeça:

Aqui começa um plano que daria inveja ao pior vilão.

— Pois um padre!?... dizia ele; é preciso que eu salve aquela criatura do inferno, onde ela se está metendo já em vida...

E começou de novo em tentativas, em promessas, em partidos para com a cigana, que a cousa alguma queria dobrar-se. Um dia que a pilhou de jeito à janela abordou-a, e começou ***ex abrupto*** a falar-lhe deste modo:

Ex abrupto: de súbito, rapidamente.

— Você está já em vida no inferno!... pois logo um padre?!...

A cigana interrompeu-o:

— Havia muitos meirinhos para escolher, mas nenhum me agradou...

— Mas você está cometendo um pecado mortal... está deitando sua alma a perder...

— Homem, sabe que mais? Você para pregador não serve, não tem jeito... eu como estou estou muito bem; não me dei bem com os meirinhos; eu nasci para cousa melhor...

— Pois então tem alguma cousa que dizer de mim?... Hei de me ver vingado... e bem vingado.

— Ora! respondeu a cigana rindo-se.

E começou a cantarolar o estribilho de uma modinha.

O Leonardo compreendeu que falando-lhe no inferno e em castigos da outra vida nada arranjava, e decidiu dar-lhe o castigo mesmo nesta vida. Retirou-se murmurando:

— Faço uma estralada, dê no que der...

Poucos dias depois aconteceu que a cigana fazia anos; segundo o costume, apenas apareceu este pretexto, armou-se logo uma função: não nos daremos ao trabalho de descrevê-la; em um dos capítulos antecedentes já viu o leitor o que isso era: viola, modinhas, fado, algazarra, e estava a festa completa. O Leonardo soube logo do que havia, e jurou que esse seria o dia da vingança.

Ser **valentão** foi em algum tempo ofício no Rio de Janeiro; havia homens que **viviam disso: davam pancada por dinheiro**, e iam a qualquer parte armar de propósito uma desordem, contanto que se lhes pagasse, fosse qual fosse o resultado.

Se esses valentões ainda existissem seriam acusados de bullying.

Entre os honestos cidadãos que nisto se ocupavam, havia, na época desta história, um certo Chico-Juca, afamadíssimo e temível. Seu verdadeiro nome era Francisco, e por isso chamaram-no a princípio — Chico —; porém tendo acontecido que conseguisse ele pelo seu braço lançar por terra do trono da valentia a um companheiro que era no seu gênero a maior reputação do tempo, e a quem chamavam — Juca, — juntaram este ape-

Existem pessoas que vivem disso até hoje

Antigamente ninguém tinha relógio nem olhava as horas no celular. Eram os sinos das igrejas que batiam as horas do dia. E por volta das seis da tarde os sinos faziam a maior barulheira pra informar a todo mundo que era chegada a hora de encerrar os trabalhos. Por tradição trazida pelos portugueses ao Brasil, o povo rezava três vezes seguidas.

lido ao seu, como honra pela vitória, e chamaram-no daí em diante — Chico-Juca.

Este homem era o desespero do Vidigal; tinha-lhe já pregado umas poucas, porém ainda não tinha sido possível agarrá-lo. Os granadeiros conheciam-no às léguas, porém nunca conseguiram pôr-lhe as mãos.

Tendo levado todo o dia à espreita, o Leonardo viu entrar sorrateiramente o mestre de cerimônias, **pela volta de Ave-Maria**, quando ainda não tinha começado a função.

— Ah! nem esta noite quer perder?! Pois há de sair-lhe cara a **funçanata**...

Funçanata: festejo, folia.

Saiu dali e foi direito procurar o Chico-Juca, que era seu antigo conhecido; achou-o em uma taverna defronte do Bom Jesus. O Chico-Juca era um pardo, alto, corpulento, de olhos avermelhados, longa barba, cabelo cortado rente; trajava sempre jaqueta branca, calça muito larga nas pernas, chinelas pretas e um chapelinho branco muito à banda; ordinariamente era afável, gracejador, cheio de ditérios e chalaças; porém nas ocasiões de ***sarilho***, como ele chamava, era quase feroz. Como outros têm o vício da embriaguez, outros o do jogo, outros o do deboche, ele tinha o vício da valentia; mesmo quando ninguém lhe pagava, bastava que lhe desse na cabeça, armava brigas, e só depois que dava pancadas a fartar é que ficava satisfeito; com isso muito lucrava: não havia taverneiro que lhe não fiasse e não o tratasse muito bem.

Sarilho é confusão, briga. Acontece muito em dia de jogo na porta dos estádios.

Estava na porta da taverna sentado sobre um saco quando apareceu-lhe o Leonardo.

— Olá, mestre Pataca! disse ele apenas o viu, pensei que ainda estava de xilindró tomando fortuna por causa da cigana...

— É mesmo por causa desse diabo que te venho procurar.

— Homem, cabeçada e murro velho sei eu dar, porém fortuna! nunca tive tal habilidade...

— Não se trata de fortuna, disse-lhe o Leonardo baixinho, trata-se de pancada velha...

— Ui! temos dança?... vai-te embora... tu não és capaz de armar um *sarilho*... sempre foste um podre!...

— Bem sei, eu não sou capaz... mas tu... tu que és mestre disto...

— Eu... então por que diabo e onde queres tu que eu arme esse *sarilho*?...

— Não te hás de arrepender, disse o Leonardo batendo significativamente com os dedos no bolso do colete.

O Chico-Juca entendeu o verso; carregou o chapéu um pouco mais para o lado, e pôs-se a escutá-lo com curiosidade.

O Leonardo disse então o que queria: tratava-se nada menos do que de ir o Chico-Juca nessa mesma noite, fosse como fosse, à função da cigana, e de armar ali por alta noite uma grande desordem: preveniu-o logo que o Vidigal havia de estar por perto; e assim, apenas estivesse armada a história, era pôr-se ao fresco. A causa de tudo isto o Leonardo não lhe quis explicar, e também ele não teve grande curiosidade de saber: tratava-se de uma desordem; fosse qual fosse o motivo, estava sempre pronto. Assim, depois de se regatear um pouco o preço, chegaram os dous a um acordo, e ficou tudo tratado.

Deixando o Chico-Juca, o Leonardo foi procurar o Vidigal, e deu-lhe parte do que naquela noite havia em casa da cigana, e afiançou-lhe que a cousa acabava por força em desordem. Portanto cumpria que o Sr. major por lá aparecesse para o que desse e viesse.

— Está bem, disse-lhe o Vidigal; você quer tirar sua desforra; é justo. Lá hei de ir, e não precisava a sua advertência, pois já sabia que havia hoje por lá anos, e tinha tenção de aparecer.

O Leonardo retirou-se contente vendo que seu plano saía às mil maravilhas, e dispôs-se a gozar do resultado, pondo-se à espreita de lugar conveniente. Começou a brincadeira. Já se tinha cantado meia dúzia de modinhas e dançado por algum tempo a ***tirana***, quando o Chico-Juca apareceu, e por intermédio de um conhecido (ele os tinha em toda parte) foi introduzido na sala, e começou a observar o que se passava. Havia na sala um quarto cuja porta estava fechada: de vez em quando a cigana lá entrava, demorava-se um pouco e saía; daí a pouco tornava a entrar levando consigo alguma

Veja no YouTube como se dança a tirana, ritmo trazido pelos espanhóis.

das camaradas mais do peito, e tornava a sair; passado pouco tempo, entrava ainda levando outra amiga. Alguns faziam reparo nisso, outros porém não tinham desconfiança alguma. Ia a festa continuando, e lá pela meia-noite, quando começava a *aferventar*, foi de repente interrompida. Viu-se um dos rapazes que tocavam viola parar subitamente, e, interrompendo o estribilho da modinha que cantava, gritar enfurecido:

— Isto passa de mais... varro... menos essa, Sr. Chico-Juca; nada de graças pesadas com essa moça, que é cá cousa minha...

O Chico-Juca estava com efeito há mais de meia hora a dirigir graçolas das suas a uma moça que ele bem sabia que era *cousa* do rapaz que estava tocando: tanto fez, que este, tendo percebido, proferiu aquelas palavras que acabamos de ouvir.

— Você respinga?!... respondeu-lhe o Chico-Juca dirigindo-se para ele.

Sujeito medroso. O popular "cagão".

O rapaz, que não era **peco**, pôs-se em pé e replicou:

— Tenho dito, nada de graças com ela!...

Mal tinha pronunciado estas palavras quando o Chico--Juca, arrancando-lhe a viola da mão, bateu-lhe com ela em cheio sobre a cabeça; o rapaz reagiu, e começou a confusão.

O Chico-Juca foi acometido por um pouco; porém ligeiro e destemido, distribuía a cada qual o seu quinhão de cabeçadas e pontapés: algumas mulheres meteram-se na briga, e davam e levavam como qualquer; outras porém desfaziam-se em algazarra. De repente o Chico-Juca embarafustou pela porta fora, e desapareceu.

Era tempo, porque não se tinha passado muito tempo quando assomou na porta, que ele deixara aberta, a figura tranquila do Vidigal, rodeada por uma porção de granadeiros. O Chico-Juca tinha-lhes escapado, apesar de o terem visto quando saía, porque o major, sendo nessa ocasião poucos os soldados, não quis mandar segui-lo com medo que lhe faltasse gente, pois via que dentro da casa o negócio estava feio. Entrou, pois, deixando-o passar.

Apenas o viram, pararam todos aterrados.

— Então que briga é esta?... disse ele descansadamente.

Começaram todos a desculpar-se como podiam; e segundo o crédito que mereciam pela sua reputação era-lhes distribuída a justiça: se era sujeito já conhecido, e que não era aquela a primeira em que entrava ficava de lado, e um granadeiro tomava conta dele; os outros eram mandados embora. Neste ínterim a cigana muito perturbada olhava repetidas vezes para a porta do quarto, dando sinais da mais viva inquietação. Não escapou isto ao Vidigal, que no fim de tudo disse a um granadeiro:

— Revista aquele quarto...

A cigana deu um grito; o granadeiro obedeceu e entrou no quarto: ouviu-se então um pequeno rumor, e o Vidigal disse logo cá de fora:

— Traz para cá quem estiver lá dentro.

No mesmo instante viu aparecer o granadeiro trazendo pelo braço o Rev. mestre de cerimônias em ceroulas curtas e largas, de meias pretas, sapatos de fivela, e **solidéu** à cabeça. Apesar dos apuros em que se achavam, todos desataram a rir: só ele e a cigana choravam de envergonhados.

Solidéu é aquele chapéu redondo, que só cobre um pedaço da cabeça.

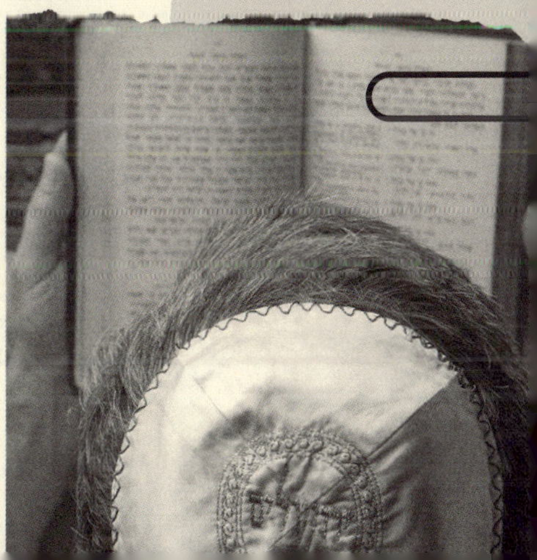

Esta última pôs-se aos pés do Vidigal, mas ele foi inflexível; e o Rev. foi conduzido com os outros para a casa da guarda na Sé, sendo-lhe apenas permitido pôr-se em hábitos mais decentes.

XVI

SUCESSO DO PLANO

Para sossegarmos os leitores, que estarão sem dúvida com cuidado no mestre de cerimônias, apressamo-nos a dizer que não chegou ele a ir à cadeia; o Vidigal quis dar-lhe apenas uma amostra do pano, e depois de o ter exposto na casa da guarda por algumas horas, como já acontecera ao Leonardo, à vistoria pública, o deixou ir embora envergonhado, abatido, maldizendo a ideia que tivera de ir assistir de dentro do quarto à festa dos anos da sua **amásia**. Quanto ao Leonardo, não cabia em si de contente; por pouco que a sua vingança não tinha sido completa: vira o seu rival, como já a ele próprio sucedera, preso pelos granadeiros, levado à casa da guarda, sofrendo aí a vistoria dos curiosos; faltara, é verdade, a sova e os dias de cadeia, porém também ele era um simples meirinho, e o mestre de cerimônias um sacerdote respeitado, e por isso qualquer cousa bastava para feri-lo gravemente.

Amásia é amante. Por isso chamam algumas mulheres de "amasiada".

Além disto o mestre de cerimônias, depois de graves meditações, sabendo que ficara malvisto de seus companheiros pelo escândalo que dera, se bem que fosse certo não estar nenhum deles a tal respeito em circunstâncias de lhe atirar a primeira pedra, ouvindo um murmúrio surdo que se levantava ameaçando-o com a perda do lugar que exercia na Sé, decidiu-se a abandonar a cigana, e assim o fez. Com isto o Leonardo deu-se de todo por satisfeito, e renasceram-lhe as esperanças de conquistar o antigo posto, uma vez que o principal inimigo o tinha abandonado. A cigana, desprezada, não quereria sem dúvida ficar por muito tempo devoluta; e como ele se achava com requerimento em caixa, e contava serviços atrasados, era provável que obtivesse favorável despacho, porque também ela ainda nem sonhava que tudo o que tinha sucedido pudesse ter sido obra sua.

Começou pois o sentimental Leonardo a rondar a porta da sua antiga amante: se a via na janela, ora parava na esquina a dirigir-lhe olhares suplicantes; passando por junto dela deixava ora escapar um magoadíssimo suspiro ou uma queixa amargurada.

Todas estas cenas, desempenhadas por aquela figura do Leonardo, alto, corpulento, avermelhado, vestido de casaca, calção e chapéu armado, eram tão cômicas, que toda a **vizinhança** se divertiu com elas por alguns dias. Alguns imprudentes começaram, conversando das janelas, a atirar indiretas à cigana; esta picou-se com isso, e foi essa a *fortuna* do Leonardo. Um dia que ele passou deu-lhe ela de olho que entrasse.

Para os vizinhos, isso não passava de uma revista de fofoca em 3D.

O Leonardo teve uma sensação inexplicável; seu rosto coloriu-se em todos os tons, desde o vermelho, que era sua cor habitual, até o roxo enegrecido; depois baixou gradualmente até a palidez marmórea; caminhando do lugar onde estava até à porta da cigana, não sentiu o solo debaixo de seus pés; quando deu acordo de si estava com os olhos rasos d'água nos braços da antiga amada que lhe pedia mil perdões, que prometia ser dali em diante fiel até à morte, se bem que se não esquecia de declarar no meio de tudo que se o recebia de novo em sua casa era porque queria quebrar a castanha na boca daquelas más-línguas da vizinhança que se estavam metendo com a sua vida. O pobre homem não cabia em si; parecia um viajante que volta aos velhos lares, ou um cabo de guerra que acaba de livrar do poder do inimigo uma praça sitiada. Enfim reataram-se de todo os afrouxados laços.

O Leonardo caiu em dar parte aos seus companheiros que tinha afinal vencido a **intrincada demanda**; custou-lhe isto uma tremenda caçoada de todos, e sérias repreensões de alguns. Mas com cousa alguma se importava naquela ocasião: a felicidade o cegava a ponto de não ver aquilo que lhe estava entrando pelos olhos.

Leonardo venceu a difícil disputa pelo amor da cigana.

A comadre, apenas soube do que havia sucedido, foi procurar o Leonardo, e começou em um longo sermão a querer persuadi-lo que tinha dado um passo errado.

— Pois, compadre, disse-lhe ela, você não se emendou ainda!...

— Qual, história, eu sou doudo por estas cousas.

— Mas, homem, você não se tem dado bem nem com as saloias nem com as ciganas; para que antes não procura uma filha cá da terra?...

A comadre tinha uma sobrinha que vivia em sua companhia, e que lhe pesava sofrivelmente sobre as costas; desde há muito nutria por isso uma ideia de que o leitor mais tarde terá conhecimento quando ela se realizar, ou antes disso, se a perceber pelas palavras da comadre.

— Nada, não gosto desta gente...

— Não tem razão; há por aí muita rapariga capaz; é verdade que o que elas querem é o *toma lá, dá cá debaixo do* ***arco-cruzeiro***...

As moças queriam só dar uns amassos nos rapazes e passar por santas (arco-cruzeiro é onde ficam as imagens de santos e anjos nas igrejas).

— É por isso mesmo que eu não gosto.

Depois de algumas outras tentativas a comadre retirou-se um pouco contrariada, mas não de todo desanimada; ela contava com a cigana para ajudá-la a realizar o seu plano, e o leitor verá para diante que tinha nisso razão.

Quanto ao nosso ex-sacristão, continuava ainda a estar sem destino, o que sobremaneira incomodava ao compadre, mas que nem por isso o desanimava. Coimbra era a sua ideia fixa, e nada lha arrancava da cabeça. Até o próprio velho tenente-coronel já lhe tinha ido pessoalmente falar por solicitações da comadre, porém nada conseguira. Exasperado com essa obstinação deixara o negócio de parte, e não se importara mais com cousa alguma.

XVII

D. MARIA

Lufa-lufa: corre-corre.

Trepa-moleque: pente que as mulheres usavam para deixar o cabelo bem alto.

Um dia de procissão foi sempre nesta cidade um dia de grande festa, de **lufa-lufa**, de movimento e de agitação; e se ainda é hoje o que os nossos leitores bem sabem, na época em que viveram as personagens desta história a cousa subia de ponto; enchiam-se as ruas de povo, especialmente de mulheres de mantilha; armavam-se as casas, penduravam-se às janelas magníficas colchas de seda, de damasco de todas as cores, e armavam-se coretos em quase todos os cantos. E quase tudo o que ainda hoje se pratica, porém em muito maior escala e grandeza, porque era feito por fé, como dizem as velhas desse bom tempo, porém nós diremos, porque era feito por moda: era tanto do tom enfeitar as janelas e portas em dias de procissão, ou concorrer de qualquer outro modo para brilhantismo das festividades religiosas, como ter um vestido de mangas de presunto, ou trazer à cabeça um formidável **trepa-moleque** de dous palmos de altura.

Nesse tempo as procissões eram multiplicadas, e cada qual buscava ser mais rica e ostentar maior luxo: as da quaresma eram de uma pompa extraordinária, especialmente quando el-rei se dignava acompanhá-las, obrigando toda a corte a fazer outro tanto: a que primava porém entre todas era a chamada procissão dos ourives. Ninguém ficava em casa no dia em que ela saía, ou na rua ou nas casas dos conhecidos e amigos que tinham a ventura de morar em lugar por onde ela passasse, achavam todos meio de vê-la. Alguns haviam tão devotos, que não se contentavam vendo-a uma só vez; andavam de casa deste para a casa daquele, desta rua para aquela, até conseguir vê-la desfilar de princípio a fim duas, quatro e seis vezes, sem o que não se davam por satisfeitos. A causa principal de tudo isto era, supomos nós, além talvez de outras, o levar esta procissão uma cousa que não tinha nenhuma das outras: o leitor há de achá-la sem dúvida extravagante e ridícula; outro tanto nos acontece, mas temos obrigação de referi-la. Queremos falar de um grande rancho chamado das — **Baianas**, — que caminhava adiante da procissão, atraindo mais ou tanto como os santos, os andores, os emblemas sagrados, os olhares dos devotos; era formado esse rancho por um grande número de negras vestidas à moda da província da Bahia, donde lhe vinha o nome, e que dançavam nos intervalos dos ***Deo-gratias*** uma dança lá a seu capricho. Para falarmos a verdade, a cousa era curiosa: e se não a empregassem como primeira parte de uma procissão religiosa, certamente seria mais desculpável. Todos conhecem o modo por que se vestem as negras na Bahia; é um dos modos de trajar mais bonito que temos visto, não aconselhamos porém que ninguém o adote; um país em que todas as mulheres usassem desse traje, especialmente se fosse desses abençoados em que elas são alvas e formosas, seria uma terra de perdição e de pecados. Procuremos descrevê-lo.

Reparou bem nestas baianas aí? Pois elas foram a origem da hoje tradicional ala das baianas das escolas de samba! Quando rolavam as grandes procissões, as escravas iam bem enfeitadas, vestindo seus trajes de festa típicos das regiões da África.

Deo-gratias é o período do Carnaval.

As chamadas Baianas não usavam de vestido; traziam somente umas poucas de saias presas à cintura, e que chegavam pouco abaixo do meio da perna, todas elas ornadas de magníficas rendas; da cintura para cima apenas traziam uma finíssima camisa, cuja gola e mangas eram também ornadas de renda; ao pescoço punham um cordão de ouro ou um colar de corais, os mais pobres eram de miçangas; ornavam

a cabeça com uma espécie de turbante a que davam o nome de *trunfas*, formado por um grande lenço branco muito teso e engomado; calçavam umas chinelinhas de salto alto, e tão pequenas, que apenas continham os dedos dos pés, ficando de fora todo o calcanhar; e além de tudo isto envolviam-se graciosamente em uma capa de pano preto, deixando de fora os braços ornados de argolas de metal simulando pulseiras.

Poucos dias depois dos últimos acontecimentos narrados nos capítulos antecedentes, chegou o dia da procissão dos ourives. Os nossos costumes nesse tempo a respeito de franqueza e hospitalidade não eram lá muito louváveis; nesse dia porém sofriam uma exceção, e, como dissemos, as portas daqueles que moravam nas ruas por onde passava a procissão se abriam a todos os amigos e conhecidos. Em virtude disso aconteceu que se achassem reunidos em casa de uma certa D. Maria o compadre acompanhado do afilhado (ricamente vestido nesse dia com o seu **robissão de duraque** preto e o seu boné de pelo de lontra), a comadre e a vizinha dos maus agouros.

Casaca de tecido bem grosso. Imaginem que delícia, com o calor do Rio de Janeiro.

D. Maria era uma mulher velha, muito gorda; devia ter sido muito formosa no seu tempo, porém dessa formosura só lhe restavam o rosado das faces e alvura dos dentes; trajava nesse dia o seu vestido branco de cintura muito curta e mangas de presunto, o seu lenço também branco e muito engomado ao pescoço; estava penteada de ***bugres***, que eram dous grossos cachos caídos sobre as fontes; o amarrado do cabelo era feito na coroa da cabeça, de maneira que simulava um penacho. D. Maria tinha bom coração, era benfazeja, devota e amiga dos pobres, porém em compensação destas virtudes tinha um dos piores vícios daquele tempo e daqueles costumes: era a mania das **demandas**. Como era rica, D. Maria alimentava este vício largamente; as suas demandas eram o alimento da sua vida; acordada pensava nelas, dormindo sonhava com elas; raras vezes conversava em outra cousa, e apenas achava uma tangente caía logo no assunto predileto; pelo longo hábito que tinha da matéria, entendia do riscado a palmo, e não havia procurador que a enganasse; sabia todos aqueles termos jurídicos e toda a marcha do processo de modo tal, que ninguém lhe levava nisso a palma. Essa mania chegava nela à impertinência, e aborrecia desesperadamente a quem a ouvia, falando nos

Demandas: ações judiciais.

últimos provarás que lhe tinha feito o seu letrado nos autos da sua demanda de terras, nas razões finais que se tinham apresentado na ação que intentava contra um dos testamenteiros de seu pai, no depoimento das testemunhas no seu processo por causa da venda das suas casas, na citação que mandara fazer a um seu inquilino que lhe havia passado um crédito de vinte doblas e que agora negava a dívida, e em mil outras cousas deste gênero.

Apenas entrara o compadre, de quem era antiga amiga, e a quem não via há muito tempo, começou logo D. Maria por dar-lhe parte que aquela antiga demanda com o testamenteiro de seu pai ainda não estava acabada, e por aí ia já prosseguindo conforme seu costume, quando o compadre lhe apresentou o afilhado, e começou também a contar a sua história.

Começou ele pela origem do pequeno; remontou à pisadela e ao beliscão com que a Maria e o Leonardo tinham começado o seu namoro na viagem de Lisboa ao Rio de Janeiro, o que fez dar a D. Maria boas risadas. Passou em seguida à festa do batizado, que descreveu detalhadamente. Até aqui era o **drama risonho** e feliz; veio depois a tragédia; contou todas aquelas histórias da **perfídia** da Maria, dos ciúmes do Leonardo e da briga final, cujo resultado trouxera o pequeno às suas mãos.

Já notaram como os mais velhos gostam de contar a história da vida dos outros?

D. Maria ouviu tudo com a maior atenção, e só interrompia ao compadre de vez em quando para lançar uma praga à Maria, manifestar compaixão pelo Leonardo, e dar alguma risada pelas travessuras do pequeno. Quando a conversa estava nesta altura, a vizinha dos maus agouros, que também já se achava presente, porém que até ali estivera distraída, chegou-se para intervir na conversa, já se sabe, contra o pequeno. Referiu então alguma das suas graçolas, acrescentando sempre no fim de cada período e dirigindo-se ao compadre:

Perfídia é deslealdade, traição. Lembra do par de chifres que Maria colocou no Leonardo?

— O vizinho, por mais bem que lhe queira, não poderá negar isto...

O compadre, que no meio de tudo tinha sempre pintado a história do menino com cores muito favoráveis, não cessando de gabar a sua mansidão, boa índole, e dourando sempre as suas diabruras com o título de inocências, ingenuidades ou

Dar o cavaco: irritar, aborrecer.

cousas de criança, começou a **dar o cavaco** com o desmentido que lhe dava a vizinha, que ao contrário dele pintava tudo com cores negras. A comadre interveio também nessa ocasião, porém conservando uma posição duvidosa: ora era da opinião do compadre, ora da opinião da vizinha.

D. Maria, que morria por conversa, e sobretudo por novidades, tomava o maior interesse na história, e ninguém se lembrava de que vez alguma tivesse ela esquecido por tanto tempo suas demandas.

O pequeno, sentado em um canto, ouvia tudo em silêncio observador. O compadre mal se podia conter, em respeito a D. Maria, com as invectivas da vizinha; esta, julgando-se segura na roda em que estava, desabafava largamente contra o menino. Finalmente terminou dirigindo-se a D. Maria, e dizendo na sua frase do costume:

— Então, senhora, é o que eu digo ou não? Tem maus bofes...

— Maus bofes, atalhou o compadre já com a calva muito vermelha, maus bofes? ora esta...

O pequeno lançou do seu lugar à vizinha um olhar fulminante, e que queria pouco mais ou menos dizer:

— Deixa estar que esta não fica sem troco.

D. Maria, vendo que o compadre começava a exasperar-se, fez-se medianeira, e disse dirigindo-se à vizinha:

— Você tem-lhe raiva demais; realmente a função da cera na mantilha é para dar o cavaco, porém, bem diz o mestre: qual é a criança que não faz travessuras? Isto tudo há de passar com a idade.

Dirigindo-se depois ao pequeno.

— Venha cá, Sr. travesso, disse-lhe com bondade, venha defender-se do que aqui estão dizendo a seu respeito.

Capadócio é trapaceiro, canalha.

O menino chegou-se com um ar entre vexado e **capadoçal**, colocou-se em pé entre a madrinha e a vizinha.

D. Maria fez-lhe então algumas perguntas, a que ele respondeu com prontidão, porém com mau modo. A vizinha não se julgou muito em segurança com tão bom vizinho a seu lado, e foi querendo levantar-se. O menino, percebendo isto, não quis perder ocasião de fazer o que quer que fosse de maligno contra ela;

estendeu a ponta do pé, e pisou-lhe com toda a força na barra da saia preta que ela conservava tendo tirado a mantilha. A vizinha, vendo-lhe o gesto, sem entender bem o que era, percebeu que ele preparava alguma, e quis levantar-se rapidamente: lá se foram alguns quatro palmos da barra da saia.

— Ah! disse o menino fingindo-se espantado...

— Valha-te, Deus, menino! disse a comadre.

A vizinha contemplava a sua saia rota, dizendo para os circunstantes:

— Então é o que eu digo, ou não? Tem maus bofes!...

O compadre sorria-se disfarçadamente vendo a vingança que o menino tomava do que a vizinha acabava de dizer.

— Ora, disse afinal D. Maria com ar de quem não estava muito certa do que dizia, ele estava descuidado, não foi por querer...

O menino foi sentar-se, e a conversa prosseguiu.

Chegou-se ao ponto do **destino** que o padrinho queria dar ao afilhado, e, segundo era costume, começou logo grande divergência entre o compadre e a comadre; esta não falava senão na Conceição, e aquele não falava senão em Coimbra.

E ainda tem gente que reclama que tem pouca opção no vestibular.

D. Maria, solicitada a dar a sua opinião, disse:

— Pois olhem, se fosse comigo, eu havia de pô-lo em um cartório, e havia de fazer dele um bom procurador de causas.

— Oh! não, respondeu o compadre; perdoe-me, Sra. D. Maria, perdoe-me se lhe ofendo com isso, mas eu tenho uma birra dos diabos com as tais demandas...

— Pois olhe, não tem razão; elas dão-me que fazer, mas eu já estou acostumada. Por exemplo, aquela demanda das terras, isto tem sido um nunca acabar; os herdeiros do meu compadre João Bernardo, que ainda não estavam habilitados em juízo, mandaram-me aqui citar...

E por aí continuava, sem que ninguém soubesse onde pararia, quando felizmente teve de interromper-se porque a procissão aproximava-se, e todos correram às janelas.

Isto deu fim à conversa, começou a desfilar a procissão, que realmente fazia bonito efeito, sobretudo vista da casa de D. Maria, que era, e tínhamos esquecido esta circunstância, na mesma rua dos Ourives: as luzes das tochas refletidas nos galões das armações das portas e nas tabuletas cheias de ouro e prata em obra, com que os ourives nesse dia costumavam ornar os intervalos de suas casas, tinham um aspecto de muita riqueza e luxo, ainda que de mau gosto. De tudo que levava a procissão, o que mais mereceu as honras do agrado dos devotos foi o rancho das Baianas que o leitor já conhece, e o sacrifício de **Abraão**, que ia representado ao vivo.

Consta na Bíblia que Abraão teria oferecido a vida de seu filho Isaac em sacrifício a Deus. Veja no YouTube filmes sobre essa história.

Caminhava adiante um menino com um feixe de lenha aos ombros, representando Isaac: logo atrás dele um latagão vestido com um traje extravagante, com uma enorme espada de pau suspensa sobre a cabeça do menino; era Abraão; um pouco mais atrás um anjo, suspendendo o **furibundo gládio** por uma fita de três ou quatro varas de comprimento.

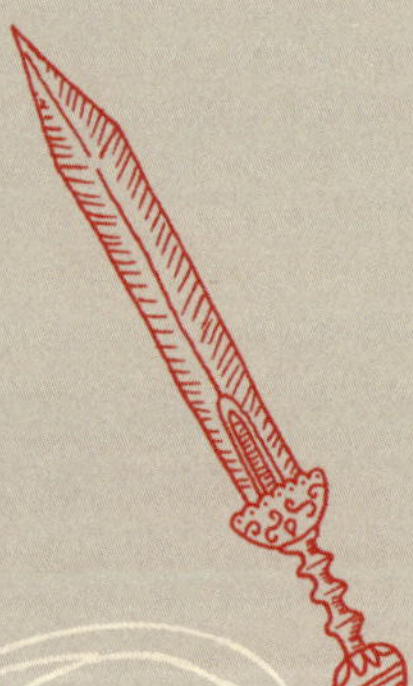

Tradução: o cara estava segurando a espada (gládio) como um ar sinistro (furibundo).

Terminada a procissão, retiravam-se os convidados.

Ao sair o compadre com o pequeno, D. Maria chegou-se a ele, e disse-lhe significativamente:

— Apareça, que temos que conversar a respeito do pequeno...

Já se vê que o menino não era dos mais infelizes, pois que, se tinha inimigos, achava também protetores por toda parte. Para diante os leitores verão o papel que D. Maria representará nesta história.

XVIII

AMORES

Os leitores devem já estar fatigados de histórias de travessuras de criança; já conhecem suficientemente o que foi o nosso memorando em sua meninice, as esperanças que deu, e o futuro que prometeu. Agora vamos saltar por cima de alguns anos, e vamos ver realizadas algumas dessas esperanças. Agora começam histórias, se não mais importantes, pelo menos um pouco mais **sisudas**.

Sisuda: séria.

Como sempre acontece a quem tem muito onde escolher, o pequeno, a quem o padrinho queria fazer clérigo mandando-o para a Coimbra, a quem a madrinha queria fazer artista metendo-o na Conceição, a quem D. Maria queria fazer **rábula** arranjando-o em algum cartório, e a quem enfim cada conhecido ou amigo queria dar um destino que julgava mais conveniente às inclinações que nele descobria, o pequeno, dizemos, tendo tantas cousas boas, escolheu a pior possível: nem foi para Coimbra, nem para a Conceição, nem para cartório algum; não fez

Rábula era uma espécie de advogado, mas sem formação acadêmica. Ele obtinha do poder judiciário autorização para tratar das questões legais. Também, pudera: o primeiro curso de direito no Brasil só foi fundado em 1827 por d. Pedro I.

Vadio quer dizer também estudante pouco estudioso. Fique esperto!

nenhuma destas cousas, nem também outra qualquer: constituiu-se um completo **vadio**, vadio-mestre, vadio-tipo.

O padrinho desesperava com isso vinte vezes em cada dia por ver frustrado o seu belo sonho, porém não se animava mais a contrariar o afilhado, e deixava-o ir à sua vontade.

A comadre tinha conseguido o seu fim, pelo que diz respeito à sobrinha; tanto fizera, que o Leonardo, pilhando a cigana em nova infidelidade, resolveu-se... e arranjou-se... Dessa época começou ele a viver sossegado: o vento da idade começava a apagar-lhe as flamas de ternura.

D. Maria envelhecera sofrivelmente, porém não perdera de modo nenhum a sua mania favorita das demandas: a última que tivera foi talvez a mais desculpável, a mais razoável de todas. Teve por causa a tutoria de uma sua sobrinha que ficara órfã por morte de um seu irmão. Este irmão tinha um compadre que não gozava de boa reputação: ora, tendo a órfã ficado senhora de alguns mil **cruzados** que deixara seu pai, ainda que este não tivesse feito testamento, por ser ela filha única e legítima, o compadre apresentou-se pretendendo ser seu tutor.

Esta é a moeda portuguesa. O nosso cruzado só foi criado nos anos 1980.

D. Maria, percebendo o caso, apresentou-se também, e afinal venceu: foi nomeada tutora, e veio-lhe a sobrinha para casa: ela estimou isso, tanto mais que a sua idade já a fazia precisar, ainda não de um apoio, porém de uma companhia.

As mais personagens continuaram no mesmo estado.

Daqui em diante trataremos o nosso memorando pelo seu nome de batismo: não nos ocorre se já dissemos que ele tinha o nome do pai; mas se o não dissemos, fique agora dito. E para que se possa saber quando falamos do pai e quando do filho, daremos a este o nome do Leonardo, e acrescentaremos o apelido de Pataca, já muito vulgarizado nesse tempo, quando quisermos tratar daquele.

Leonardo havia pois chegado à época em que os rapazes começam a notar que o seu coração palpita mais forte e mais apressado, em certas ocasiões, quando se encontra com certa pessoa, com quem, sem saber por quê, se sonha umas poucas de noites seguidas, e cujo nome se acode continuadamente a fazer cócegas nos lábios.

Já dissemos que D. Maria tinha agora em casa sua sobrinha: o compadre, como a própria D. Maria lhe pedira, continuou a visitá-la, e nessas visitas passavam longo tempo em conversas particulares. Leonardo acompanhava sempre o seu padrinho e fazia diabruras pela casa enquanto estava em idade disso, e depois que lhes perdeu o gosto, sentava-se em um canto e dormia de aborrecimento.

Disso resultou que detestava profundamente as visitas, e que só se sujeitava a elas obrigado pelo padrinho.

Em uma das últimas vezes que foram à casa de D. Maria, esta, assim que os viu entrar, dirigiu-se ao compadre e disse-lhe muito contente:

— Ora, afinal venci a minha campanha... veio ontem para o meu poder a menina... O tal velhaco do compadre de meu irmão não levou a sua avante.

— Muitos parabéns, muitos parabéns! respondeu o compadre.

Leonardo deu pouca atenção a isso; há muito tempo que ouvia falar da tal sobrinha; sentou-se a um canto, e começou a bocejar como de costume.

Depois de mais algumas palavras trocadas entre os dous, D. Maria chamou por sua sobrinha, e esta apareceu. Leonardo **lançou-lhe os olhos**, e a custo conteve o riso. Era a sobrinha de D. Maria já muito desenvolvida, porém que, tendo perdido as graças de menina, ainda não tinha adquirido a beleza de moça: era alta, magra, pálida: andava com o queixo enterrado no peito, trazia as pálpebras sempre baixas, e olhava a furto; tinha os braços finos e compridos; o cabelo, cortado, dava-lhe apenas até o pescoço, e como andava mal penteada e trazia a cabeça sempre baixa, uma grande porção lhe caía sobre a testa e olhos, como uma viseira. Trajava nesse dia um vestido de chita roxa muito comprido, quase sem roda, e de cintura muito curta; tinha ao pescoço um lenço encarnado de Alcobaça.

>>--> Alguém viu uma flecha do Cupido passando?

Por mais que o compadre a questionasse, apenas murmurou algumas frases ininteligíveis com voz rouca e sumida. Mal a deixaram livre, desapareceu sem olhar para ninguém. Vendo-a ir-se, Leonardo tornou a rir-se interiormente.

Quando se retiraram, riu-se ele pelo caminho à sua vontade. O padrinho indagou a causa da sua hilaridade; respondeu-lhe que não se podia lembrar da menina sem rir-se.

— Então lembras-te dela muito a miúdo, porque muito a miúdo te ris.

Leonardo viu que esta observação era verdadeira.

Durante alguns dias umas poucas de vezes falou na sobrinha da D. Maria; e apenas o padrinho lhe anunciou que teriam de fazer a visita do costume, sem saber por quê, pulou de contente, e, ao contrário dos outros dias, foi o primeiro a vestir-se e dar-se por pronto.

Saíram e encaminharam-se para o seu destino.

XIX

DOMINGO DO ESPÍRITO SANTO

Era esse dia domingo do Espírito Santo. Como todos sabem, a festa do Espírito Santo é uma das festas prediletas do povo fluminense. Hoje mesmo que se vão perdendo certos hábitos, uns bons, outros maus, ainda essa festa é motivo de grande agitação; longe porém está o que agora se passa daquilo que se passava nos tempos a que temos feito remontar os leitores. A festa não começava no domingo marcado pela folhinha, começava muito antes, nove dias cremos, para que tivessem lugar as novenas. O primeiro anúncio da festa eram as **Folias**. Aquele que escreve estas Memórias ainda em sua infância teve ocasião de ver as Folias, porém foi já no seu último grau de decadência, e tanto que só as crianças como ele davam-lhe atenção e achavam nelas prazer; os mais, se delas se ocupavam, era unicamente para lamentar a diferença que faziam das primitivas. O que dantes se passava, bem encarado, não estava muito longe de **merecer censura**; porém era costume, e ninguém vá lá dizer a alguma velha desse tempo que aquilo devia ser por força muito feio, porque leva

YouTube: Folia é a festa do Espírito Santo. Procure no YouTube e conheça um pouco mais sobre a nossa cultura.

Twitter: Imagine o que teriam dito do Carnaval.

uma risada na cara, e ouve uma tremenda **filípica** contra as nossas festas de hoje.

Entretanto digamos sempre o que eram as Folias desse tempo, apesar de que os leitores o saberão pouco mais ou menos. Durante os nove dias que precediam ao Espírito Santo, ou mesmo não sabemos se antes disso, saía pelas ruas da cidade um rancho de meninos, todos de nove a 11 anos, *caprichosamente* vestidos *à pastora*: sapatos de cor-de-rosa, meias brancas, calção da cor do sapato, faixas à cintura, camisa branca de longos e caídos colarinhos, chapéus de palha de abas largas, ou forrados de seda, tudo isto enfeitado com grinaldas de flores, e com uma quantidade prodigiosa de laços de fita encarnada. Cada um destes meninos levava um instrumento *pastoril* em que tocavam, pandeiro, machete e tamboril. Caminhavam formando um quadrado, no meio do qual ia o chamado imperador do Divino, acompanhados por uma música de barbeiros, e precedidos e cercados por uma chusma de *irmãos* de opa levando bandeiras encarnadas e outros emblemas, os quais tiravam esmolas enquanto eles cantavam e tocavam.

Significa discurso violento, o típico esfregão. Este termo surgiu na Grécia por causa do orador grego Demóstenes (século IV a.C.) contra o rei Filipe, da Macedônia. Sacou o trocadilho?

O imperador, como dissemos, ia no meio: ordinariamente era um menino mais pequeno que os outros, vestido de casaca de veludo verde, calção de igual fazenda e cor, meias de seda, sapatos afivelados, chapéu de pasta, e um enorme e rutilante emblema do Espírito Santo ao peito: caminhava pausadamente e com ar grave.

Confessem os leitores se não era cousa deveras extravagante ver-se um imperador vestido de veludo e seda, percorrendo as ruas cercado por um rancho de pastores, ao toque de pandeiro e machete. Entretanto, apenas se ouvia ao longe a fanhosa música dos barbeiros, tudo corria à janela para ver passar a Folia: os irmãos aproveitavam-se do **ensejo**, e iam colhendo esmolas de porta em porta.

Ensejo: ocasião, oportunidade.

Enquanto caminhava o rancho, tocava a música de barbeiros; quando parava, os pastores, acompanhando-se com seus instrumentos, cantavam; as cantigas eram pouco mais ou menos no gênero e estilo desta:

O Divino Espírito Santo
É um grande folião,
Amigo de muita carne,
Muito vinho e muito pão.

Eis aí o que era a Folia, eis aí o que o compadre e o afilhado encontraram no caminho.

A este episódio da Folia seguiam-se outros de que vamos em breve dar conta aos leitores. Por agora porém voltemos aos nossos visitantes.

Chegaram eles à casa de D. Maria, e acharam ainda todos à janela, porque acabava de passar a Folia. D. Maria recebeu-os com a sua costumada amabilidade. Leonardo ao entrar lançou os olhos para a sobrinha de D. Maria; porém, sem saber por quê, não teve desta vez mais vontade de rir-se; entretanto a menina continuava a ser feia e esquisita; nesse dia estava ainda pior do que nos outros. D. Maria tinha tido pretensões de asseá-la; vestira-lhe um vestido branco muito curto, pusera-lhe um lenço de seda encarnado ao pescoço, e penteara-a de *bugres*. Por isso, agora que tendo ela tirado a costumada viseira de cabelos, lhe podemos ver o rosto, digamos, em abono da verdade, que se estava nesse dia mais esquisita quanto ao todo, podia-se-lhe notar que não era tão feia de cara como a princípio pareceu.

O caso foi que o Leonardo começou a olhar para ela sem mais vontade de rir-se; olhou uma, duas, três, quatro, muitas vezes enfim, sem que nunca satisfizesse ao que ele interiormente chamava curiosidade de apreciar aquela figura.

A menina por sua parte continuava no seu inalterável silêncio e concentração, de olhos baixos e queixo no peito. Entretanto quem tivesse hábito de observador fino poderia ter visto algum levantar de pálpebras rápido, e algum olhar fugaz dirigido para o lado do Leonardo.

D. Maria e o compadre conversaram segundo o seu costume.

Na ocasião da saída, D. Maria, dirigindo-se ao compadre, disse-lhe:

— Olhe, escute: nós hoje vamos ao Campo ver o fogo, bem podíamos ir todos juntos; que diz?

— Sim, podíamos, respondeu o compadre: eu tinha de ir só com o meu rapaz; mas uma vez que me oferece, iremos todos juntos. E leva a senhora a sua menina, não é?

— Oh! levo, coitada; ela nunca viu o fogo; no tempo do pai nunca saía...

Sem pensar, o Leonardo estremeceu de contente: pareceu-lhe que desse modo teria mais ocasião de satisfazer a sua *curiosidade*. A menina nem se mexeu; pareceu-lhe aquilo absolutamente indiferente.

— Pois então estamos ajustados, acrescentou o compadre, e à noite cá as viremos buscar.

E saíram.

XX

O FOGO NO CAMPO

À hora determinada vieram os dous, padrinho e afilhado, buscar D. Maria e sua família, segundo haviam tratado: era pouco depois de Ave-Maria, e já se encontrava pelas ruas grande multidão de famílias, de ranchos de pessoas que se dirigiam uns para o Campo e outros para a Lapa, onde, como é sabido, também se festejava o Divino. Leonardo caminhava parecendo completamente alheio ao que se passava em roda dele; tropeçava e **abalroava** nos que encontrava; uma ideia única roía-lhe o miolo; se lhe perguntassem que ideia era essa, talvez mesmo o não soubesse dizer. Chegaram enfim mais depressa do que supusera o barbeiro, porque o Leonardo parecia naquela noite ter **asas nos pés**, tão rapidamente caminhara e obrigara o padrinho a caminhar com ele.

Abalroar: bater, ir de encontro.

O amor é o melhor energético.

D. Maria estava já pronta e os esperava com algumas outras pessoas com quem também tratara ir de companhia, e em um momento puseram-se a caminho. Formavam todos um grande rancho acompanhado por não pequeno número de

negras e negrinhas escravas e crias de D. Maria, que levavam cestos com comida e esteiras. D. Maria deu o braço ao compadre, e o mesmo fizeram as outras senhoras aos demais cavalheiros. Por gracejo D. Maria fez com que o Leonardo desse o braço a sua sobrinha; ele aceitou a incumbência com gosto, mas não sem ficar alguma cousa atrapalhado, e deu na pobre menina alguns encontrões, embaraçado por não saber se lhe daria a esquerda ou a direita; finalmente acertou, e deu-lhe a esquerda, ficando ele do lado da parede. Ofereceu-lhe o braço, porém Luisinha (tratemo-la desde já por seu nome) pareceu não entender o oferecimento ou não dar fé dele. Contentou-se pois o Leonardo em caminhar ao seu lado.

Na primeira metade do século XIX, o Rio de Janeiro tinha a maior população escrava urbana das Américas! Muitos sofriam por causa de doenças e pela falta de cuidados médicos básicos. E o preconceito contra eles era pesado, tão pesado que resiste até hoje.

Assim chegaram ao Campo, que estava cheio de gente. Nesse tempo ainda se não usavam as barracas de bonecos, de sortes, de raridades e de teatros, como hoje: usavam-se apenas algumas que serviam de **casas de pasto**. Depois de passarem por diante delas, D. Maria e a sua gente se dirigiram para o Império. Luisinha estava atônita no meio de todo aquele movimento, diante daquele espetáculo que via pela primeira vez, pois era verdade o que dissera D. Maria: no tempo de seu pai raras ou nenhumas vezes saía de casa. Assim, sem o saber, parava algumas vezes embasbacada a olhar para qualquer cousa, e o Leonardo muitas vezes via-se forçado a puxar-lhe pelo braço para obrigá-la a prosseguir.

Os primeiros restaurantes que surgiram no país eram chamados de casas de pasto. Não, naquela época ninguém comia capim. A palavra pasto quer dizer alimentos de um modo em geral. Aliás, o nome "restaurante" só pegou mesmo no Brasil já quase na metade do século XX.

Chegaram ao Império, que era nesse tempo quase defronte da igreja de Sant'Ana, no lugar agora ocupado por uma das extremidades do quartel de Fuzileiros. Todos sabem o que é o Império, e por isso o não descreveremos. Lá estava na sua cadeira o imperador, que o leitor já viu passeando pela rua no meio de seus foliões. Luisinha, vendo-o, pôs-se nas pontas dos pés, esticou o pescoço, e encarou-o por muito tempo extática e absorta. O Leonardo vendo isto sentiu um não sei quê por dentro contra o menino que atraía a atenção de

Nas praias são conhecidos como farofeiros.

Frenesi: agitação, delírio.

Luisinha, e passou-lhe pela mente o desejo louco de voltar atrás seis ou sete anos de sua existência, e ser também imperador do Divino.

Nas escadas do Império fazia-se leilão como ainda hoje, divertindo-se muito o povo ali apinhado com as graçolas pesadas do pregoeiro. Estiveram aí algum tempo entretidos os nossos conhecidos, e foram depois procurar no meio do Campo um lugar onde pudessem fazer alto para cear e ver o fogo. Acharam-no, não sem alguma dificuldade, pois que muitas outras famílias se haviam adiantado e tomado as melhores posições. Grande parte do Campo estava já coberta daqueles **ranchos sentados em esteiras**, ceando, conversando, cantando modinhas ao som de guitarra e viola. Fazia gosto passear por entre eles, e ouvir aqui a anedota que contava um conviva de bom gosto, ali a modinha cantada naquele tom apaixonadamente poético que faz uma das nossas raras originalidades, apreciar aquele movimento e animação que geralmente reinavam. Era essa a parte (permitam-nos a expressão) verdadeiramente divertida do divertimento.

Os nossos conhecidos sentaram-se com os outros em roda de suas esteiras, e começaram a cear. Leonardo, apesar das emoções novas que experimentava desde certo tempo, e principalmente naquela noite, nem por isso perdeu o apetite, e esqueceu-se por algum tempo de sua companheira para cuidar unicamente do seu prato. No melhor da ceia foram interrompidos pelo ronco de um foguete que subia: era o fogo que começava. Luisinha estremeceu, ergueu a cabeça, e pela primeira vez deixou ouvir sua voz, exclamando extasiada ao ver cair as lágrimas inflamadas do foguete que aclaravam todo o Campo:

— Olhe, olhe, olhe!...

Alguns dos circunstantes desataram a rir; o Leonardo deu o cavaco com aquelas risadas, e as achou muito fora de tempo. Felizmente Luisinha estava por tal maneira extasiada, que não deu atenção a cousa alguma, e enquanto duraram os foguetes não tirou os olhos do céu.

Aos foguetes seguiram-se, como sabem os leitores, as rodas. Nessa ocasião o êxtase da menina passou a **frenesi**; aplaudia com entusiasmo, erguia o pescoço por cima das

cabeças da multidão, tinha desejos de ter duas ou três varas de comprido para ver tudo a seu gosto. Sem saber como, unia-se ao Leonardo, firmava-se com as mãos sobre os seus ombros para se poder sustentar mais tempo nas pontas dos pés, falava-lhe e comunicava-lhe a sua admiração! O contentamento acabou por familiarizá-la completamente com ele. Quando se atacou a *lua*, a sua admiração foi tão grande que, querendo firmar-se nos ombros de Leonardo, deu-lhe quase um abraço pelas costas. O Leonardo estremeceu por dentro, e pediu ao céu que a lua fosse eterna; virando o rosto, viu sobre seus ombros aquela cabeça de menina iluminada pelo clarão pálido do misto que ardia, e ficou também por sua vez extasiado; pareceu-lhe então o **rosto mais lindo** que jamais vira, e admirou-se profundamente de que tivesse podido alguma vez rir-se dela e achá-la feia.

O amor é o Photoshop da vida real.

Acabado o fogo, tudo se pôs em andamento, levantaram-se as esteiras, espalhou-se o povo. D. Maria e sua gente puseram-se também em marcha para casa, guardando a mesma disposição com que tinham vindo. Desta vez porém Luisinha e Leonardo, não é dizer que vieram de braço, como este último tinha querido quando foram para o Campo, foram mais adiante do que isso, vieram de mãos dadas muito familiar e ingenuamente. Este *ingenuamente* não sabemos se se poderá com razão aplicar ao Leonardo. Conversaram por todo o caminho como se fossem dous conhecidos muito antigos, dous irmãos de infância, e tão distraídos iam que passaram à porta da casa sem parar, e já estavam muito adiante quando os *sios* de D. Maria os fizeram voltar. A despedida foi alegre para todos e tristíssima para os dous. Entretanto, como sempre que se despedia, o compadre prometeu voltar, e isso serviu de algum alívio, especialmente ao Leonardo, que tomara tudo o que se acabava de passar mais em grosso.

XXI

CONTRARIEDADES

Cremos, pelo que temos referido, que para nenhum dos leitores será ainda duvidoso que chegara ao Leonardo a hora de pagar o tributo de que ninguém escapa neste mundo, ainda que para alguns seja ele fácil e leve, e para outros pesado e custoso: o rapaz amava. É escusado dizer a quem.

Como é que a sobrinha de D. Maria, que a princípio tanto desafiara a sua hilaridade por esquisita e feia, lhe viera depois a inspirar amor, é isso segredo do coração do rapaz que nos não é dado penetrar: o fato é que ele a amava, e isto nos basta. Convém lembrar que se pela sorte de um pai se pode **augurar** a de um filho, o Leonardo em matéria de amor não prometia decerto grande fortuna. E com efeito, logo depois da noite do fogo no Campo, em que as cousas começavam a tomar vulto, principiou a roda a desandar-lhe em quase todos os sentidos. Luisinha, uma vez extinto o entusiasmo que, suscitado pelas emoções que experimentara na noite do fogo, a acordara da sua apatia, voltara de novo ao seu antigo estado: e, como de tudo esquecida, na primeira visita que o barbeiro

Augurar: prever, adivinhar.

Estúrdio: estranho, esquisito.

Maledicente é aquele que fala mal dos outros.

e o Leonardo fizeram a D. Maria depois desses acontecimentos, nem para este último levantara os olhos; conservara-se de cabeça baixa e olhos no chão.

Ora, para quem, como o Leonardo, levara depois daquela feliz noite a construir esses castelos de extravagante arquitetura com que sonhamos nos dias felizes do primeiro amor, isso foi já uma contrariedade sem nome; quando se viu assim tratado quase desatou a chorar; só o conteve o receio de não poder depois justificar o seu pranto com qualquer pretexto. A este primeiro movimento sucedeu-lhe um momento de calma, e depois cresceu-lhe por dentro uma chama de raiva, e esteve a ponto de chegar-se para a menina, desenterrar-lhe o queixo do peito, e chamá-la quatro ou cinco vezes de **estúrdia** e feia. Afinal cismou um pouco e murmurou um — que me importa! — que pretendia ser desprezo, e que não era senão despeito.

À primeira visita depois da noite do fogo seguiram-se muitas outras em que as cousas se passaram pouco mais ou menos do mesmo modo.

Um novo sucesso veio porém um dia dar outra cor e andamento aos sucessos; foi o encontro dos dous, padrinho e afilhado, em casa de D. Maria com uma personagem estranha a ambos. Era um conhecido de D. Maria que havia há pouco chegado de uma viagem à Bahia. Figure o leitor um homenzinho nascido em dias de maio, de pouco mais ou menos 35 anos de idade, magro, narigudo, de olhar vivo e penetrante, vestido de calção e meias pretas, sapatos de fivela, capote e chapéu armado, e terá ideia do físico do Sr. José Manuel, o recém-chegado. Quanto ao moral, se os sinais físicos não falham, quem olhasse para a cara do Sr. José Manuel assinava-lhe logo um lugar distinto na família dos velhacos de quilate. E quem tal fizesse não se enganava de modo algum; o homem era o que parecia ser. Se tinha alguma virtude, era a de não enganar pela cara. Entre todas as suas qualidades possuía uma que infelizmente caracterizava naquele tempo, e talvez que ainda hoje, positiva e claramente o fluminense, era a **maledicência**. José Manuel era uma crônica viva, porém crônica escandalosa, não só de todos os seus conhecidos e amigos, e das famílias destes, mas ainda dos conhecidos e amigos dos seus amigos e conhecidos e de suas famílias. Debaixo do mais fútil pretexto tomava a palavra, e enfiava um discurso de duas horas sobre a vida de fulano ou de beltrano.

Por exemplo, conversando-se sobre qualquer objeto acontecia falar-se em D. Francisca Brites.

— Conheci muito D. Francisca Brites, atalhava imediatamente o incansável falador; era mulher de João Brites, filho bastardo do capitão Sanches; em tempo de casada diziam suas cousas dela, e a culpa tinha Pedro d'Aguiar, sujeito que não gozava de boa nota, principalmente depois que se meteu aí n'alhada de um testamento falso que atribuíram ao Lourenço da Cunha, que, em abono da verdade, era bem capaz disso, pois era sujeito de mãos limpas. Foi até ele quem furtou de casa a filha de D. Úrsula, que foi moça de Francisco Borges, a quem deixou para seguir a Pedro Antunes, que por sinal lhe deu bem má vida.

E também ela não devia esperar outra cousa dele, porque homem que se atreveu a fazer o que ele fez a três filhas que tinha, é capaz de tudo. Chegou a pôr pela porta fora com um pau as pobres moças depois de as ter espancado desapiedadamente. Entretanto uma delas foi bem feliz: achou aí um capitão de navio que tratou dela; as outras não, coitadas...

— Infelizes por quê? acudia por acaso algum dos circunstantes; elas casaram...

— Casaram, sim, é verdade, retorquia ele tomando novo fôlego, porém com que marido? Um tomava **moafas** de todo o tamanho, o outro gastou tudo quanto tinha no jogo. Conheci-os a ambos muito bem...

Moafa: bebedeira.

E por aí prosseguia e internava-se a perder de vista pela geração toda dos dous maridos, e era capaz de gastar nesse trabalho horas inteiras.

Desde o primeiro dia que o padrinho e o afilhado encontraram-se com José Manuel em casa de D. Maria, nenhum dos dous lhe ficou por certo querendo muito bem, e este não querer bem foi crescendo de dia em dia, especialmente pela parte do Leonardo. E o caso é que ele tinha razão; foi o

instinto que o avisou de que ali havia um inimigo. Tão exagerados eram os afagos de José Manuel para com D. Maria, e tanto repartia ele esses afagos com Luisinha, que bem claro se deixou ver que havia neles fim oculto. Afinal o negócio aclarou-se. D. Maria era, como dissemos, rica e velha; não tinha outro herdeiro senão sua sobrinha: se morresse D. Maria, Luisinha ficaria arranjada, e como era muito criança e mostrava ser muito simples, era uma esposa conveniente a qualquer esperto que se achasse, como José Manuel, em disponibilidade; este pois fazia a corte à velha com intenções na sobrinha. Quando Leonardo, esclarecido pela sagacidade do padrinho, entrou no conhecimento destas cousas, ficou fora de si, e a ideia mais pacífica que teve foi que podia mui bem, quando fosse visitar D. Maria, munir-se de uma das navalhas mais afiadas de seu padrinho, e na primeira ocasião oportuna fazer de um só golpe em dous o pescoço de José Manuel. Porém teve de aplacar-se e ceder às **admoestações** do padrinho, que sabia de todos os seus sentimentos, e que os aprovava.

Admoestação: advertência, conselho.

XXII

ALIANÇA

Se Leonardo se afligira do modo que acabamos de ver pelo contratempo que lhe sobreviera com o aparecimento e com as disposições de José Manuel, o padrinho não se incomodava menos com isso: vendo que o afilhado se fazia homem, e tendo decididamente abortado aquele seu gigantesco plano de mandá-lo a Coimbra, enxergava na sobrinha de D. Maria um meio de vida excelente para o seu rapaz. Verdade é que se lembrava de que D. Maria podia com muito justa razão, se as cousas continuassem do mesmo modo, quando chegasse o momento do desfecho das cousas, recusar sua sobrinha a um rapaz que não se ocupava em cousa alguma, e que não tinha futuro. Por este motivo muitas vezes instava com o afilhado para que ensaiasse na cara de algum freguês tolo entrar no ofício; porém este recusava-se obstinadamente. A comadre, quando alguma vez aparecia por casa do barbeiro, não cessava de insistir no seu antigo projeto de fazer o rapaz entrar para a Conceição. Uma ocasião em que nisso falou diante dele, custou-lhe a história uma forte sarabanda:

o rapaz tomara gosto à vida de vadio, e por princípio algum queria deixá-la. E se em outras ocasiões estava ele desse humor, agora depois dos últimos acontecimentos, quando o amor e o ciúme lhe ocupavam a alma, não queria ouvir falar em semelhantes cousas; acreditava que a sua melhor ocupação devia consistir em dar cabo do rival que se lhe antepusera.

No meio de tudo isto pior era que José Manuel parecia adiantar-se cada vez mais; astuto como era, insinuava-se destramente no ânimo de D. Maria, e a cativava com atenções de toda a sorte. O compadre começou a **banzar** sobre o caso, e um dia veio-lhe uma ideia: era preciso pôr a comadre ao corrente do que se passava, e interessá-la no negócio; ela era bem capaz, se quisesse, de arcar com José Manuel, e pô-lo fora de combate; gozava boa fama de ter jeito para *essas cousas*. Com efeito mandou chamar a comadre e expôs-lhe tudo.

Banzar: ficar pensando sobre um assunto.

— Sim! respondeu ela ao ouvir a narração; o caso é este? pois está de cor o tal sujeito: hei de mostrar-lhe para quanto presto. Já hoje mesmo vou visitar a D. Maria.

Mal sabia José Manuel que tormenta se levantava contra ele. Há muito percebera ele que Leonardo e seu padrinho o não podia tragar, e mesmo que tinham segundas tenções a respeito de Luisinha, porém nunca lhe passara pela mente que seria mister lutar com eles. Em breve teve de ver que se enganava. A comadre foi, como prometera, à casa de D. Maria, e achando lá José Manuel procurou fazer-se ostensivamente muito sua camarada, ainda que baixinho, e de vez em quando soltava perto de D. Maria algumas indiretas contra ele.

Quando José Manuel acabava de contar uma história com todos os detalhes costumados sobre a vida deste ou daquele, a comadre murmurava, por exemplo:

— Que língua! safa...

E com estas e outras ia pondo em relevo, sem parecer que tinha tal intenção, o caráter do adversário.

Além da qualidade de maldizente, José Manuel mentia com um descaro como raras vezes se encontra. D. Maria, amiga de novidades, e além disso muito crédula, comungava perfeitamente quanta **peta** lhe queria ele embutir. Uma das suas histórias mais comuns era a que ele inti-

Peta: mentira, fraude.

tulava — *O naufrágio dos potes.* — Acontecera-lhe na sua última viagem à Bahia, e ele a contava pelo modo seguinte:

Peru é um barco de carga em forma de canoa, com um único mastro.

"Estávamos quase a chegar ao ancoradouro; viajava ao lado do meu navio um enorme **peru** carregado unicamente de potes. De repente arma-se um temporal, que parecia vir o mundo abaixo; o vento era tão forte, que do mar, apesar da escuridão, viam-se contradançar no espaço as telhas arrancadas da cidade alta. Afinal quando já parecia tudo sossegado e começava a limpar o tempo, veio uma onda tão forte e em tal direção, que as duas embarcações esbarraram com toda a força uma contra a outra. Já muito maltratadas pelo temporal que acabavam de suportar, não puderam mais resistir, e abriram-se ambas de meio a meio: o navio vazou toda a sua carga e passageiros, e o *peru* toda a sua carregação de potes; ficou o mar coalhado deles, em tão grande quantidade os havia! Os marinheiros e outros passageiros trataram de agarrar-se a tábuas, caixões e outros objetos para se salvarem; porém o único que se escapou fui eu, e isso devo à feliz lembrança que tive; do pedaço do navio em que tinha ficado dei um salto sobre o pote que boiava mais perto. Com o meu peso o pote mergulhou, e enchendo-se d'água desapareceu debaixo de meus pés; porém isto não teve lugar antes que eu, percebendo o que ia acontecer, não saltasse imediatamente desse pote para outro. A este outro e a todos os mais aconteceu a mesma cousa, porém servi-me do mesmo meio, e assim, como a força das ondas os impelia para a praia, vim de pote em pote até à terra sem o menor acidente!”

Como esta contava José Manuel milhares de histórias.

Foi também isso um tema de que se serviu a comadre para o desconceituar no ânimo de D. Maria, sempre, é verdade, muito sorrateiramente.

Veremos quais foram os resultados que alcançaram o compadre e o Leonardo com a aliança formada com a comadre contra o concorrente à Luisinha.

XXIII

DECLARAÇÃO

Enquanto a comadre dispunha seu plano de ataque contra José Manuel, Leonardo ardia em ciúmes, em raiva, e nada havia que o consolasse em seu desespero, nem mesmo as promessas de bom resultado que lhe faziam o padrinho e a madrinha. O pobre rapaz via sempre diante de si a detestável figura de seu rival a desconcertar-lhe todos os planos, a desvanecer-lhe todas as esperanças. Nas horas de sossego entregava-se às vezes à construção imaginária de magníficos castelos, castelos de nuvens, é verdade, porém que lhe pareciam por instantes os mais sólidos do mundo; de repente surdia-lhe de um canto o terrível José Manuel com as bochechas inchadas; e soprando sobre a construção, a arrasava num volver d'olhos.

Entretanto o que havia de notável é que Luisinha, causa de tantas tormentas, ignorava tudo, e a tudo continuava indiferente. Leonardo veio a entender, depois de muito meditar, que isto constituía um dos principais defeitos de sua posição; se a comadre e o compadre conseguissem derrotar

a José Manuel, e pô-lo em estado de não poder mais entrar em combate, quem poderia dizer que o triunfo era completo? Não havia ainda uma segunda campanha a dar contra a indiferença de Luisinha? Daqui concluiu ele que era mister ir já rompendo fogo por esse lado; e como lhe pareceu o de mais importância, não quis confiar a nenhum dos aliados o seu ataque, e decidiu-se a dá-lo em pessoa. Devia começar, como o sabe de cor e salteado a maioria dos leitores, que é sem dúvida nenhuma muito entendida na matéria, por uma declaração em forma.

Mas em amor, assim como em tudo, a primeira saída é o mais difícil. Todas as vezes que esta ideia vinha à cabeça do pobre rapaz, passava-lhe uma nuvem escura por diante dos olhos e banhava-se-lhe o corpo em suor. Muitas semanas levou a compor, a estudar o que havia de dizer a Luisinha quando aparecesse o momento decisivo. Achava com facilidade milhares de ideias brilhantes; porém mal tinha assentado em que diria isto ou aquilo, e já isto e aquilo lhe não parecia bom. Por várias vezes tivera ocasião favorável para desempenhar a sua tarefa, pois estivera a sós com Luisinha; porém nessas ocasiões nada havia que pudesse vencer um tremor de pernas que se apoderava dele, e que não lhe permitia levantar-se do lugar onde estava, e um engasgo que lhe sobrevinha, e que o impedia de articular uma só palavra. Enfim, depois de muitas lutas consigo mesmo para vencer o acanhamento, tomou um dia a resolução de acabar com o medo, e dizer-lhe a primeira cousa que lhe viesse à boca.

Luisinha estava no vão de uma janela a espiar para a rua pela rótula; Leonardo aproximou-se tremendo, pé ante pé, parou e ficou imóvel como uma estátua atrás dela que, entretida para fora, de nada tinha dado fé. Esteve assim por longo tempo calculando se devia falar em pé ou se devia ajoelhar-se. Depois fez um movimento como se quisesse tocar no ombro de Luisinha, mas retirou depressa a mão. Pareceu-lhe que por aí não ia bem; quis antes puxar-lhe pelo vestido, e ia já levantando a mão quando também se arrependeu. Durante todos estes movimentos o pobre rapaz suava a não poder mais. Enfim, um incidente veio tirá-lo da dificuldade. Ouvindo passos no corredor, entendeu que alguém se aproximava, e

tomado de terror por se ver apanhado naquela posição, deu repentinamente dous passos para trás, e soltou um — ah! — muito engasgado. Luisinha, voltando-se, deu com ele diante de si, e recuando espremeu-se de costas contra a rótula; veio-lhe também outro — ah! — porém não lhe passou da garganta, e conseguiu apenas fazer uma careta.

A **bulha** dos passos cessou sem que ninguém chegasse à sala; os dous levaram algum tempo naquela mesma posição, até que o Leonardo, por um supremo esforço, rompeu o silêncio, e com voz trêmula e em tom o mais sem graça que se possa imaginar perguntou desenxabidamente:

— A senhora... sabe... uma cousa?

E riu-se com uma risada forçada, pálida e tola.

Luisinha não respondeu. Ele repetiu no mesmo tom:

— Então... a senhora... sabe ou... não sabe?

E tornou a rir-se do mesmo modo. Luisinha conservou-se muda.

— A senhora bem sabe... é porque não quer dizer...

Nada de resposta.

— Se a senhora não ficasse zangada... eu dizia...

Silêncio.

— Está bom... eu digo sempre... mas a senhora fica ou não fica zangada?

Luisinha fez um gesto de quem estava impacientada.

Bulha: ruído, briga.

Estupefato: perplexo, imobilizado.

— Pois então eu digo... a senhora não sabe... eu... eu lhe quero... muito bem.

Luisinha fez-se cor de uma cereja; e fazendo meia-volta à direita, foi dando as costas ao Leonardo e caminhando pelo corredor. Era tempo, pois alguém se aproximava.

Leonardo viu-a ir-se, um pouco **estupefato** pela resposta que ela lhe dera, porém não de todo descontente: seu olhar de amante percebera que o que se acabava de passar não tinha sido totalmente desagradável a Luisinha.

Quando ela desapareceu, soltou o rapaz um suspiro de desabafo e assentou-se, pois se achava tão fatigado como se estivesse acabado de lutar braço a braço com um gigante.

TOMO II

I

A COMADRE EM EXERCÍCIO

Os leitores devem estar lembrados de que o nosso antigo conhecido, de quem por algum tempo nos temos esquecido, o Leonardo-Pataca, apertara-se em laços amorosos com a filha da comadre, e que com ela vivia em santa e honesta paz. Pois este viver santo e honesto deu em tempo oportuno o seu resultado. Chiquinha (era este o nome da filha da comadre) achou-se de *esperanças* e pronta a dar à luz. Já veem os leitores que a raça dos Leonardos não se há de extinguir com facilidade. Leonardo-Pataca não perdia por modo algum aqueles hábitos de ternura com que sempre o conhecemos, e nas atuais circunstâncias, quando ele via às portas da vida um fruto do seu derradeiro amor, crescia-lhe n'alma aquela violenta chama do costume; o pobre homem ardia todo por dentro e por fora, e desfazia-se em carinhos para com sua companheira.

Chegou finalmente o dia de aparecer o desejado resultado: ao amanhecer manifestara os primeiros sintomas. Leonardo levantou logo uma poeira em casa: andava de dentro para fora pretendendo fazer mil cousas, e sem fazer cousa alguma, atrapalhado e tonto. Mandou chamar a comadre, que pronta acudiu ao chamado, e começaram-se a arranjar os preparativos. Talvez alguns leitores tenham ideia do mundo infinito de arranjos que naquele tempo se punha em giro em semelhantes ocasiões. A primeira cousa a que o Leonardo-Pataca providenciou foi a que se mandassem dar as **nove badaladas** no sino grande da Sé. Esta prática só costumava ter lugar quando a parturiente se achava em perigo, porém ele quis prevenir tudo a tempos e a horas. Mandou-se depois pedir à vizinha, pois por um descuido imperdoável não havia em casa, um ramo de palha benta; a comadre trouxe um par de bentinhos da Senhora do Monte do Carmo que tinham grande reputação de milagrosos, e o lançou ao pescoço da Chiquinha. Pôs a palha benta ao lado da cabeceira; na sala improvisou-se um oratório com uma toalha, um copo com arruda e uma imagem de Nossa Senhora da Conceição de louça, enfeitada com cordões de ouro. Chiquinha, para nada esquecer das regras estabelecidas, amarrou à cabeça um lenço branco, meteu-se embaixo dos lençóis, e começou a rezar ao santo de sua devoção. A comadre assentou-se aos pés da cama em uma banquinha, e desunhava também em um grande rosário, observando entretanto a Chiquinha, e interrompendo-se a cada instante para dar ordens ao Leonardo-Pataca, e responder ao que fora do quarto se dizia.

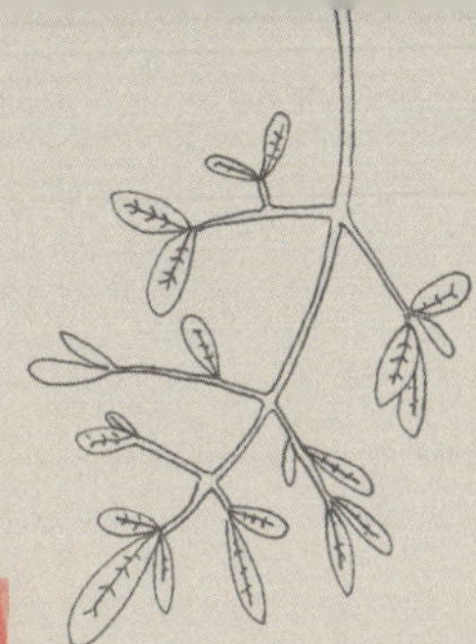

Num tempo em que não havia telefone, rádio, TV ou internet, as pessoas prestavam uma atenção danada aos sinos das igrejas. O número e estilo das badaladas eram como mensagens de celular: informavam horário de missa, se alguém estava dando à luz, se havia enterro, se era dia de homenagem ao santo e até se havia ocorrido algum incêndio.

Leonardo-Pataca, depois de tudo arranjado, quando viu que a única cousa que restava era *esperar a natureza*, como dizia a comadre, pôs-se em menores, quero dizer, despiu os calções e o colete, ficou em ceroulas e chinelas, amarrou à cabeça, segundo um antigo costume, um lenço encarnado, e pôs-se a passear na sala de um lado para outro, com uma cara de fazer dó: parecia que era ele e não Chiquinha quem se achava com dores de parto. De vez em quando parava à porta do quarto que se achava cerrada, lançava para dentro um olhar de curiosidade e medo, e abanando a cabeça murmurava:

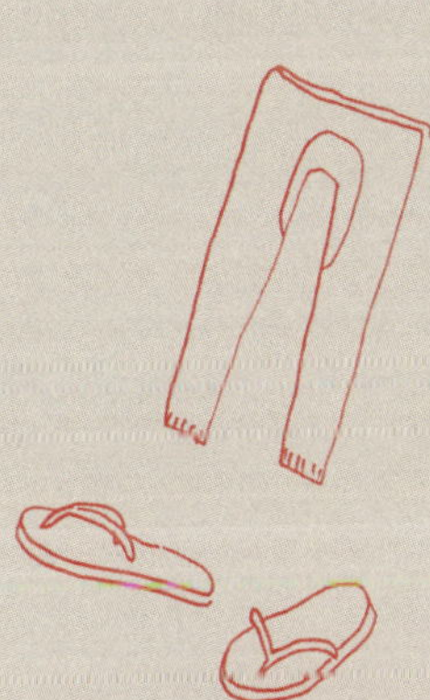

— Não sirvo para isto... estas cousas não se dão com o meu gênio... Estou a tremer como se fosse o negócio comigo...

E realmente a cada gemido forte que partia do quarto o homem estremecia e fazia-se de mil cores.

Dentro do quarto a comadre **exortava** a padecente, pouco mais ou menos nestes termos:

Exortar: estimular, animar.

Você sabia que as parteiras ainda existem? Partos como este são chamados de parto natural ou humanizado.

— Não vos façais de criança, menina... isso não é nada... é um pau por um olho... Não tarda aí um Bendito, e estais já livre. Estas cousas na minha mão andam depressa. Verdade seja que é o primeiro, e isto causa seu medo, mas não é cousa que valha estares agora tão desanimada; é preciso também ajudar a natureza. "Faze da tua parte que **eu te ajudarei**!" São palavras de Jesus Cristo.

A padecente estava porém a morrer de susto: nem se moveu à exortação da comadre. Entretanto o tempo ia passando, e a pobre rapariga a sofrer; já lhe tinha a comadre arranjado de um modo diverso os bentinhos no peito, já tinha inclinado mais sobre a cama a palma benta, e ainda nada de novo. O Leonardo-Pataca começava a impacientar-se; de vez em quando chegava à porta do quarto, e perguntava com voz esmorecida:

— Então?...

— Compadre, respondia a comadre, já lhe disse que não é bom a quem está neste estado estar ouvindo voz de homem: esteja calado e espere lá.

Continuava o tempo a passar: a comadre saiu do quarto e veio acender uma nova vela benta a Nossa Senhora, e depois de uma breve oração voltou ao seu posto. Tirou então do bolso da saia uma fita azul comprida e passou-a em roda da cintura da Chiquinha; era uma medida de Nossa Senhora do Parto. Depois disse com ar de triunfo:

— Ora agora vamos a ver, porque isto já não vai do meu agrado... Mas a culpa também é sua, menina, já lhe disse que é preciso ajudar a natureza. Passou-se ainda algum tempo. De repente a comadre gritou para fora:

— Ó compadre, dê cá lá uma garrafa...

O Leonardo-Pataca obedeceu prontamente. Ouviu-se então dentro do quarto o som que produziria uma boca humana a soprar com toda a força dentro de alguma cousa. Era Chiquinha que por ordem da comadre soprava a morrer de cansaço dentro da garrafa que esta mandara vir.

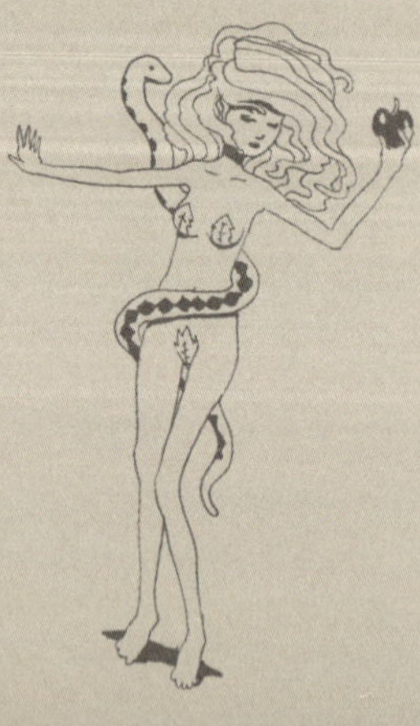

— Com força, menina, com bem força, e Nossa Senhora não desampara os fiéis. Ânimo, ânimo; isto o mais que sucede é uma vez por ano. Desde que nossa mãe Eva comeu aquela maldita fruta ficamos nós sujeitas a isto. "Eu multipli-

carei os trabalhos de teu parto." São palavras de Jesus Cristo!

Já se vê que a comadre era forte em história sagrada.

Ao Leonardo-Pataca tremiam-lhe cá fora tanto as pernas, que não pudera mais continuar no passeio, e achava-se sentado a um canto com os dedos nos ouvidos.

— Soprai, menina, continuava sempre dentro a comadre, soprai com Nossa Senhora, soprai com S. João Batista, soprai com os Apóstolos Pedro e Paulo, soprai com os Anjos e Serafins da Corte Celeste, com todos os Santos do paraíso, soprai com o Padre, com o Filho e com o Espírito Santo.

Pronto! Agora você já sabe de onde vêm os bebês.

Houve finalmente um instante de silêncio, que foi interrompido pelo choro de uma **criança**.

— Ora lá vai o mau tempo, exclamou a comadre; bem dizia eu que isto não era mais do que um pau por um olho... Ah! Sr. compadre, chegue, que é agora a sua vez, venha ver a sua pecurrucha...

— É uma pecurrucha!... exclamou o Leonardo-Pataca fora de si; ora isto é de bom agouro, porque com o outro que saiu macho não fui feliz.

Recendeu então pela casa um agradável cheiro de alfazema; a comadre veio à sala, apagou as velas que estavam acesas a Nossa Senhora; foi depois desatar a fita da cintura da Chiquinha e tirar-lhe do pescoço os bentinhos.

A mãe mal sabia que os trabalhos começam no parto e seguem no mínimo pelos próximos 18 anos.

A recém-nascida, enfraldada, encueirada, encinteirada, entoucada e com um molho de figas e meias-luas, signos de Salomão e outros preservativos de maus-olhados presos ao cinteiro, passava das mãos de **Chiquinha** para as do Leonardo-Pataca, que não cabia em si de contentamento; era uma formosa criancinha, em tudo o oposto de seu irmão paterno o nosso amigo Leonardo, mansa e risonha.

O Leonardo-Pataca recorreu imediatamente à **folhinha** para ver que nome trazia a menina; porém como este lhe não agradasse, travou logo com Chiquinha uma questão a respeito do nome que se lhe devia dar.

Já naquela época o povo recorria à lista de nomes de bebês!

A comadre aproveitou-se disso para dar conta dos últimos arranjos, e depois envergou a mantilha e saiu para acudir a outras necessitadas.

II

TRAMA

Como esta cena que acabamos de pintar tinha a comadre muitas outras todos os dias, porque era uma das parteiras mais procuradas da cidade; gozava grande reputação de muito entendida, e ainda nos casos mais graves era sempre a escolhida com os seus milagrosos bentinhos, a palma benta, a medida de Nossa Senhora, a garrafa soprada, e com a invocação de todas as legiões de santos, de serafins e de anjos livrava-se ela dos maiores apertos. E ninguém lhe fosse dar regras, que as não ouvia, nem do físico-mor, se nisso se metesse: era só olhar para uma mulher de *esperanças*, e dizia-lhe logo sem grande trabalho o **sexo**, o tamanho do filho que trazia nas entranhas, e com uma pontualidade miraculosa o dia e hora em que teria de ver-se desembaraçada; até às vezes, por certos sinais que só ela conhecia, chegava a dizer qual seria o gênio e as inclinações do ente que ia ver a luz. Já se vê que esta vida era trabalhosa e demandava sérios cuidados; porém a comadre dispunha de uma grande soma de atividade; e, apesar de gastar muito tempo nos deveres do

E, olha que nem existia a ultrassonografia, hein?

ofício e na igreja, sempre lhe sobrara algum para empregar em outras cousas. Como dissemos, ela havia tomado a peito a causa dos amores de Leonardo com Luisinha, e jurara pôr José Manuel, o novo candidato, fora da chapa.

Começou pois a ocupar o seu tempo disponível nesse grave negócio, e movia uma intriga surdíssima e constante contra o rival de seu afilhado. Gozando da intimidade e do crédito de D. Maria, não perdia junto dela ocasião de desconceituar José Manuel, o que era-lhe tanto mais fácil quanto ele prestava-se a isso, e D. Maria, de espírito demandista e chicaneiro, dava o cavaco por um mexerico. Eis aqui uma das que ela armou ao adversário.

Todos sabem nesta cidade onde é o Oratório de Pedra; mas o que todos talvez não saibam é para que serviu ele em outros tempos. Sem dúvida naquele oratório havia a imagem de algum santo, e o povo *devoto* ia ali rezar? Exatamente. Mas por que é que hoje não continua essa prática, por que apenas se conserva sobre a parede aquela espécie de guarita de pedra, sem imagem alguma, sem luz à noite, e diante da qual passam todos irreverentemente sem tirar o chapéu e curvar o joelho? Primeiro que tudo extinguiu-se isso pela razão por que se extinguiram muitas cousas boas daquele bom tempo; começaram todos a aborrecer-se de achá-las boas, e acabaram com elas. Depois houve a respeito do Oratório de Pedra muito boas razões policiais para que ele deixasse de ser o que era.

O leitor, que sem dúvida sabe muito bem de quanto eram nossos pais crentes, devotos e tementes a Deus, se admirará talvez de ler que houve razões policiais para a extinção de um oratório. Entretanto é isso uma verdade, e se fosse ainda vivo o nosso amigo Vidigal, de quem já tivemos ocasião de falar em alguns capítulos desta historieta, poderia dizer quanto garoto pilhou em flagrante delito, ali mesmo aos pés do oratório, ajoelhado, contrito e beato.

Por mais de 350 anos, de 1530 a 1888, o Brasil usou e abusou dos escravos. Só pra você ter uma ideia, quando a realeza desembarcou no Rio, a cidade tinha 60 mil moradores. E 40 mil deles eram escravos.

Quando passava a Via-Sacra e que se acendia a lâmpada do oratório, o pai de família que morava ali pelas vizinhanças tomava o capote, chamava toda a gente de casa, filhos, filhas, **escravos e crias**, e iam fazer oração ajoelhando-se entre o povo diante do oratório. Mas se acontecia que o **incauto** devoto se esquecia da filha mais velha que se ajoelhava um pouco mais atrás e embebido em suas orações não estava alerta, sucedia-lhe às vezes voltar para casa com a família dizimada: a menina aproveitava-se do ensejo, e sorrateiramente escapava-se em companhia de um devoto que se ajoelhara ali perto, embrulhado no seu capote, e que inda há dous minutos todos tinham visto entregue fervorosamente as suas súplicas a Deus.

Incauto: descuidado.

Aquilo era a execução do plano concertado na véspera ao cair de Ave-Marias, através dos postigos da rótula. Outras vezes, quando estavam todos os circunstantes entregues à devoção, e que a ladainha entoada a compasso enchia aquele circuito de contrição, ouvia-se um grito agudo e doloroso que interrompia o hino; corriam todos para o lugar donde partira, e achavam um homem estendido no chão com uma ou duas facadas.

Não levamos ainda em conta as inocentes caçoadas que a todo instante faziam os gaiatos. Eis aqui pois por que, além de outros motivos, dissemos que tinham havido razões policiais para que se acabasse com as piedosas práticas do Oratório de Pedra.

No tempo em que se passavam as cenas que temos narrado ainda o Oratório de Pedra estava no **galarim**. Um ou dous dias depois do nascimento do segundo filho de Leonardo-Pataca correu pela cidade a notícia de um grande escândalo que se passara nesse lugar clássico dos escândalos: uma moça, que vivia em companhia de sua mãe, velha, rica e devota, indo com ela rezar junto ao Oratório, na ocasião da passagem da Via-Sacra, fugira, tendo levado consigo um pé de meia preta contendo uma boa porção de peças de ouro. Falava-se muito no caso, não porque fosse naquele tempo cousa de estranhar-se, mas porque havia um mistério no sucesso: ninguém sabia com quem tinha fugido a moça.

Galarim: no auge.

D. Maria, como todos, estava ansiosa por ver deslindada a questão, quando lhe apareceu em casa a comadre que a vinha visitar.

D. Maria estava sentada na sua banquinha, tendo diante de si uma enorme almofada de renda carregada com seis ou sete dúzias de bilros, e esmerava-se em fazer um largo pegamento. A seu lado, sentada em uma esteira, cercada por uma porção de negrinhas, crias de D. Maria, estava Luisinha também ocupada em fazer renda.

Quando a comadre entrou, D. Maria largou imediatamente a almofada do colo, tirou do nariz e pôs na testa um par de óculos de aros de prata com que trabalhava, e começou logo por tocar no caso que a preocupava. A comadre fez sinal que mandasse retirar Luisinha e as mais crianças; e a conversa caminhou livremente.

— Então que me diz, senhora, da desgraça da pobre velha? Criar a gente uma rapariga com todo o carinho, e no fim ter aquela recompensa!... no meu tempo não se viam cousas destas...

— Que quer, Senhora? respondeu a comadre; pois foi ali, nas barbas de todos. Não havia um instante que ela havia chegado com a velha, e que se tinham todas duas ajoelhado ao pé de mim...

— Ao pé da comadre? Pois a comadre estava lá?...

— Estava... que antes não estivesse...

— Mas o diabo, senhora, acrescentou D. Maria, é ninguém saber quem foi o maldito que fugiu com ela...

Risada sardônica: maldosa, irônica.

A comadre interrompeu, dando uma **risadinha sardônica**.

— Tenho perguntado a todos, e ninguém sabe dizer-me.

— É porque todos estavam cegos...

— Como?

— Mas não o estava eu, por mal de meus pecados, que antes estivesse...

— Pois viu e sabe com quem foi... disse D. Maria, remexendo-se de prazer em cima da banquinha.

A ideia de poder saber de uma novidade que todos ignoravam encheu-a de contentamento.

— Mas então quem foi, vamos; quero saber quem foi o ladrão da moça e do dinheiro...

— Só lhe direi, respondeu a comadre depois de alguma hesitação, se me prometerdes guardar todo o segredo, que o caso é muito sério.

— Ora bem sabe que eu... é o mesmo que cair num poço.

Apesar de estarem sós, a comadre inclinou-se ao ouvido de D. Maria, e disse-lhe o mais baixinho que pôde:

— Foi o nosso grande camarada... a boa peça do José Manuel...

— O que é que diz, comadre?

— Vi, respondeu esta, arregalando com dous dedos os olhos, com estes que a terra há de comer... Se eles estavam ao pé de mim...

D. Maria ficou por algum tempo muda de estupefação.

III

DERROTA

Aquelas últimas palavras da comadre produziram sobre D. Maria o efeito de um raio: a velha remexeu-se na banquinha, tomada do maior desapontamento.

— Ora, comadre, exclamou depois da primeira emoção, esta não lembra ao diabo... por isso eu sigo a regra antiga de me não fiar em cousa que traz calções... Safa... que esta **pôs-me sal na moleira**.

Em outras palavras, encher o saco.

A comadre, vendo estas boas disposições, aproveitava-se delas para fazer melhor o seu papel, e respondeu:

— Pois também o que se havia de esperar de um sujeito como aquele?... um homem que não abre a boca que não minta... que tem uma língua de Lúcifer?... Quem contasse com aquilo era mesmo para se perder.

— É verdade, senhora; nunca vi mentiroso, nem maldizente maior...

Nunca D. Maria até então tinha encontrado em José Manuel as qualidades que agora descobria tanto em relevo.

— Se eu fosse parente da rapariga havia pôr uma demanda ao tal diabo que o havia ensinar... Por isso é que ele me não aparecia por cá há tanto tempo... andava cuidando nos seus arranjos.

Mal tinha D. Maria acabado de pronunciar estas últimas palavras quando se ouviu bater à porta, e a voz de José Manuel pedir licença.

— Aí está ele... segredo... não quero que se saiba que fui eu, disse a comadre apressada.

— Ora, respondeu D. Maria, eu cá para isso sou boa.

José Manuel entrou. D. Maria, que não costumava guardar o que sentia, recebeu-o friamente; a comadre porém fez-lhe um rasgado cumprimento.

— Seja bem aparecido, disse, bons olhos o vejam.

— Tenho andado aí ocupado com alguns arranjos...

— Arranjos... disse D. Maria trocando com a comadre um olhar significativo.

José Manuel, inocente em tudo, ficou pasmo, sem entender o que queria aquilo dizer; entretanto, segundo o costume, não perdeu ocasião de armar uma peta.

— Sim, uns arranjos, acrescentou; houve um negócio muito sério em que estive metido, e que me ia dando bem que fazer; sinto não lhe poder contar, porque é segredo.

A comadre fez um gesto, como quem queria dizer — aí vem uma peta; D. Maria, porém, que estava preocupada pela conversa que há pouco tivera, entendeu que José Manuel se referia ao roubo da moça; e abanando a cabeça, disse por entre os dentes:

— Hum... entendo...

A comadre estremeceu temendo que D. Maria desse com a língua nos dentes, e que a questão do roubo da moça tivesse de ser averiguada em sua presença; porque nesse caso seria ela apanhada em flagrante mentira, e estava tudo perdido. Começou portanto a provocar a José Manuel a que declarasse qual era o negócio sério em que estivera metido; contava com algumas das petas continuadas, e assim se desviaria a conversa do ponto que ela não queria ver tratado em sua presença.

Negaça é falsa promessa, mentira.

Adolescência: quem vive, sabe.

Recamar: enfeitar.

Deixemo-la nesse empenho lutar com as **negaças** e fingidos mistérios de José Manuel.

Desde o dia em que Leonardo fizera a sua declaração amorosa, uma mudança notável se começou a operar em Luisinha, a cada hora se tornava mais sensível a **diferença** tanto do seu físico como do seu moral. Seus contornos começavam a arredondar-se; seus braços, até aí finos e sempre caídos, engrossavam-se e tornavam-se mais ágeis; suas faces magras e pálidas, enchiam-se e tomavam essa cor que só sabe ter o rosto da mulher em certa época da vida; a cabeça, que trazia habitualmente baixa, erguia-se agora graciosamente; os olhos, até aqui amortecidos, começavam a despedir lampejos brilhantes; falava, movia-se, agitava-se.

A ordem de suas ideias alterava-se também; o seu mundo interior, até então acanhado, estreito, escuro, despovoado, começava a alargar os horizontes, a iluminar-se, a povoar-se de milhões de imagens, ora amenas, ora melancólicas, sempre porém belas.

Até então indiferente ao que se passava em torno de si, parecia agora participar da vida, de tudo que a cercava; gastava horas inteiras a contemplar o céu, como se só agora tivesse reparado que ele era azul e belo, que o sol o iluminava de dia, que se **recamava** de estrelas à noite.

Tudo isto dava em resultado, pelo que diz respeito ao nosso amigo Leonardo, um aumento considerável de amor; também ele foi o primeiro que deu fé daquelas mudanças em Luisinha. Entretanto, apesar de lhe crescer o amor nem por isso lhe nasciam mais esperanças.

Depois da declaração não se tinha adiantado nem mais uma polegada, e a única cousa talvez que o alentava, era um certo rubor que súbito subia às faces de Luisinha quando acontecia (raras vezes) que se encontrassem os olhos dela com os seus. A soma total destas adições era uma raiva que lhe crescia n'alma, aumentando todos os dias de intensidade contra José Manuel, a quem em seus cálculos atribuía todo o seu atraso.

Dadas estas explicações, voltemos a dar conta do resto da cena que deixamos suspensa.

À força de instâncias a comadre conseguiu que José Manuel referisse qual o negócio de alto segredo em que se tinha achado envolvido.

— Pois bem, disse ele finalmente, se prometem toda a discrição, contarei.

— Ora, nem tem que recomendar isso.

Com as negaças e mistérios que tinha guardado até então, José Manuel não fizera mais do que ganhar tempo para imaginar a mentira que havia de pregar: a comadre contava com isso.

Ele começou:

— Saibam **Vms.** que fui um destes dias chamado a palácio...

— Ui! exclamou a comadre.

— Aí está o resultado, disse D. Maria; mas não se pagam na outra vida, é mesmo nesta.

— Resultado de quê? perguntou José Manuel surpreendido.

— De nada; continue.

José Manuel enfiou então tomando por tema aquelas primeiras palavras que lhe tinham vindo à boca, uma mentira muito sensabor, que nós poupamos aos leitores. Não foram porém satisfeitas as vistas da comadre, que queria desviar a conversa do furto da moça.

Terminada a história, José Manuel começou a instar com D. Maria para que lhe desse explicação das palavras duvidosas que há pouco havia dito a seu respeito. A comadre, assim que viu o negócio neste pé, foi tratando de retirar-se, depois de trocar com D. Maria um olhar que queria dizer: — não me comprometa.

D. Maria a princípio quis sustentar o segredo; afinal não se pôde conter, e soltou contra José Manuel uma grande **alicantina**, dizendo que toda a cidade estava cheia do horroroso escândalo que ele acabava de cometer roubando uma filha-família.

Naquela época, a palavra "você" nem existia. Dizia-se "vossa mercê", e tinha até uma forma abreviada, o "Vms." que o autor aqui usou. Depois virou "vossemecê", "vosmecê", que acabou gerando "você". Mas nada disso foi da noite pro dia; cada mudança levou décadas, às vezes mais de um século para acontecer.

Alicantina: trapaça, treta, pegadinha.

O homem foi às nuvens, e jurou e tresjurou que estava inocente em tudo aquilo. Nada porém lhe valeu.

D. Maria foi inflexível.

Protestou de novo que se ela fosse parenta da moça o Sr. José Manuel se havia de ver em **calças pardas** com o negócio; e terminou por dar-lhe a entender que ele era um homem muito perigoso para ser admitido em uma casa de família.

É estar em dificuldades, tipo quando vem uma nota vermelha no boletim.

José Manuel saiu completamente corrido e cismando em quem poderia ter sido o autor de semelhante intriga.

Quanto a D. Maria, ficou muito satisfeita, pois tendo no seu caráter um grande fundo de honestidade, julgava ter feito uma boa ação rompendo com José Manuel, que ficara com efeito, como o calculara a comadre, perdendo muito no seu conceito.

IV

O MESTRE DE REZA

Tudo que ultimamente se passara em casa de D. Maria havia posto a andar à roda a cabeça de José Manuel; conheceu que tinha ali inimigo, fosse quem fosse, pois que aquilo não passava certamente de intriga que lhe tinham armado. Restava-lhe porém saber quem seria esse inimigo; e por mais que desse voltas ao miolo não **atinava** com ele. Pelo gênero da intriga conheceu que a causa do que lhe faziam era seguramente a sua pretensão a respeito de Luisinha, que sem dúvida tinha sido percebida; começou a suspeitar que tinha de haver-se com um rival. Na roda que frequentava a casa de D. Maria ninguém via que lhe parecesse poder estar nesse caso: passou-lhe muitas vezes pela lembrança o moço Leonardo; porém achava-o incapaz de se meter nessas cousas.

Atinar: entender, perceber, descobrir.

Assim são os velhacos!! Quantas vezes estão tocando o inimigo com as mãos, e não o veem, e não o sentem!

Partisse porém donde partisse o golpe que o ferira, o caso é que fora dado certeiro, e a duas mãos.

D. Maria, extremosa em suas afeições, como em seus ódios, consentiria com imensa dificuldade na reabilitação de José Manuel; entretanto ele não esfriou por isso, e pôs mãos à obra. Por uma singularidade, assim como Leonardo tinha achado na comadre uma protetora à sua causa, também José Manuel achou um procurador para a sua.

Os mestres de reza surgiram para ensinar aos escravos as rezas básicas da religião católica. Eles eram especializados em fazer outras pessoas decorarem as orações, e o método de ensino era o da repetição com porrada. A qualquer erro, dá-lhe palmatória!

Vamos já dizer aos leitores quem era o procurador de José Manuel.

Havia no tempo em que se passam estas cenas *instituições* muito curiosas no Rio de Janeiro; algumas eram notáveis por seu fim, outras por seus meios. Entre essas uma havia de que ainda em nossa infância tivemos ocasião de ver alguns destroços, era a instituição dos mestres de reza.

O **mestre de reza** era tão acatado e venerado naquele tempo como o próprio mestre de escola; além do respeito ordinariamente tributado aos **preceptores**, dava-se uma circunstância muito notável, e vem a ser que os mestres de reza eram sempre velhos e cegos. Não eram em grande número, por isso mesmo viviam portanto em grande atividade, e ganhavam sofrivelmente. Andavam pelas casas a ensinar a rezar aos filhos, crias e escravos de ambos os sexos.

Preceptor: educador, mentor.

O mestre de reza não tinha traje especial: vestia-se como todos, e só o que o distinguia era ver-se-lhe constantemente fora de um dos bolsos o cabo de uma tremenda palmatória, de que andava armado, compêndio único por onde ensinava a seus discípulos.

Assim que entravam para a lição reunia em um semicírculo diante de si todos os discípulos; puxava do bolso a tremenda férula, colocava-a no chão, encostada à cadeira onde se achava sentado, e começava o trabalho.

Fazia o mestre em voz alta o pelo-sinal, pausada e vagarosamente, no que o acompanhavam em coro todos os discípulos. Quanto a fazerem os sinais era ele quase sempre logrado, como facilmente se concebe, porém pelo que toca à repetição das palavras, tão prático estava que, por maior que

fosse o número dos discípulos, percebia no meio do coro que havia faltado esta ou aquela voz, quando alguém se atrevia a deixar-se ficar calado. Suspendia-se então imediatamente o trabalho, e o culpado era obsequiado com uma remessa de bolos, que de modo nenhum desmentiam a reputação de que goza a pancada de cego. Feito isto, recomeçava o trabalho, voltando-se sempre ao princípio de cada vez que havia um erro ou falta. Acabado o pelo-sinal, que com as diversas interrupções que ordinariamente tinha gastava boa meia hora, repetia o mestre sozinho sempre e em voz alta e compassada a oração que lhe aprazia; repetiam depois o mesmo os discípulos do primeiro ao último, de um modo que nem era falado nem cantado; já se sabe, interrompidos a cada erro pela competente remessa de bolos. Depois de uma oração seguia-se outra, e assim por diante, até terminar a lição pela ladainha cantada.

Espórtula: esmola.

Ao sair recebia o mestre uma pequena **espórtula** do dono da casa.

D. Maria, tendo em sua casa um número não pequeno de crias, não se dispensava de ter, como todos que estavam em suas circunstâncias, o seu mestre de reza. Era este um cego muito afamado pelo seu excessivo rigor para com os discípulos, e por consequência um dos mais procurados; nesse tempo exigia-se antes de tudo essa qualidade. Tinha também outro mérito: corria a seu respeito a fama de bom arranjador de casamentos.

Eis aí o procurador de José Manuel.

José Manuel já antes o tinha posto de mão, e agora que se viu em perigo recorreu a ele; expôs-lhe o caso, comunicou-lhes suas intenções, e pediu-lhe a sua cooperação. Fez-lhe sentir sobretudo que havia um rival a combater, e muito temível, pois que não era conhecido. O velho começou então a tomar as mais minuciosas informações, e depois de calcular por algum tempo disse:

— Já sei com quem me tenho que haver...

— Então com quem é?... acudiu José Manuel apressado.

— Vá descansado, não se importe com o resto.

— Mas, homem, olhe que é preciso muito cuidado; porque, quem quer que é, é fino como os trezentos...

— Ora qual... histórias... desses arranjos entendo eu dormindo, e vejo nisso, sendo cego, melhor do que muitos com seus olhos perfeitos.

— É uma cousa que me põe à roda o miolo não poder descobrir quem se intromete nos meus negócios... olhe que a tal entrega do furto da moça foi de mestre.

— Eu também sou mestre, e veremos quem ensina melhor.

Ficaram os dous nisto; e o cego pôs mãos à obra.

Devemos prevenir o leitor que a causa em semelhantes mãos, se não se podia dizer decididamente ganha, pelo menos ficava arriscada; e o que vale é que do outro lado estava a comadre.

O velho começou o seu trabalho em regra: logo na primeira noite que foi dar lição à casa de D. Maria começou por fazer cair a conversa a respeito do roubo da moça, e deu a entender que sabia do caso e conhecia perfeitamente quem tinha sido o autor dele. D. Maria disse também que sabia quem era, e que até o conhecia muito. O velho sorriu-se, deixando apenas escapar em tom de dúvida um significativo — Qual... — D. Maria franziu o **sobrolho**, levantou os óculos e exclamou:

— Pois então pensa que eu ando atrasada nestas cousas?... Ora deixe-se... Sei quem foi, e sei muito e muito bem. É um pedaço de **mariola** com cara de sonso, que só me há de morar em casa se eu algum dia for carcereira.

— É isso tudo, mas a Sra. D. Maria não conhece o homem, digo-lhe eu, que também ando ao fato deste negócio todo.

— Bem sei, bem sei... mas olhe que eu também soube de parte muito certa... e não há nada mais fácil do que ver quem está enganado... Diga lá o senhor quem foi.

— Oh! não! isso nunca, exclamou apressadamente o velho pondo-se em pé; nada, eu cá não quebro segredo de ninguém.

D. Maria remexeu-se toda de aflição; e por mais que instasse nada pôde arrancar do velho que, para fazer melhor o seu papel, foi-se logo retirando, dando assim a entender que queria cortar a conversa naquele ponto.

Sobrolho: sobrancelha.

Mariola: pessoa não confiável, traiçoeira.

Quando mais não tivesse conseguido, o velho tinha ao menos lançado a dúvida no espírito de D. Maria a respeito do fato, que era para ela a pedra de escândalo contra José Manuel.

V

TRANSTORNO

Enquanto todas estas cousas se passavam, um triste sucesso, e da mais alta importância, veio alterar a vida de Leonardo, ou transtorná-la mesmo: o compadre caiu gravemente enfermo. A princípio a moléstia pareceu cousa de pouca monta, e a comadre, que foi a primeira chamada, pretendeu que todo o incômodo desapareceria dentro de dous dias, tomando o doente alguns banhos de alecrim. Nada porém se conseguiu com a receita; o mal continuou. Recorreram então a um **boticário** conhecido da comadre, que juntara ao seu mister, não sabemos se com permissão das leis ou sem ela, o mister de médico.

Os boticários eram os farmacêuticos daquela época; aliás, os remédios eram chamados de "medicinas". Nas suas boticas eles vendiam vomitivos e laxantes variados e ainda plantas, pós e elixires. A profissão era lucrativa, apesar de ser considerada menos nobre que a do médico.

Era um velho, filho do Porto, que aqui se viera estabelecer há muitos anos, e que ajuntara no ofício boas patacas. Apenas chegou e viu o doente declarou que em poucos dias o poria de pé; bastava que ele tomasse umas pílulas que lhe ia mandar da sua botica: eram um santo remédio, segundo dizia, mas custavam um bocadinho caro, porém valia a vida de um homem. A comadre quando ouviu falar em pílulas franziu a testa.

— **Pírolas**, disse consigo; então o negócio é sério; e eu, que tenho má-fé com pírolas; ainda não vi uma só pessoa que as tomasse que escapasse.

E avermelharam-se-lhe imediatamente os olhos.

O boticário retirou-se levando consigo o Leonardo, que trouxe as pílulas. A comadre, olhando para elas, abanou a cabeça.

A palavra pílula vem de pírola, que, por sua vez, vem do latim, pila, e quer dizer "bola". Então, pílula (e também pírola) quer dizer, literalmente, "bolinha".

— Ora, disse, eu pensei que ele lhe mandasse dar alguns banhos; cá por mim com alecrim havia de pô-lo bom.

A comadre tinha razão até certo ponto, pois que no fim de três dias, depois de feitos todos os preparos religiosos, o compadre **deu alma a Deus**.

São Pedro ficou feliz por ter alguém para aparar-lhe a barba.

D. Maria tinha sido chamada nesse mesmo dia, e compareceu com Luisinha e com todo o seu batalhão de crias; tinham vindo também algumas outras pessoas da vizinhança.

Estavam todos sentados em um grande canapé, na varanda, e conversavam muito entretidos sobre os objetos mais diversos; algumas achavam mesmo na conversação motivo para boas risadas; de repente abriu-se a porta do quarto, e a comadre saiu de dentro com o lenço nos olhos, soluçando **desabridamente** e repetindo em altos gritos:

Desabridamente: com violência.

— Bem dizia eu que tinha pouca fé nas pírolas; está para ser o primeiro que eu as veja tomar e que escape... Coitado do compadre... tão boa criatura... nunca me constou que fizesse mal a ninguém...

Estas palavras da comadre foram o sinal de rebate dado à dor dos que se achavam presentes; desatou tudo a chorar, e cada qual o mais alto que podia. O Leonardo sofreu um grande choque, e no meio do seu atordoamento encolheu-se em cima do canapé com a cabeça sobre os joelhos, chegando-se, *naturalmente* sem o querer, porque a dor o perturbava,

o mais perto possível de Luisinha. Continuaram os mais no seu coro de pranto dirigidos pela comadre; mas não se contentavam só com o pranto, soltavam também algumas vezes exclamações em honra do defunto.

— Sempre foi muito bom vizinho, nunca tive escândalos dele, dizia uma.

Era a vizinha que augurava mau fim ao Leonardo, e com quem o compadre brigara por este motivo umas poucas de vezes.

— Boa alma, dizia D. Maria, boa alma; havia de ser como ele quem quisesse ter boa alma.

— Eu que lidei com ele, dizia a comadre, é que sei o que ele valia; era uma alma de santo num corpo de pecador.

— Bom amigo...

— E muito temente a Deus...

Prolongada esta cena por algum tempo, despediram-se algumas pessoas, outras ficaram ainda. Foi serenando o pranto, e daí a pouco D. Maria, enxugando ainda os olhos, explicava detalhadamente a uma outra senhora que se achava junto dela a história genealógica de cada uma de suas crias que se achavam presentes.

Finalmente retiraram-se todos, exceto D. Maria, a sua gente e a comadre, que estava desde que o compadre adoecera tomando conta da casa.

Aproximou-se a noite; acenderam-se velas junto do defunto; fizeram-se todos os mais arranjos do costume.

D. Maria e a comadre começaram a conversar, porém baixinho.

— Então, senhora, principiou D. Maria, este homem não havia morrer assim sem ter feito seu testamento; pois ele não havia de querer deixar no mundo o afilhado ao desamparo para os ausentes se gozarem do que a ele lhe custou tanto trabalho.

— A mim, respondeu a comadre, nunca me falou em semelhante cousa; mas enfim, como isso são lá negócios de segredo... talvez.

— Seria bom procurar-se; talvez em alguma gaveta por aí se ache; é impossível que o *defunto não dispusesse sua vida*; bem vezes lhe aconselhei eu semelhante cousa.

— Tem razão, D. Maria, eu acho também que deve haver alguma cousa.

E foram as duas tratar de procurar o testamento nas gavetas de uma grande cômoda que havia no quarto do defunto. Enquanto nisso se ocupavam, Luisinha e Leonardo conversavam, ou antes cochichavam, como se diz vulgarmente. O que eles se diziam não posso dizê-lo ao leitor, porque o não sei; sem dúvida a rapariga consolava o rapaz da perda que acabava de sofrer na pessoa do seu amado padrinho.

Finalmente as duas acharam com efeito um testamento, e ficaram com isso muito satisfeitas.

Voltaram à varanda e surpreenderam os dous no melhor da sua conversa. A comadre vendo-os sorriu-se, e D. Maria, fazendo sem dúvida a respeito do que estavam eles falando o mesmo juízo que nós, disse enternecida:

— Ela tem muito bom coração!

— E o dele não é pior, respondeu a comadre.

E acrescentou com intenção:

— Estava um bom casal.

— Oh! senhora, disse D. Maria com ingenuidade, deixe a menina, que ainda é muito cedo...

— Também não digo já, mas a seu tempo.

D. Maria sorriu-se com um sorriso de que a comadre não desgostou. Mudaram de conversa.

Passou-se a noite; no outro dia saiu o enterro com todas as formalidades do estilo. Depois disso tratou-se de resolver uma importante questão: para a companhia de quem iria o Leonardo? A abertura do testamento feita nesse mesmo dia resolveu a questão. O compadre havia instituído a Leonardo por seu **universal herdeiro**. A comadre informou de semelhante cousa ao Leonardo-Pataca, e este apresentou-se para tomar conta de seu filho. Não pareceu o rapaz muito satisfeito com a graça: não sei como veio-lhe à ideia aquele terrível pontapé que o fizera fugir de casa; além disso raríssimas vezes vira depois disso a seu pai, e estava completamente desacostumado dele. Não havia porém outro remédio; foi preciso obedecer e acompanhá-lo para casa, onde encontrou sua pequena irmã, e quem a pusera no mundo.

Sorte de Leonardo que José Manuel só se interessava por herança de mulheres.

O Leonardo-Pataca começou a cuidar no testamento como homem entendido na matéria, e em pouco tempo deu volta a tudo aquilo.

Cumpre notar que se em vida do compadre corriam boatos que pareciam exagerados a respeito do que ele possuía, quando morreu pôde ver-se que esses boatos tinham ainda ficado muito aquém da verdade, pois deixara ele um bom par de mil cruzados em espécie. Entregues alguns legados de pouca monta, etc. tudo o mais veio a cair nas mãos do Leonardo-Pataca como herança de seu filho.

Nos primeiros dias tudo foram flores por casa de Leonardo-Pataca, ainda que, para falar a verdade, desde a primeira vista não simpatizara muito o moço Leonardo com a cara do objeto dos novos e últimos cuidados de seu pai.

A comadre assentou que devia substituir ao compadre no amor pelo afilhado, e determinou-se a vir morar com ele em casa de Leonardo-Pataca; assim ficava também reunida à sua filha, e à sua neta. O Leonardo-Pataca, que era condescendente, esteve pelo caso, e reuniu-se desse modo à família toda.

Tudo foram flores a princípio, como dissemos; o moço Leonardo e a comadre continuaram as suas visitas por casa de D. Maria; e digamo-lo já, o rapaz e a rapariga iam pondo as mangas de fora; verdade seja que José Manuel trabalhava ajudado do seu cego mestre de reza, e não perdia também as esperanças.

Pouco tempo durou o sossego em casa de Leonardo--Pataca; Chiquinha (tal era o nome da filha da comadre) começou a embirrar com o seu filho adotivo; este que, como dissemos, não simpatizara muito com ela, começou uma balbúrdia de todos os pecados. Todos os dias travavam-se por qualquer ponta, e lá ia tudo pelos ares. O Leonardo-Pataca e a comadre faziam o papel de conciliadores, mas os dous eram ambos **altanadíssimos**, e muitas vezes o conciliador saía mal servido, porque aquele a quem não dava razão se revoltava contra ele. Se era por exemplo a comadre, e dava razão a Leonardo, acudia a filha queixando-se de que sua mãe a abandonava para tomar o partido do afilhado: se pelo contrário dava razão a Chiquinha, acudia o Leonardo queixando-se de que desgraçado era o filho sem mãe, pois nunca achava quem lhe desse razão. Outro tanto acontecia ao Leonardo--Pataca quando se metia a apaziguar os dous.

Altanado: alvoroçado, agitado.

Os negócios assim iam mal, pois mais dia menos dia haveria grande barulho em casa.

VI

PIOR TRANSTORNO

Um dia o Leonardo recolhera-se para casa muito mor-tificado, pois que tendo ido visitar D. Maria estivera com ela longo tempo sem que Luisinha lhe tivesse aparecido; de maneira que lhe fora forçoso no fim de algumas horas retirar-se sem vê-la. Quem já teve um namoro, por menos sério que seja, e que levou um logro destes; quem se viu obrigado a aturar por muito tempo a conversação de uma velha, tendo de concordar com ela em tudo e por tudo para não incorrer-lhe no desagrado, só com o fim de trocar com *alguém* um olhar rápido, um sorriso disfarçado ou outra cousa assim, e que por fim de contas nem isso mesmo conseguiu, há de concordar que o Leonardo tinha toda a razão de estar ardendo com o que lhe sucedera, e o desculparia de qualquer arrebatamento que na ocasião o acometesse. Há espíritos porém de tal maneira *serrazinas*, que se divertem em aumentar a irritação alheia, e que quanto mais enfiado pilham um infeliz, tanto mais gostam de atirar-lhe alfinetadas.

Chiquinha, a amante de Leonardo-Pataca, era de um gênio assim; e depois que moravam todos juntos, não perdia uma só dessas ocasiões em virtude de antipatia que tinha ao rapaz, para fustigar de língua ao pobre Leonardo. Este, de um gênio colérico e pouco acostumado a ser contrariado, ia às nuvens com semelhante cousa; e se em ocasiões ordinárias em que estava de bom humor eram constantes as brigas em casa, calcule-se o que não faria nas ocasiões como naquela a que nos referimos, que estivesse cheio de razões, e então por que motivo! Vendo Chiquinha entrar o Leonardo pela porta adentro de cara amarrada e sem dar — *Deus te salve* — a ninguém, sorriu-se com malignidade e concertou a garganta, dizendo entre dentes:

— Melhor cara traga o dia de amanhã.

Leonardo, que percebera o que aquilo queria dizer, fez um gesto arrebatado sentando-se em uma cadeira, porém com tanta infelicidade, que atirou ao chão uma almofada de renda que se achava junto dele: com a queda rebentaram-se os fios, e uma porção de bilros rolou pela casa. Por maior infelicidade ainda a almofada era de Chiquinha, e Chiquinha tinha grandes ciúmes pela sua almofada. Levantou-se ela do seu lugar já fervendo de raiva; pôs as mãos nas cadeiras, e balançando a cabeça à medida que falava, exclamou:

— Ora dá-se um desaforo de tamanha grandeza?... vir da rua com os seus **azeites**, todo esfogueteado, e de propósito, e muito de propósito, fazer-me o que estão vendo, só para me **desfeitear**, como se fosse aqui um dono de casa que pudesse desfeitear a qualquer sem quê nem para quê!...

Aqui, azeites têm sentido de mau humor, zanga.

Desfeitar: insultar, ofender.

Leonardo ouviu tudo sem interromper, procurando sopear a raiva; e enquanto Chiquinha tomava fôlego, respondeu com voz trêmula e entrecortada:

— Não se meta com a minha vida, porque eu também não me importo com a sua; se estou com os azeites...

— Ah! bom côvado e meio! atalhou Chiquinha, ah! bordo da nau!... ah! major Vidigal!...

— Já lhe disse...

— Qual já lhe disse, nem meio já lhe disse!... namorado sem ventura...

Estas palavras fizeram o efeito de uma faísca em um barril de pólvora. Avançou o Leonardo para Chiquinha com os punhos cerrados e espumando de cólera.

— Se me diz mais meia palavra... perco-lhe o respeito... eu nunca lhe dei confiança; e apesar de ser a senhora lá o quer que é de meu pai... perco-lhe o respeito...

— Você sempre mostra que tem raça de saloio, disse Chiquinha empertigando-se e sem recuar um passo.

O Leonardo-Pataca, que estava no interior da casa, acudiu apressado ao barulho, e veio achar os dous ainda em atitude hostil; vendo o filho quase não quase a desfeitear o adorado objeto de seus derradeiros afetos, não trepidou em **desbaratar** com ele.

Desbaratar: derrotar, destruir.

— Pedaço de mariola... pensas que isto aqui é como a casa de teu padrinho donde saíste... quero aqui muito respeito a todos... do contrário... se já uma vez te dei um pontapé que te fiz andar muitos anos por fora, dou-te agora outro que te ponha longe daqui para sempre...

— Nunca pensei, interrompeu Chiquinha dirigindo-se ao Leonardo-Pataca, querendo **afear** mais o caso; nunca pensei que na sua companhia se viesse a sofrer semelhante cousa...

Afear: deturpar, exagerar.

— Não faças caso, menina, isto é um pedaço de mariola a quem hei de ensinar; por causa de ninguém dou-lhe eu uma rodada, se não por tua causa...

— Por causa dela!... atalhou o rapaz; tinha que ver! há de lhe dar bom pago; tão bom como a cigana...

— Mas nunca lhe hei de dar, acudiu Chiquinha enfurecida com este insulto; nunca lhe hei de dar o que lhe deu tua mãe...

Com isto o Leonardo-Pataca descoroçoou completamente, que dilúvio de amargas recordações não fizeram tão poucas palavras cair sobre sua cabeça!

— Espera, maltrapilho, espera que te ensino, exclamou vermelho de cólera; espera que te ensino...

E entrando repentinamente no quarto da sala, saiu de lá armado com o espadim do uniforme, e investiu para o filho. Convém dizer que o espadim ia embainhado.

— Não se ponha a perder por minha causa, exclamou Chiquinha agarrando-o pela camisola de chita com que ele estava vestido.

Era inútil porém o medo de Chiquinha, porque o rapaz, vendo que o negócio ia-se tornando feio, tendo-lhe ficado um terror instintivo do pai depois daquele pontapé que nunca lhe saíra da memória, tinha-se posto ao fresco na rua, fechando a rótula sobre si.

— Oh! maroto, disse ainda o Leonardo-Pataca, que te havia desancar...

O Leonardo que fugia por um lado e a comadre que entrava por outro, pois estivera ausente durante toda a cena. Apenas foi largando a mantilha e viu os dous atores que tinham ficado em cena ainda nas posições do último quadro, tratou de indagar qual fora o drama que se acabava de representar.

— Ora foi uma das costumadas do afilhado dos seus amores, respondeu Chiquinha, ainda não sossegada.

— Porém ia-lhe saindo caro desta vez, acudiu Leonardo--Pataca.

— Pois deveras, atalhou a comadre indignada; pois deveras o compadre estava armado de espada para dar no rapaz?

— Olá! que levava tão duro como osso!

— Mas então por quê? quantas mortes fez ele de uma vez? onde é que pôs fogo na casa? Triste cousa é um filho sem mãe!... Aposto que se eu cá estivesse nada havia de suceder?...

— Sim, respondeu Chiquinha, porque logo havia de tomar as dores por ele, segundo é seu costume. Aí está; muitos filhos têm mãe, e entretanto elas servem-lhes para isto: tomam as dores por outros, e deixam-nos de banda.

— Qual! histórias! é que tudo leva seu bocado de mau caminho.

— Oh! senhora! atalhou Leonardo-Pataca, se isto vai assim, não há um momento de sossego nesta casa; acabada uma, começa outra; o que não há de dizer esta vizinhança? Olhem que isto aqui é casa de um Oficial de Justiça.

— Mas enfim, disse a comadre, onde está o rapaz? onde é que o enterraram?

— Saiu por ali desencabrestado, e tomara que cá não volte.

— Ora está bonito! Oh! mas isto não pode ser assim; correrem com o rapaz de casa para fora!... Ele não é nenhum desgraçado, pois sempre tem o que lhe deixou seu padrinho.

— Essas e outras é que o puseram a perder.

— Sim, metam-lhe fumaça de rico na cabeça, e hão de ver no que dá.

— Coitado, disse lamentando a comadre, aquele nasceu com má sina.

E tomando de novo a mantilha, saiu com as lágrimas nos olhos em procura de Leonardo.

Ao sair escoravam-na à janela três ou quatro vizinhas.

— Então o que é que fizeram ao moço?

— Que foi isso, Sra. comadre?

— Ele passou por aqui pondo dez **léguas** por hora.

Uma légua equivale a uns seis quilômetros.

— Deixe-me, deixe-me, respondeu a comadre, que isto não acaba bem.

VII

REMÉDIO AOS MALES

O pobre rapaz saíra, como dissemos, pela porta fora, e caminhando apressadamente olhava de vez em quando para trás, pois julgava ver ainda enristado contra si o espadim com que o pai o ameaçara, que parecia com ele querer acabar a obra que com um pontapé começara. Andou a bom andar por largo tempo, e foi dar consigo lá para as bandas dos Cajueiros: cansado, ofegante, sentou-se sobre umas pedras, e quem o visse com ar tristonho e pensativo julgaria talvez que ele cismava na sua posição e no caminho que havia tomar. Pois enganava-se redondamente quem tal julgasse: pensava em cousa muito mais agradável; pensava em Luisinha. Pensando nela não podia, é verdade, abster-se de ver surgir diante dos olhos o terrível José Manuel; e isto explicava certos movimentos de impaciência que de vez em quando se lhe podiam observar. Tinha gasto largo tempo nesta meditação, quando foi repentinamente acordado por umas poucas de gargalhadas partidas detrás de umas moitas vizinhas. Estremeceu da cabeça aos pés; pareceu-lhe

que lhe tinham lido os pensamentos que lhe passavam pela mente e que se riam dele. Voltou-se, nada viu; guiado por um rumor que ouvia, começou a procurar, e sem grande trabalho viu, atrás de umas moitas um pouco altas, uns poucos de rapazes e raparigas, que, assentados em uma esteira entre os restos de um jantar, debruçavam-se curiosos sobre dous parceiros que, com um baralho de cartas amarrotado e sujo, desencabeçavam uma intrincada partida de **bisca**! As gargalhadas que ouvira há pouco tinham sido a consequência de um capote que um deles acabava de levar. À vista daqueles restos de um jantar, que, se não parecia ter sido abundante, fez-lhe lembrar que saíra de casa na ocasião de pôr-se a mesa, deu-lhe então o estômago umas formidáveis badaladas. Tentou entretanto voltar, porque não se queria meter em festa alheia, quando, levantando um dos jogadores a cabeça, conheceu nele um seu antigo camarada, o menino que fora sacristão da Sé. Ainda que apesar disso se quisesse retirar, já era tarde, porque com o movimento que fizera, o jogador, dando com ele, o havia também conhecido.

8 Bisca é um jogo de cartas baseado no baralho espanhol. Pesquise as regras no Google.

— Olá Leonardo! por que carga d'água vieste parar a estas alturas? Pensei que te tinha já o diabo lambido os ossos, pois depois daquele maldito dia em que nos vimos em pancas por causa do mestre de cerimônias, nunca mais te pus a vista em cima.

Leonardo chegou-se ao rancho, e trocados os cumprimentos com o seu antigo camarada foi convidado a servir-se de alguma cousa do que ainda havia. Quis fazer cerimônia, mas não estava em circunstâncias disso: uma das moças serviu-o, e enquanto continuava a bisca, comeu ele a barrete fora.

— Escorropicha essa garrafa que aí resta, disse-lhe o amigo, e vê se o vinho tem o mesmo gosto daquele que em outro tempo escorropichávamos juntos das galhetas da Sé, com desespero de meu pai e furor do mestre de cerimônias.

Quando Leonardo acabou de comer, acabaram também os dous parceiros de jogar; chamou então o amigo à parte, e perguntou-lhe:

— Então que gente é esta com que te achas aqui de **súcia**?

Súcia também pode significar festa, balada.

— É minha gente.

— Tua gente?

— Sim, pois não vês aquela moça morena que ali está?

— Sim, e então?

— Ora!...

— Pois tu casaste?

— Não... mas que tem isso?

— Ah!... estás de moça!

— E tu?

— Eu... ora nem te digo... morreu meu padrinho.

— Sim, ouvi dizer.

— Fui para casa de meu pai... e de repente, hoje mesmo, brigo lá com a *cuja* dele; ele corre de espada atrás de mim, e eu safo-me. Parei ali adiante, e as gargalhadas que vocês aqui davam...

— Sei do resto... E agora tu não tens para onde ir?

— Homem, eu ia ver...

— Ver o quê?

— Ver por aí...

— Por aí, por onde?

— Nem mesmo eu sei...

E desataram os dous a rir. Quando temos apenas 18 a vinte anos sobre os ombros, o que é um peso ainda muito leve, desprezamos o passado, rimo-nos do presente, entregamo-nos descuidados a essa confiança cega no dia de amanhã, que é o melhor **apanágio** da mocidade.

— Sabes que mais? continuou o amigo do Leonardo, vem conosco, e não te hás de arrepender.

— Mas com vocês, para onde?

— Para onde? Sem dúvida algum partido melhor tens a escolher? queres fazer cerimônias?

Começava a cair a noite.

Apanágio é a pensão que a viúva e os filhos recebem do governo após a morte do pai da família. Aqui o autor quis dizer que a esperança, a confiança no futuro, é um privilégio da mocidade.

— Vamos levantar a súcia, minha gente, disse um dos convivas.

— Sim, vamos.

— Nada, inda não: Vidinha vai cantar uma modinha.

— Sim, sim, uma modinha primeiro; aquela: "Se os meus suspiros pudessem".

— Não, essa não, cante antes aquela: "Quando as glórias que eu gozei".

— Vamos lá, decidam, respondeu uma voz de moça aflautada e **lânguida**.

Lânguida: suave, sensual.

Vidinha era uma mulatinha de 18 a vinte anos, de altura regular, ombros largos, peito alteado, cintura fina e pés pequeninos; tinha os olhos muito pretos e muito vivos, os lábios grossos e úmidos, os dentes alvíssimos, a fala era um pouco descansada, doce e afinada.

Cada frase que proferia era interrompida com uma risada prolongada e sonora, e com um certo caído de cabeça para trás, talvez gracioso se não tivesse muito de afetado.

Assentou-se finalmente que ela cantaria a modinha: "Se os meus suspiros pudessem".

Tomou Vidinha uma viola, e cantou acompanhando-se em uma **toada insípida** hoje, porém de grande aceitação naquele tempo, o seguinte:

Ou seja, Vidinha cantou uma música sem graça.

Se os meus suspiros pudessem
Aos teus ouvidos chegar,
Verias que uma paixão
Tem poder de assassinar.

Não são de zelos
Os meus queixumes,
Nem de ciúme
Abrasador;
São das saudades
Que me atormentam
Na dura ausência
De meu amor.

O Leonardo, que talvez hereditariamente tinha queda para aquelas cousas, ouviu boquiaberto a modinha, e tal impressão lhe causou, que depois disso nunca mais tirou os olhos de cima da cantora. A modinha foi aplaudida como cumpria. Levantaram-se então, arrumaram tudo o que tinham levado em cestos, e puseram-se a caminho, acompanhando o Leonardo o **farrancho**.

Farrancho: grupo de pessoas.

VIII

NOVOS AMORES

Chegaram todos depois de longo caminhar, e quando já brilhava nos céus um desses luares magníficos que só fazem no Rio de Janeiro, a uma casa da rua da Vala. Naqueles tempos uma noite de luar era muito aproveitada, ninguém ficava em casa; os que não saíam a passeio sentavam-se em esteiras às portas, e ali passavam longas horas em **descantes**, em ceias, em conversas, muitos dormiam a noite inteira ao relento.

Descante é um canto popular com várias vozes.

Como os nossos conhecidos já tinham dado um grande passeio, adotaram o expediente das esteiras à porta, e continuaram assim pela noite em diante a súcia em que haviam gasto o dia, pois aquilo que Leonardo vira nos Cajueiros, e em que também tomara parte, era o final de uma **patuscada** que havia começado ao amanhecer, de uma dessas romarias consagradas ao prazer, que eram então tão comuns e tão estimadas.

Patuscada: festa, farra.

Agora devemos dar ao leitor conhecimento da nova gente, no meio da qual se acha o nosso Leonardo. Se nos pudéssemos socorrer aqui do amigo José Manuel, sem dúvida nos

desfolharia ele toda a árvore genealógica dessa família a quem o amigo do Leonardo chamava a *sua gente*: porém contentem-se os leitores com o presente sem indagar o passado. Saibam pois que a família era composta de duas irmãs, ambas viúvas, ou que pelo menos diziam sê-lo, uma com três filhos e outra com três filhas; passando qualquer das duas dos seus quarenta e tantos; ambas gordas e excessivamente parecidas. Os três filhos da primeira eram três formidáveis rapagões de vinte anos para cima, empregados todos no Trem; as três filhas da segunda eram três raparigas desempenadas, orçando pela mesma idade dos primos, e bonitas cada uma no seu gênero. Uma delas já os leitores conhecem; é Vidinha, a cantora de modinhas; era solteira como uma de suas irmãs; a última era também solteira, porém não como estas duas. O amigo do Leonardo que explique o que isso quer dizer, e explicando dará também a conhecer o que era ele próprio na família. Os mais que se achavam presentes eram pela maior parte vizinhos que se reuniam para aquelas súcias, que eram tradicionais na família.

Quando chegaram à casa, o amigo do Leonardo tomou as duas velhas de parte, e começou a conversar com elas, sem dúvida a respeito do Leonardo, pois que o olhavam todos três durante a conversa; e mesmo quem tivesse ouvido **atilado** teria escutado às velhas estas palavras:

Atilado: apurado, esperto.

— Coitado do moço!...

— Ora vejam que pai de más entranhas!...

Outro qualquer que tivesse mais idade, ou antes, falando claro, mais juízo e outra educação, envergonhar-se-ia talvez muito de achar-se na posição em que se achava o Leonardo, porém ele nem nisso pensava, e o que é mais, nem mais pensava naquilo que até então lhe não saía da cabeça, isto é, em Luisinha de um lado e José Manuel do outro: agora não via senão os olhos negros e brilhantes, e os alvos dentes de Vidinha; não ouvia senão o eco da modinha que ela cantara. Estava pois embebido num êxtase contemplativo.

No mais pensaria quando lhe restasse tempo.

Mal se haviam todos sentado em uma larga esteira junto à soleira da porta sobre a calçada, o Leonardo propôs logo que se cantasse uma nova modinha.

— Qual... respondeu Vidinha acompanhando este *qual* da sua costumada risada; estou já tão cansada... que nem posso!

— Ora... ora... disseram umas poucas de vozes. Além do costume das risadas tinha Vidinha um outro, e era o de começar sempre tudo que tinha a dizer por um *qual* muito acentuado; respondeu ainda portanto:

— Qual... pois se eu também já cantei tudo que sabia. Qual, meu Deus! nem eu posso mais!

— Ainda não cantou a minha favorita, disse um dos presentes.

— Nem a minha, disse outro.

— Eu também, acrescentou outro, ainda não lhe pedi aquela cá do peito.

— Qual, meu Deus! onde é que isto vai parar!

— Ora, mana, não se faça de boa.

— Ai, criatura, disse uma das velhas, quereis que vos reze um **responso** para cantardes uma modinha?

Responso é uma oração a santo Antônio para recuperar objetos desaparecidos. Significa também reprimenda, dar bronca em alguém. Aqui a personagem brinca com o trocadilho.

Leonardo, vendo a sua causa advogada por tantas vozes, conservou-se calado. Tentados mais alguns meios, e feitas

mais algumas negaças, Vidinha decidiu-se, e tomando a viola cantou, segundo a indicação de uma das velhas, o seguinte:

Duros ferros me prenderam
No momento de te ver;
Agora quero quebrá-los,
É tarde não pode ser.

Este último passo acabou de desorientar completamente o Leonardo: ainda bem não tinham expirado as últimas notas do canto, e já, passando-lhe rápido pela mente um turbilhão de ideias, admirava-se ele de como é que havia podido inclinar-se por um só instante a Luisinha, menina sensaborona e esquisita, quando haviam no mundo mulheres como Vidinha.

Decididamente estava apaixonado por esta última.

O leitor não se deve admirar disto, pois não temos cessado de repetir-lhe que o Leonardo herdara de seu pai aquela grande cópia de fluido amoroso que era a sua principal característica. Com esta herança parece porém que tinha ele tido também uma outra, e era a de lhe sobrevir sempre uma contrariedade em casos semelhantes. José Manuel fora a primeira; vejamos agora qual era, ou antes quem era a segunda.

Durante muitos anos o casamento entre parentes era coisa bem comum. Às vezes porque no local morava pouca gente ou porque a parentada não queria que os bens passassem para outras mãos. Hoje no Brasil este tipo de casamento não é proibido por lei, mas encontra resistência por parte da Igreja Católica. Na África e Ásia ele continua popular. Já nos Estados Unidos o bicho pega: quase metade dos estados americanos proíbe a união de primo com prima.

Se o leitor pensou no que há pouco dissemos, isto é, que naquela família haviam três primos e três primas, e se agora acrescentarmos que moravam todos juntos, deve ter cismado alguma cousa a respeito. Três primos e três primas, morando na mesma casa, todos moços... não há nada mais natural; **um primo para cada prima**, e está tudo arranjado. Cumpre porém ainda observar que o amigo do Leonardo tomara conta de uma das primas, e que deste modo vinha a haver três primos para duas primas, isto é, o excesso de um primo. À vista disto o negócio já se torna mais complicado. Pois para encurtar razão, saiba-se que haviam dous primos pretendentes a uma só prima, e essa era Vidinha, a mais bonita de todas; saiba-se mais que um era atendido e outro desprezado: logo, o amigo Leonardo terá desta vez de lutar com duas contrariedades em vez de uma.

Mas por ora de nada sabia ele, e entregava-se tranquilo às suas emoções sem se lembrar do que qualquer se lembraria, que entre primos e primas há assim um certo direito mútuo em negócio de amor, que muito prejudica a qualquer pretendente externo.

Gastaram grande parte da noite ali sentados, e trataram de recolher-se já muito tarde.

O amigo do Leonardo, a quem daqui em diante trataremos pelo seu próprio nome de Tomás com o apelido — da Sé — ambos herdados de seu pai, declarou que o seu amigo ficava ali por aquela noite, por já ser muito tarde; quis assim poupar-lhe um vexame, e mostrou nisto ser bom amigo.

Agora que o nosso Leonardo está instalado em quartel seguro, vamos ocupar-nos de alguma cousa de importante que havíamos deixado suspensa.

IX

JOSÉ MANUEL TRIUNFA

A comadre correra toda a cidade, e em parte alguma encontrara o Leonardo; enquanto cansava-se assim a procurá-lo, estava ele tranquilo e descansado mirando-se nos olhos de Vidinha, regalando-se a ouvir modinhas, como sabem os leitores, sem se lembrar do que ia pelo mundo.

A pobre mulher, depois de muito cansada, foi ter à casa de D. Maria. Era já noite fechada.

Quando ela entrava saía o mestre de reza que acabava de dar a sua lição às crias de casa. A comadre há algum tempo que andava desconfiada do mestre de reza; combinando o que por aí se dizia do seu crédito com certas cousas que tivera ocasião de presenciar, estava quase a concluir que era ele emissário de José Manuel junto à corte de D. Maria. Não gostou portanto do encontro, e doeu-lhe o cabelo vê-lo sair àquela hora, pois que de ordinário as lições não se demoravam até tão tarde; e para **metê-lo à bulha** disse-lhe:

— A lição hoje foi comprida, devoto... as raparigas parece que gostam mais da ***lambetice*** do que da reza.

Meter à bulha é provocar uma discussão.

Lambetear: mexericar, fofocar.

— Não, respondeu o velho com sua voz fanhosa, elas não vão mal, empacam em alguns lugares, mas sempre vão indo; bem sabe também que sempre trago comigo o **santo remédio**.

E afagou o cabo da palmatória com que sempre andava armado.

— Ah! então esteve o devoto de conversa; gosta também de dar à língua...

— Não desgosto; mas também não digo senão aquilo que sei, isto é, aquilo que ouço; os outros gastam o seu tempo a ver e a ouvir; eu, como não posso senão ouvir, emprego a falar o que os mais empregam a ver; falo, e falo muito; mas que quer se me sobra tempo para isso; e demais, bem sabe que não é trabalho que canse. Meus pais eram Algarves, e eu não quero desmentir a minha paternidade.

— Então já sei que hoje desenterraram-se mortos e enterraram-se vivos; pois eu não posso fazer outro tanto, porque vou aqui muito e muito zangada de minha vida. Se o devoto, como é homem que muito gira por toda esta cidade, souber por aí notícias de meu afilhado Leonardo, queira vir dar-me parte, pois saiu-nos ele hoje de casa lá por causa de umas histórias, e **não sei por onde andará** dando com os ossos.

Que falta fazia o celular. Hoje, a pessoa só não é encontrada se não quiser.

— Ora, isto fica por minha conta; não há nada mais fácil do que dar com ele.

E aqui terminou esta conversa que tinha lugar na porta da rua, e com a qual não ficara a comadre muito contente. D. Maria, que ouvira tudo, veio ao encontro da comadre, e foi-lhe logo dizendo antes de lhe dar tempo de tirar a mantilha:

— Então já o rapaz não está em casa? Senhora, aquilo é gênio, nasceu com ele, e com ele há de ir à sepultura. Bem me diziam o que ele era, e apesar do seu ar sonso nunca lhe fiz fé.

— Adeus que me está a senhora a pôr culpas em quem não as tem; o rapaz desta vez tem toda a razão...

— Ora, histórias da vida; isso diz você porque o estima como se fosse sua mãe; mas vá com esta que eu lhe digo: os rapazes de agora andam de cabeça levantada... Mas o defunto padrinho — Deus lhe fale n'alma — foi o próprio que teve culpa de tudo isso com aquelas fumaças de Coimbra que lhe meteu na cabeça...

— Mas, senhora de Deus, se o bruto do pai até chegou a corrê-lo de espada na mão...

— Que tal não faria ele! mas que tinha isso? o pai não o havia esquartejar... por certo, que eu bem lhe conheço o gênio; aquilo era raiva, e havia de passar; devia ele sujeitar-se... sempre é seu pai.

— Com a Virgem Santa! pois se tudo isso foi por uma cousa de nada, por causa de uma almofada de renda... Isto é cousa em que se creia?!... E agora para onde é que há de ir aquele coitado?...

— Há de estar por aí metido em algum fado de ciganos; não se lembra do que ele fez quando o padrinho era vivo?

— Ora, criançadas... para que falar nisso?

Este diálogo ia continuando interminável sobre o mesmo assunto, quando D. Maria, mudando repentinamente de conversa, disse à comadre:

— Ora é verdade, sente-se para cá que temos contas que ajustar...

— Contas!...

— E muito compridas, começo por dizer, acrescentou D. Maria, que não parecia estar nesta ocasião de muito bom humor; começo por dizer-lhe mesmo na bochecha que quando for à confissão este ano trate de desobrigar-se de um grande pecado que cometeu.

— E eu que já não tenho poucos: mas então o que é?

— É um **aleive**, senhora, um aleive muito grande que levantou a pessoa que tal não merecia.

Aleive: calúnia, mentira.

A comadre não precisou de mais nada para conhecer onde é que tudo aquilo ia parar; o aleive mais moderno de que a acusava a sua consciência bem sabia ela qual era. Começou a ver tudo claro como o dia; viu José Manuel justificado completamente aos olhos de D. Maria a respeito da história do roubo da moça no Oratório de Pedra, e viu também como medianeiro dessa justificação o cego mestre de reza. Ficou pois visivelmente incomodada; volvia-se de um para outro

lado, como se estivesse cheia de espinhos a banquinha em que estava sentada, e teve um forte acesso de tosse quando D. Maria acabou de pronunciar aquelas últimas palavras.

— Tudo quanto me disse a respeito de José Manuel naquela história do roubo da moça, continuou D. Maria fazendo-se vermelha, o que era nela mau sinal, é falso, e muito falso. Sei isto de parte muito certa...

Novo acesso de tosse acometeu a comadre.

— Pois olhe, prosseguiu D. Maria, tinha eu dado todo o crédito, tanto que havia rompido por um excesso com o pobre do homem, mas não caio noutra; esta me serviu de emenda.

A comadre viu que o vento se lhe ia tornando absolutamente contrário; compreendeu que D. Maria estava muito bem informada, e que inútil seria qualquer sustentação que pretendesse fazer de tudo quanto havia avançado; isso só serviria para agravar-lhe a posição.

Forjou pois repentinamente um novo plano e disse:

— Não me dá nada de novo, senhora; sei muito bem de tudo; o homem está nesse negócio como **Pilatos** no Credo.

— Mas lembre-se que me havia dito que tinha visto com seus próprios olhos.

Pilatos foi quem "lavou as mãos" e decretou a morte de Cristo.

— Ah! senhora, era o diabo por ele; nunca vi cousa assim tão parecida. Outro dia porém soube de tudo, e agora estou arrependida.

— Mandei por isso chamar o pobre homem, continuou D. Maria, que de ofendido que estava com o modo por que eu o tratava custou muito a vir, e abri-me aqui com ele. E uma cousa lhe digo, é que a comadre não está bem no negócio; ele expôs-me certas cousas... a que eu enfim não quis dar crédito.

— Pois então a senhora disse-lhe que eu é que...

— Não fui eu quem lhe disse; ele já o sabia, e não era possível negar-lho. Foi então que ele me quis abrir os olhos sobre outros pontos...

A comadre, que via todo o caldo entornado naqueles *outros pontos,* tratava de desviar a conversação, fazendo que não dera atenção a essas últimas palavras.

— Mas então, perguntou, por quem foi que soube como tinha sido o negócio? quero ver se combina cá com o que sei.

— Ainda há pouco acabou de sair daqui quem me pôs o negócio todo em pratos limpos.

— Ah! disse a comadre.

E mordeu os beiços, fazendo um gesto que queria dizer: "nunca me enganei!"

D. Maria prosseguiu contando à comadre que tendo falado em semelhante negócio ao mestre de reza, ele lhe havia negado tudo quanto esta lhe dissera a respeito de José Manuel; que muito tempo lutara com o velho para que lhe dissesse o que sabia a respeito e em que fundava a denegação que fazia; que finalmente, depois de grande resistência, tinha-lhe ele trazido à casa, mesmo no dia antecedente, o pai da moça, que tudo confessara, declarando até o nome da pessoa com quem se achava sua filha, que ele já conhecia, e com quem tinha feito as pazes.

— É exatamente o que eu sabia, disse a comadre no fim da narração; foi tudo assim mesmo. Veja, senhora, a que está sujeita a gente nesta vida: a levantar falsos aos mais.

Agora informemos ao leitor que tudo que se acabava de passar tinha sido com efeito obra do mestre de reza. Pouco a pouco se tinha instruído do que se passava em casa de D. Maria a respeito do seu cliente José Manuel; tinha conseguido saber quem havia armado a intriga; indagou também o que se passava em casa de Leonardo-Pataca; e como lá se falava um pouco alto a respeito das pretensões de Leonardo, combinando umas cousas com outras, chegaram à conclusão certíssima daquilo que com efeito se passara.

D. Maria pareceu dar crédito ao arrependimento da comadre, e começou-lhe a aplacar o humor um pouco desabrido em que se achava.

Voltaram à questão da saída do Leonardo de casa, e desta vez já D. Maria não se mostrou tão inflexível para com o rapaz. Entretanto à comadre não lhe saíram da cabeça aquelas palavras de D. Maria: "*abriu-me os olhos sobre outros pontos*"; e depois que viu D. Maria mais apaziguada, tentou chamar de novo a conversa para esse ponto, e como que pedir explicações. Ela previa a significação daquelas palavras, sem dúvida nenhuma que se referiam às suas pretensões ou às de seu afilhado sobre Luisinha, porém queria saber as cores com que esse negócio tinha sido pintado a D. Maria por José Manuel.

Isso foi-lhe porém fatal, porque soube (o que lhe não foi nada agradável) que o negócio estava muito malparado a respeito do seu afilhado, e pelo contrário muito adiantado a favor do seu adversário. D. Maria, depois de declarar que José Manuel se tinha queixado da comadre, atribuindo-lhe tudo que se havia passado, que não era mais do que uma intriga **urdida** com o fim de o apartar de sua casa, porque tinham sobre ele caído suspeitas, que confessava justas, acrescentou finalmente que José Manuel, completamente justificado, graças à intervenção do mestre de reza, acabara por lhe dar a entender alguma cousa a respeito de Luisinha, o que D. Maria confessou não lhe ter sido totalmente desagradável, porque enfim, segundo alegava, José Manuel era um homem sisudo e de juízo, tinha corrido mundo, e não era nenhuma criançola (esta palavra doeu à comadre) que não fosse capaz de tratar bem de uma moça. A comadre **descoroçoou** completamente com estas últimas declarações; porém o que fazer na ocasião? Ela mesma tinha há pouco confessado o risco em que se está a cada momento de ser injusto com o próximo, e não

Intriga preparada para tirar José Manuel da casa de D. Maria.

Descoroçoar: perder a coragem.

podia sem risco aventurar, pelo menos naquela ocasião, alguma cousa contra José Manuel, tanto mais que tão mal se havia saído da primeira intriga que armara. Contentou-se pois com repetir uma observação que D. Maria mesma lhe havia feito há pouco tempo, e disse, referindo-se a Luisinha:

— Gente, pois aquela criança já está para essas!...

— Sim, respondeu D. Maria, está ainda verdezinha, mas também isso não é sangria desatada.

A comadre respirou, pois viu que ainda havia tempo a ganhar.

X

O AGREGADO

Passaram-se assim algumas semanas: Leonardo, depois de acabadas todas as cerimônias, foi declarado agregado à casa de Tomás da Sé, e aí continuou convenientemente arranjado. Ninguém se admire da facilidade com que se faziam semelhantes cousas; no tempo em que se passavam os fatos que vamos narrando nada havia mais comum do que ter cada casa um, dous, e às vezes mais agregados.

Em certas casas os agregados eram muito úteis, porque a família tirava grande proveito de seus serviços, e já tivemos ocasião de dar exemplo disso quando contamos a história do finado padrinho de Leonardo; outras vezes porém, e estas eram em maior número, o agregado, refinado vadio, era uma verdadeira **parasita** que se prendia à árvore familiar, que lhe participava da seiva sem ajudá-la a dar os frutos, e o que é mais ainda, chegava mesmo a dar cabo dela. E o caso é que, apesar de tudo, se na primeira hipótese o esmagavam com o peso de mil exigências, se lhe batiam a cada passo com os favores na cara, se o filho mais velho da casa, por exemplo, o

Sabe aquele parente folgado que vem para passar uns dias e acaba ficando meses?

Família de Vidinha
zzz

tomava por seu divertimento, e à menor e mais justa queixa saltavam-lhe os pais em cima tomando o partido de seu filho, no segundo aturavam quanto desconcerto havia com paciência de mártir, o agregado tornava-se quase rei em casa, punha, dispunha, castigava os escravos, ralhava com os filhos, intervinha enfim nos mais particulares negócios.

Em qual dos dous casos estava ou viria estar em breve o nosso amigo Leonardo? O leitor que o decida pelo que se vai passar.

Principiemos por declarar que as duas velhas irmãs tinham concedido desde o primeiro momento uma decidida **simpatia** por ele, e era esse o único ponto por onde o podemos julgar um pouco feliz: se a cada passo encontrava contrariedades e antipatias, também lhe não faltavam por contrabalanço simpatias e favores. Isto já era meio caminho andado para qualquer projeto que ele formasse, qualquer intenção que tivesse ou desejo que se lhe despertasse. Mas note-se que para não falhar a lei das compensações, que pesava constantemente sobre ele, logo o projeto, a intenção e desejo que teve sucedeu ser a respeito de uma *cousa* que já tinha despertado igual projeto, intenção e desejo em duas outras pessoas, o que equivale a dizer-se, como já o fizemos, que tinha ele de lutar com duas dificuldades.

Não é por menos. Quando uma mãe quer desencalhar logo a filha, qualquer um passa a ser príncipe.

Vidinha era uma rapariga que tinha tanto de bonita como de movediça e leve: um soprozinho, por brando que fosse, a fazia voar, outro de igual natureza a fazia revoar, e voava e revoava na direção de quantos sopros por ela passassem; isto quer dizer, em linguagem chã e despida dos trejeitos da retórica, que ela era uma formidável namoradeira, como hoje se diz, para não dizer **lambeta**, como se dizia naquele tempo. Portanto não foram de modo algum mal recebidas as primeiras finezas do Leonardo, que desta vez se tornou muito mais desembaraçado, quer porque já o negócio com Luisinha o tivesse **desasnado**, quer porque agora fosse a paixão mais forte, embora esta última hipótese vá de encontro à opinião dos ultrarromânticos, que põem todos os bofes pela boca pelo tal — primeiro amor: — no exemplo que nos dá o Leonardo aprendam o quanto ele tem de duradouro. Se um dos primos de Vidinha, que dissemos ser

Lambeteiro pode ser também puxa-saco, aquele que fica lambendo os outros.

Desasnar é aprender, ou seja, Leonardo ficou esperto depois do "caso" Luisinha.

A torre de Babel é um mito que está no livro do Gênesis, na Bíblia. Um belo dia, uma turma teve a brilhante ideia de construir uma torre que ia ser tão alta, mas tão alta que ia encostar no céu. Mas a ideia fracassou porque Deus achou aquilo muita cara de pau da humanidade e sabotou o projeto, criando ali várias línguas diferentes, de modo que, de repente, ninguém mais entendia o que o outro falava. Ninguém sabe ao certo o tamanho da torre, mas os historiadores dizem que poderia ser entre cem metros (que dá um prédio de uns trinta andares) até 2,5 quilômetros (que é um prédio de uns 830 andares!).

o atendido naquela ocasião, teve motivo para levantar-se contra o Leonardo como seu rival, o outro primo, que dissemos ser o desatendido, teve dobrada razão para isso, porque além do irmão apresentava-se o Leonardo como segundo concorrente, e o furor de quem se defende contra dous é, ou deve ser sem dúvida, muito maior do que o de quem se defende contra um. Declarou-se portanto, desde que começaram a aparecer os sintomas do quer que fosse entre Vidinha e o nosso hóspede, guerra de dous contra um, ou de um contra dous. A princípio foi ela surda e muda; era guerra de olhares, de gestos, de desfeitas, de más caras, de maus modos de uns para com os outros; depois, seguindo o adiantamento do Leonardo, passou a ditérios, a chasques, a remoques. Um dia finalmente desandou em descompostura cerrada, em ameaças do tamanho da **torre de Babel**, e foi causa disto ter um dos primos pilhado o feliz Leonardo em flagrante gozo de uma primícia amorosa, um abraço que no quintal trocava ele com Vidinha.

— Aí está, minha tia, dissera enfurecido o rapaz dirigindo-se à mãe de Vidinha; aí está o lucro que se tira de meter-se para dentro de casa um par de pernas que não pertence à família...

— Onde é, onde é que está pegando fogo? disse a velha em tom de escárnio, supondo ser alguma asneira do rapaz, que era em tudo muito exagerado.

— Fogo, replicou este; se ali pegar fogo não haverá água que o apague... e olhe o que lhe digo, se não está pegando fogo... está-se ajuntando lenha para isso.

Vidinha, que vinha chegando nessa ocasião, tomou a palavra e falou durante meia hora sem interrupção, soltando contra os dous primos (pois que o outro já tinha também intervindo) uma tremenda **catilinária** em que a palavra — qual — foi repetida enorme número de vezes. Leonardo teve também de defender-se, e falou pelos cotovelos. As duas velhas acompanharam aos quatro seguidas

Catilinária é uma acusação séria que se faz contra outra pessoa; calúnia.

das outras duas moças, que metiam também de vez em quando a sua colherada.

Seria inútil a tentativa de querermos repetir as palavras textuais de cada um dos faladores; isso seria cousa pouco mais ou menos semelhante a querer contar-se numa tempestade os pingos de chuva que caem. Só quem já teve ocasião de assistir pode bem avaliar o que era e talvez ainda é uma dessas brigas no interior de uma família. Todos falam a um tempo, esforçando-se cada um por falar mais alto do que todos os outros; ninguém parece atender às desculpas que se apresentam, nem às recriminações que se fazem, e entretanto de minuto em minuto cada qual, tomando mais calor, se julga dobradamente ofendido; as juras se cruzam, as ameaças se chocam; não fica no dicionário termozinho de escolha que não saia à frente; umas questões trazem outras, estas ainda outras; recorre-se às ofensas passadas, presentes e futuras para fazer-se carga aos adversários. Tudo enfim se diz, e nada se consegue; a briga dura muitas horas, ao termo das quais os contendores, ***fatigatis sed non saciatis***, abandonam o campo, ficando mais encarniçados uns contra os outros do que o estavam a princípio. E se por acaso, tocando já em retirada, algum ousa ainda soltar uma derradeira imprecação, pega de novo a cousa, e dura ainda bom pedaço. As mais das vezes fica tudo em palavras.

Desta vez porém não sucedeu assim: um dos primos, que era *esquentadete*, avançou para o Leonardo depois de lhe ter mandado, como batedor, uma grande injúria, e deu-lhe dous safanões, agarrando-o pela gola da camisa. Leonardo, que neste mundo só tinha medo do pai, reagiu contra o agressor; as duas velhas e Vidinha, tentando apartá-los, não faziam mais do que romper-lhes a roupa e aumentar-lhes a raiva; as demais pessoas ocupavam-se em bater nas paredes e chamar os vizinhos. Lutaram os dous por algum tempo sem que disso resultasse acidente grave para nenhum deles, e afinal apartaram-se. Leonardo, apenas se viu livre do seu adversário, foi querendo pôr-se no andar da rua; pesava sobre o infeliz desde criança uma espécie de sina de **Judeu Errante**. As velhas, que em todo o barulho tinham tomado o partido dele, não consentiram porém nisso; ale-

t Do latim: "cansados, mas não satisfeitos".

g Leia o poema "Judeu errante" do poeta brasileiro Vinicius de Moraes.

Diz a lenda que um judeu xingou Jesus Cristo enquanto ele caminhava carregando sua cruz. Então Cristo o teria amaldiçoado a vagar eternamente pelo mundo.

garam que estavam em sua casa, e podiam mandar como quisessem. Leonardo insistiu apesar disso e apesar dos rogos de Vidinha; porém no momento em que tentava abrir a porta da rua, entrou por ela a comadre.

— Ora graças que o encontro, senhor doudo de pedras...

O Leonardo recuou dous passos: naquele momento, assim como lhe aconteceu desde que saiu de casa de seu pai, nem lhe passava pela ideia que tivesse no mundo uma madrinha, um pai, ou qualquer parente que fosse. Houve em todos um movimento de admiração e curiosidade, pois ninguém na casa conhecia a comadre.

Tantas cousas havia feito a boa mulher, que afinal soubera do ninho a que se acolhera o afilhado, e imediatamente para lá se dirigira. Tendo entrado e dito aquelas primeiras palavras, queria logo depois seguir com uma grande exortação ao sobrinho, quando, tendo visto as duas velhas, assentou que era melhor dirigir-se a elas em primeiro lugar. Com efeito dirigiu-se, e entraram as três em conferência.

XI

MALSINAÇÃO

As três velhas conversaram por largo tempo, não porque muitas cousas se tivessem a dizer a respeito do que se acabava de passar, porém porque a comadre, remontando ao mais remoto passado, entendera que para dizer que muito se interessava pela volta do afilhado para casa era mister contar desde sua origem a vida inteira deste, de sua mãe, de seu pai, e a sua própria, que fora mais comprida de todas, e porque as duas velhas entenderam que para dizerem que o Leonardo estava ali muito bem, e que não consentiriam que ele saísse, entenderam ser preciso fazer o que havia feito a comadre — contar a sua vida e de toda a família desde as eras primitivas. — Ora, como todas essas histórias contadas de parte a parte eram cheias de episódios, já sentimentais, já tocantes, já alegres, aconteceu que entre muita gargalhada correram também algumas lágrimas durante a conversação. Não há nada que mais sirva para fazer nascer e firmar a amizade, e mesmo a intimidade, do que seja o riso e as lágrimas: aqueles que se riram, e principalmente aqueles que uma vez choraram juntos, têm muita facilidade em fazerem-se amigos. Com efeito, no fim da conversa, as três velhas estimavam-se mutuamente de uma maneira incrível.

Se esta facilidade de expansão não fosse acompanhada da grande dificuldade de rompimentos e de intrigas, seria uma das grandes virtudes daquele tempo. Porém as simpatias que se criavam em uma hora de conversa transformavam-se em ódio num minuto de desavença.

Contendores: rivais, adversários.

Enquanto as velhas conversavam, os **contendores** acalmaram-se, passou a tormenta, e se tudo não ficou logo acabado, ficou pelo menos esquecido por algum tempo. Leonardo achava-se já disposto a atender às súplicas de Vidinha e das outras moças que o não queriam por modo algum fora de casa: os dous rivais derrotados pareciam resignar-se.

Quando terminou a conferência das três, a comadre entendeu que era chegado o momento de começar a pregação ao Leonardo, e começou nestes termos:

— Rapaz dos trezentos demos, valham-te os serafins... tu tens nessa cabeça pedras em vez de miolos; o sol não cobre criatura mais renegada do que tu. És um vira-mundo; andas feito um **valdevinos**, sem eira nem beira nem ramo de figueira, sem ofício nem benefício, sendo pesado a todos nesta vida...

— Se é cá conosco que fala, acudiu uma das velhas, deixe-o estar aonde está que está muito bem.

Valdevino: vagabundo. Sabe aquele pessoal que só fica na farra e não quer saber de nada?

— Qual! senhora, pois se vem levantar poeira na casa alheia! é um galo de brigas.

— Ora, isso é lá cousa entre rapazes e raparigas; deixá-los que eles se arranjarão, redarguiu a velha.

Ingenuidade infantil das velhas daquele tempo!

A comadre ia prosseguir; porém sendo a cada passo interrompida, tomou por seu barato dar a cousa por finda. Retirou-se, ficando convencionado que Leonardo permaneceria onde estava.

Vidinha ficou contentíssima com semelhante resultado; os primos porém fizeram má cara, porque tal não esperavam. Desde que viram que tudo ia continuar no mesmo pé, renasceu-lhes o despeito. Atiraram algumas indiretas, com as quais ia tudo pegando fogo novamente; porém contiveram-se ainda; um deles chamou o outro em particular, e começaram por seu turno a conferenciar, porém em segredo. Não havia nada mais natural: o inimigo era comum, juntavam-se para atacá-lo; depois que ele fosse derrotado, a questão se decidiria então entre os dous.

Depois desta última conferência serenou tudo definitivamente; cada qual recolheu-se a seu posto, e passaram-se muitos dias em santa paz. Durante esses dias mais se estreitaram os laços entre o Leonardo e Vidinha. É sempre assim que sucede: quereis que nos liguemos estreitamente a uma cousa? Fazei-nos sofrer por ela. Os dous tinham sofrido um pelo outro, e era isto uma forte razão para se amarem cada vez mais.

A comadre vinha regularmente ver o afilhado e visitar suas novas amigas.

Tudo parecia enfim nos seus eixos naturais; porém os dous primos tramavam, e tramavam largamente. Ninguém entretanto atinava com o que seria.

Leonardo passava vida completa de vadio, metido em casa todo o santo dia, sem lhe dar o menor abalo o que se passava lá fora pelo mundo. O seu mundo consistia unicamente nos olhos, nos sorrisos e nos requebros de Vidinha.

Um dia forjaram uma patuscada semelhante à que dera origem ao conhecimento do Leonardo com a família. Deviam sair de madrugada da cidade e passarem fora o dia. Preparou-se tudo: cestos de comida, esteiras e mais arranjos. Vidinha mandou encordoar de novo sua viola; avisaram-se os convivas do costume.

À hora **aprazada** partiram.

Partiram na hora marcada.

Quem estivesse menos distraído pelo prazer da patuscada do que estava qualquer dos suciantes, notaria que os dous primos deixavam-se de vez em quando ficar atrás, e cochichavam como se tramassem uma conspiração. Ninguém porém dera atenção a semelhante cousa.

Chegaram ao lugar determinado ao romper do dia. Apenas começavam a preparar-se para o almoço, viram surdir, ninguém soube bem de onde, a figura alta, magra, severa e sarcástica do nosso célebre major Vidigal. Correu por todos um sinal de pouco contentamento, exceto pelos primos, que trocaram entre si um olhar de inteligência e triunfo.

Os olhos de Vidinha dirigiram-se instintivamente para Leonardo.

O major Vidigal deixou passar o primeiro momento de surpresa, e depois, sorrindo-se, disse, como costumava, com sua voz descansada:

— Não tenham medo de mim, que não sou nenhum papa-crianças, nem eu venho desmanchar prazeres de ninguém. Quero só saber quem é aqui o amigo Leonardo.

Vidinha fez logo cara de choro. Leonardo levantou-se sem saber como, e disse todo trêmulo:

— Sou eu...

— Ora vejam, respondeu o Vidigal em **tom de mofa**, eu não sabia!... Pois, meus amigos, não se assustem que o caso não foi para tanto: um súcio de menos numa patuscada não faz falta nenhuma. Este amigo vai conosco. Se ele puder, voltará em breve... mas creio que já não chegará a tempo para acabar a patuscada.

Em tom de gozação.

— Qual, meu Deus! mas por que é então isto? que mal é que ele fez?

— Ele não fez nem faz *nada*; mas é mesmo por não fazer nada que isto lhe sucede. Leva, granadeiro.

E um dos granadeiros com que viera o major acompanhado foi tratando de conduzir o Leonardo.

O Vidigal seguiu-os tranquilamente, sem alterar o passo, e dizendo polidamente:

— Adeus, minha gente.

Vidinha desatou a chorar, exclamando:

— Foi **malsinação**!

— Foi malsinação! repetiram todos, menos os dous primos.

A súcia levantou-se.

Malsinação: denúncia, delação. Já pensou se o disque-denúncia se chamasse disque-malsinação?

XII

TRIUNFO COMPLETO DE JOSÉ MANUEL

Era um sábado de tarde; em casa de D. Maria havia um lufa-lufa imenso; andavam as crias e mais escravos de dentro para fora; espanava-se a sala; arrumavam-se as cadeiras; corria-se, falava-se, gritava-se.

A dona da casa trajava, fora do ordinário, um rico vestido de cassa bordado de prata, de corpinho muito curto e mangas de um volume enorme. Seja dito de passagem que a prata do bordado estava já mareada, e o mais do vestido um pouco encardido. Trazia ainda D. Maria um penteado de desmedida altura, um formidável par de rodelas de crisólitas nas orelhas, e dez ou 12 anéis de diversos tamanhos e feitios nos dedos.

Luisinha trajava também um vestido que qualquer menos entendido na matéria desconfiaria que era filho legítimo do de sua tia; trazia um toucado de plumas brancas na cabeça e um rosário de ouro de contas mui grossas na cintura.

Acabavam de sair as duas assim preparadas do quarto de vestir, quando sentiu-se rodar uma carruagem e parar na porta da casa. Luisinha estremeceu; D. Maria levou o lenço aos olhos, e tirou-o em pouco tempo molhado de lágrimas.

— Está aí a carruagem, gritou uma das crias que estava de sentinela à janela.

A carruagem era um formidável, um monstruoso maquinismo de couro, balançando-se pesadamente sobre quatro desmesuradas rodas. Não parecia cousa muito nova; e com mais dez anos de vida poderia muito bem entrar no número dos restos infelizes do **terremoto**, de que fala o poeta.

8 Saiba mais sobre o terremoto que arrasou Lisboa pesquisando por "Sismo de Lisboa de 1755" no Google.

Mal tinha este trem parado à porta, sentiu-se o rodar de outro que veio parar junto dele. O que dissemos a respeito dos vestidos de D. Maria e sua sobrinha pode perfeitamente aplicar-se aos dous trens; o segundo parecia filho legítimo do primeiro.

Do último que chegara **apeou-se** José Manuel, e entrou em casa de D. Maria, que o veio receber à porta.

Apear é descer do carro; usa-se também "apear cavalo".

É inútil observar que a vizinhança estava toda à janela, e via todo aquele movimento com olhos regalados pela mais desabrida curiosidade.

José Manuel trajava casaca de seda preta, calções da mesma fazenda e cor; trazia meias também pretas e sapatos de entrada baixa, ornados com enormes fivelas de prata, espadim e chapéu de pasta.

Acompanhavam-no dous amigos vestidos pelo mesmo teor.

José Manuel estava com um ar entre **compungido** e triunfante, e desfazia-se em mesuras à D. Maria.

Compungido: sensibilizado.

Depois de tudo isto quer ainda o leitor que lhe declaremos que a sobrinha de D. Maria casava-se naquela tarde com José Manuel?

Chegou o momento da partida. Luisinha, conduzida por D. Maria, que lhe ia servir de madrinha, embarcou num dos destroços da arca de Noé, a que chamamos carruagem; José Manuel, acompanhado por quem lhe ia servir de padrinho, fez outro tanto, e partiram depressa para a igreja. Fizeram bem em partir depressa, porque se se demorassem alguns minutos, corriam o risco de serem devorados pelos olhos dos vizinhos.

Apenas cessou a bulha das carruagens, começaram estes últimos em conversa **renhida**, de que damos aqui uma pequena amostra.

— Senhora, dizia uma sujeita que morava junto de D. Maria para outra que morava defronte, o tal noivo poderá ser cousa boa, mas não dou nada pela cara dele.

— E a noiva?... respondia a outra; arrenego também da lambisgoia...

Renhida: vem de rinha, briga de galos. Aqui leia como disputa, peleja.

— E o filho do Leonardo ficou vendo estrelas?...

— Por força: venceu este porque é um finório de conta.

— Se a velha deixar tudo à sobrinha, não é mau arranjo...

— Decerto. Pois não sabe que o seu defunto marido era um homem que **viajava para a Índia**?

Os comerciantes faziam a maior grana comprando coisas no Extremo Oriente para vender na Europa. O europeu daquela época chamava quase toda área que não era vizinha dele de Índias, assim mesmo, no plural. A origem das palavras "Índias" e "Índios" tem a ver com o rio Indo, que corta o que é hoje a China, o Paquistão e a Índia.

Neste tom continuaram até a volta das carruagens.

Agora demos ao leitor algumas explicações a respeito do triunfo de José Manuel.

Depois das boas obras do mestre de reza, de que os leitores já foram informados, José Manuel reabilitara-se completamente junto a D. Maria; tornara a frequentar a casa, e foi pouco a pouco pondo barro à sua parede. Um sucesso inesperado veio ajudá-lo com a maior eficácia. O testamenteiro do finado irmão de D. Maria, do pai de Luisinha, que já tinha tido com D. Maria, como talvez não estejam esquecidos os leitores, uma demanda por causa desta última, surdiu de repente com uma nova **prebenda** relativa a uma pontinha de testamento, e D. Maria teve de entrar de novo com ele em uma luta judiciária. Isto coincidiu com a morte inesperada do procurador de D. Maria. José Manuel ofereceu-se para cuidar da causa; e com tanto jeito arranjou tudo, que em muito pouco tempo, cousa que procurador nenhum teria feito, venceu a demanda em favor de D. Maria.

Prebenda: transtorno, algo trabalhoso, maçada.

Ora, os leitores hão de estar lembrados da mania que tinha D. Maria por uma demandazinha; atirava-se a ela com vontade, e tal era o empenho que empregava na mais insignificante questão judiciária, que em tais casos parecia ter em

jogo sua vida. Daqui se poderá concluir a satisfação que teria ela no dia em que se achava vencedora, e como se não julgaria obrigada a quem lhe proporcionasse a vitória.

José Manuel aproveitou-se disto; e no dia em que veio ler a D. Maria a sentença final que resolvia a pendência em seu favor, pediu-lhe a mão da sobrinha, a qual lhe foi prometida sem grandes escrúpulos.

Luisinha estava nesta ocasião em um daqueles períodos de abatimento que se costumam produzir nos moços, e principalmente nas moças que ainda marcham por aquela estrada florida que leva dos **13 aos 25 anos**, quando as oprime o isolamento.

Até parece que a adolescência são flores!

Ora, como sabem todos os que me leem, o Leonardo tinha abandonado Luisinha; ela aceitou portanto indiferentemente a proposta de sua tia.

XIII

ESCAPULA

Deixemos aos noivos o gozo tranquilo da sua lua de mel; deixemos D. Maria desfazer-se em carinhos e conselhos à sua sobrinha, que os recebia indiferentemente, e em atenções para com José Manuel, cuja cabeça se tinha tornado repentinamente uma aritmética completa, toda algarismos, toda cálculos, toda multiplicações; e voltemos a saber o que foi feito do Leonardo, a quem deixamos na ocasião em que fora arrancado pelo Vidigal dos braços do amor e da folia.

O Vidigal tinha-o posto diante de si, ao lado de um granadeiro, e marchava poucos passos atrás. Enquanto caminhavam o granadeiro pretendeu dar-lhe conversa; mas ele a nada respondia, parecendo absorto em grave cogitação.

Quem estivesse muito atento havia de notar que algumas vezes o Leonardo parecia, ainda que muito ligeiramente, apressar o passo, que outras vezes o retardava, que seu olhar e sua cabeça voltavam-se de vez em quando, quase imperceptivelmente, para a esquerda ou para a direita. O Vidigal, a quem nada disto escapava, achava em todas estas ocasiões pretextos para dar sinais de si; tossia, pisava mais forte, arrastava no chão o chapéu de sol que sempre trazia na mão, como quem queria dizer ao Leonardo, respondendo aos seus pensamentos íntimos: — Cuidado! eu aqui estou. — E o Leonardo entendia tudo aquilo às mil maravilhas; contraía os lábios de raiva e de impaciência. Entretanto nem por isso abandonava a sua ideia: queria **fugir**. Desconfiava que ia para a casa da guarda, e pedia interiormente aos seus deuses que alongassem de muitas léguas as ruas que tinha de percorrer. Quando via de longe uma esquina dizia consigo: — É agora; quebro por ali fora, e bato pernas. — Porém ao chegar perto da esquina, o Vidigal achava alguma cousa que dizer ao granadeiro, e passava-se a esquina. Se lhe aparecia à direita ou à esquerda um corredor aberto, pensava consigo: — **Embarafusto** por ali adentro, e sumo-me. — Mas no momento em que ia tomar a última decisão, parecia-lhe sentir a mão do Vidigal que o agarrava pela gola da jaqueta, e esfriava. Não eram os granadeiros que lhe metiam medo; nunca em todos os planos de fugir que lhe passavam naquela ocasião pela cabeça contou uma só vez com eles; mas o Vidigal, o cruel major, era a quantidade constante de seus cálculos.

Será que ele não pensou em se trancar num banheiro até a hora de fugir? Na escola, isso sempre deu certo.

Embarafustar é entrar correndo, atropelando.

O pobre rapaz, durante aqueles combates íntimos, suava mais do que no dia em que fez a primeira declaração de amor a Luisinha. Só havia na sua vida um transe a que assemelhava, aquele em que então se achava, era o que se havia passado, quando criança, naquele meio segundo que levara a percorrer o espaço nas asas do tremendo pontapé que lhe dera seu pai.

Repentinamente uma circunstância veio favorecê-lo. Não sabemos por que causa ouviu-se um grande alarido na rua: gritos, assovios e carreiras. O Leonardo teve uma espécie de vertigem: zuniram-lhe os ouvidos, escureceram-se-lhe os olhos, e... dando um encontrão no granadeiro que estava perto dele, desatou a correr. O Vidigal deu um salto, e estendeu o braço para o agarrar; mas apenas roçou-lhe com a ponta dos dedos pelas costas. O rapaz tinha calculado bem: o Vidigal distraiu-se com o ruído que se fizera na rua, e aproveitou a ocasião. O Vidigal e os granadeiros

Tá ligado naquelas perseguições policiais dos filmes? Foi tipo assim, mas sem carros.

Os granadeiros entraram imediatamente (incontinente) e subiram em tropa (tropel), marchando.

soltaram-se imediatamente em seu alcance: o Leonardo embarafustou pelo primeiro corredor que achou aberto; os seus **perseguidores** entraram **incontinente** atrás dele, e subiram em **tropel** o primeiro lance da escada. Apenas o haviam dobrado, e subiam o segundo, abriram-se as cortinas de uma cadeirinha que se achava na entrada, e pela qual tinham eles passado, sai dela Leonardo, e de um pulo ganha a rua. Ao entrar, tendo dado com aquele refúgio, metera-se dentro; os granadeiros e o Vidigal não haviam reparado em tal com a precipitação com que entraram, e isso lhe valeu.

É impossível descrever o que sentiu o Leonardo quando por entre as cortinas da cadeirinha viu-os passar e subir a escada. Foi uma rápida alternativa de frio e de calor, de tremor e de imobilidade, de medo e de coragem; veio-lhe outra vez à lembrança o pontapé paterno: era o termo constante de comparação para todos os seus sofrimentos.

Enquanto o Vidigal e os granadeiros varejavam a casa em que haviam entrado, Leonardo punha-se longe, e em quatro pulos achava-se em casa de Vidinha, que o recebeu com um abraço, exclamando:

— Qual! aí está ele!

Um raio de alegria iluminou todos os semblantes, menos o dos dous irmãos rivais, que ficaram horrivelmente desapontados. As duas velhas tiraram da cabeça as mantilhas que já

haviam tomado para dar providências sobre o caso. A presença do Leonardo foi uma **aura benfazeja** que espalhou as nuvens de uma grossa tormenta, que tendo começado a roncar quando Leonardo foi preso com aquelas palavras — foi malsinação — viera desabar de todo em casa, e prometia durar muito tempo.

A chegada de Leonardo espalhou paz e alívio entre as mulheres.

Vidinha, tendo a princípio trocado com os primos algumas indiretas a respeito da **prisão** de Leonardo, julgara conveniente deixar-se de panos quentes, e fora direito a eles, como se diz, com quatro pedras na mão, atribuindo-lhes o que acabava de suceder.

Se fosse hoje, nem ficaria preso por muito tempo. Sairia por bom comportamento.

Eles denegaram, e travaram-se com ela de razões. A princípio as duas velhas estavam ambas da parte de Vidinha, porém tendo esta atirado três ou quatro ditos fortes demais aos primos, a tia ofendeu-se, e tomou o partido dos dous filhos: a outra velha, mãe de Vidinha, protesta contra a parcialidade de sua irmã, e reforça ainda mais, acompanhada dos que restavam, o partido de Vidinha. Divididos e extremados assim os dous campos, com terríveis campeões de lado a lado, fácil é prever-se o que teria sucedido se o Leonardo não viesse tão a tempo para acalmar tudo.

Tomado pelo prazer de ver-se livre, nem teve ele tempo de fazer recriminações aos seus inimigos: já sabia com certeza quem fora a causa do que acabava de sofrer, pois que o tinha percebido pela conversa que com ele tentara travar o granadeiro.

O major Vidigal fora às nuvens com o caso: nunca um só garoto, a quem uma vez tivesse posto a mão, lhe havia podido escapar; e entretanto aquele lhe viera pôr sal na moleira; ofendê-lo em sua vaidade de bom comandante de polícia, e degradá-lo diante dos granadeiros. Quem pregava ao major Vidigal um logro, fosse qual fosse a sua natureza, ficava-lhe sob a proteção, e tinha-o consigo em todas as ocasiões. Se o Leonardo não tivesse fugido, e arranjasse depois a soltura por qualquer meio, o Vidigal era até capaz, por fim de contas, de ser seu amigo; mas tendo-o deixado mal, tinha-o por seu inimigo irreconciliável enquanto não lhe desse desforra completa.

Já se vê pois que as fortunas do Leonardo redundavam-lhe sempre em mal: era realmente um mal naquele tempo ter por inimigo o major Vidigal, principalmente quando se tinha, como o Leonardo, uma vida tão *regular* e tão *lícita*.

Veremos agora o que se passou na casa em que entrara o **Vidigal** com os granadeiros em procura do Leonardo.

O Rio de Janeiro que d. João VI encontrou por aqui, num certo aspecto, era parecidinho com o Rio de hoje. E para dar conta da segurança foi criada, então, a Divisão Militar da Guarda Real de Polícia, uma espécie de tataravó da Polícia Militar dos dias de hoje. Naquela época, a primeira polícia do Brasil tinha como missão não só manter a ordem, mas também censurar a imprensa, limpar as ruas, tratar da iluminação e até do abastecimento de água.

XIV

O VIDIGAL DESAPONTADO

Logro é trapaça, artimanha.

Nem o capitão Nascimento era tão sinistro como o Vidigal.

Coadjuvar: ajudar, auxiliar alguém.

O major Vidigal, vendo-se logrado, deu urros; e, como já fizemos sentir aos leitores, prometeu a si mesmo tomar séria vingança do Leonardo.

— Ora, dizia ele consigo, gastar meu tempo nesta vida, gastar os **meus miolos** a pensar nos meios de dar caça a quanto vagabundo gira por esta cidade, conseguir, à custa de muitos dias de fadiga, de muitas noites passadas sem pregar olho, de muita carreira, de muito trabalho, fazer-me temido, respeitado por aqueles que a ninguém temem e respeitam, os vadios e peraltas; e agora no fim de contas vir um mequetrefezinho pôr-me sal na moleira, envergonhar-me diante destes soldados e de toda esta gente! Agora, não há garoto por aí que, sabendo disto, não se esteja a rir de mim, e não conte já com a possibilidade de me pregar um segundo mono como este!...

O major tinha razão: riam-se com efeito dele; e os primeiros que o faziam eram os granadeiros. Apesar de que, escravos da disciplina, empregavam os mais sinceros esforços para **coadjuvá-lo**; e apesar também de que revertia para eles alguma glória das façanhas do major, não puderam entretanto deixar de achar graça no que acabava de suceder, pois conheciam a presunção do Vidigal, e repararam na cara desapontada com que ele havia ficado. Depois, apenas o major pôs pé fora de soleira da casa onde lhe tinha escapado Leonardo, uma multidão imensa que tudo havia presenciado desatou a rir estrondosamente.

Daí veio aquela piada de mandar olhar nos bolsos sempre que perder algo.

— Então, Sr. major, dizia-lhe um dos da turba, desta vez

Passarinho foi-se embora,
Deixou-me as penas na mão.

— Sr. major, dizia outro, **procure nos bolsos**.

— Dentro da **barretina**, emendava outro.

Barretina

— Atrás da porta, replicava aquele.

E um coro de risadas acompanhava cada um destes conselhos.

— Lá está o bicho dentro da cadeirinha! gritou um repentinamente.

O Vidigal, como que instintivamente, correu à cadeirinha e abriu-lhe as cortinas.

Nessa ocasião as risadas foram **homéricas**: o major compreendeu então qual fora o meio por que lhe escapara o Leonardo, e soltou um — ah! — prolongadíssimo. Enfim retirou-se acabrunhado, e ruminando projetos para sua reabilitação.

Homero é o poeta grego autor das obras Ilíada e Odisseia. Pela grandiosidade de suas narrativas, seu nome virou sinônimo de fantástico, extraordinário.

— Se aqueles rapazes da Conceição, dizia consigo o Vidigal, que me foram levar a nota do tal malandro, me tivessem avisado que ele era desta laia, eu não teria passado por esta imensa vergonha.

Por estas palavras veem os leitores que as imputações da Vidinha contra os primos tinham mais que muito fundamento. Com efeito, o que se acabava de passar não era senão o resultado do ajuste que no dia da grande briga, por aquele motivo que o leitor bem sabe, haviam feito os dous rivais: tinham eles malsinado ao Leonardo. Foram ter com o Vidigal, e sem precisar mentir armaram ao Leonardo uma cama muito bem-feita: era um homem sem ofício nem

benefício, vivendo à custa alheia, enchendo de pernas a casa de duas mulheres velhas, a quem não tinha aproveitado a experiência, e, o que é mais, roubando aos primos o amor de sua prima.

O Vidigal regalara os olhos ouvindo a narração, e ficara muito agradecido aos dous rapazes pela nova que lhe levaram: era mais um pendão que ia juntar aos louros de suas façanhas policiais. A primeira tentativa custou-lhe porém bem caro.

Eis aqui pouco mais ou menos as reflexões em que o major ia engolfado: — Nada lhe seria mais agradável do que dia mais dia menos, quando ninguém pensasse em tal, acompanhado de uma escolta de granadeiros, dirigir-se à casa das duas velhas, cercá-la, e pilhar o Leonardo sem que lhe pudesse escapar. Isto porém repugnava ao seu orgulho ofendido. Muitas vezes se tinha, é verdade, servido desse meio, porém fora isso para poder pilhar a capadócios de longa data, tidos e havidos como tais, e velhos no ofício. Não queria pois servir-se do mesmo meio para agarrar um recruta no ofício, que ainda agora começava. Nada, tal não fazia; não havia fazer cerco, e o que é mais, não queria de modo algum o **adjutório** dos granadeiros; jurava a si mesmo que ele sozinho, sem o apoio de ninguém, **havia de pôr a mão no Leonardo**.

Adjutório: ajuda.

Pena que naquela época não existia TV para fazer cobertura do caso.

Ia o Vidigal entrando na Casa da Guarda, para onde se dirigia, depois da derrota, quando sentiu-se repentinamente agarrado pelas pernas, e viu a seus pés uma mulher de

mantilha, que chorava, soluçando muito, com o lenço no rosto.

— Que é isto, senhora? Deixe-me. Ora isto hoje é dia de má sina.

Continuaram os soluços por única resposta.

— Senhora, deixa-me ou não as pernas? Eu não gosto de **carpideiras**... entende?

Carpideira é uma profissão, mas não tem nada a ver com cortar o mato. Eram mulheres contratadas para chorar nos velórios e nos enterros, tipo fazer uma "cena" para aumentar o clima de tragédia. Sabia que essa profissão existe até hoje?

Soluços ainda.

— Ora não está má esta... Se lhe morreu alguém, vá chorar na cama, que é lugar quente.

Veja no YouTube a performance de uma carpideira.

Redobrou o pranto.

— Valham-me trezentos diabos!... Quando é que isto terá fim?... Esta mulher acaba por atirar-me no chão...

Estava já muita gente junta na porta.

Passado finalmente um pouco de tempo em silêncio, quando já o major estava disposto a empregar alguma medida de rigor para ver-se livre da carpideira, esta ergueu a cabeça, e tirando o lenço da cara exclamou entre lágrimas:

— Sr. major, solte, solte por quem é meu afilhado, solte, solte o pobre rapaz; ele é um doudo, é verdade, mas...

E os soluços lhe embargaram muito a propósito a voz.

Era a comadre que, tendo sabido da prisão do afilhado, viera fazer em seu favor aquela choradeira, ignorando que ele se tivesse **evadido**. A cena produziu o efeito esperado. Os granadeiros, de cada vez que a comadre dizia — solte, solte — desatavam a rir; tendo por boca pequena explicado tudo aos demais circunstantes; estes os acompanhavam.

Evadir: fugir, desaparecer.

O major tomou tudo aquilo como um escárnio que o gênio da vadiação e do garotismo lhe fazia: era mister que ele, para ver-se livre da comadre, que não lhe largava os joelhos, declarasse por sua própria boca, diante de toda aquela gente, que o Leonardo havia fugido! Declarou-o, e fugiu de todos aqueles olhares, em cada um dos quais via um insulto.

A comadre, apenas ouviu a declaração, tratou de retirar-se, e não pôde também deixar de achar graça no caso.

XV

CALDO ENTORNADO

Esconjuro: maldição.

A comadre, tendo deixado o major entregue à sua vergonha, dirigira-se imediatamente para a casa onde se achava Leonardo para felicitá-lo e contar-lhe o desespero em que a sua fuga tinha posto o Vidigal. O Leonardo contava com isso, e não se admirou; Vidinha porém e as duas velhas, por entre muita praga e **esconjuro**, deram grandes risadas à custa do major. A comadre, segundo seu costume, aproveitou o ensejo, e depois que se aborreceu de falar no major desenrolou um sermão ao Leonardo, no qual, algumas exagerações de parte, havia grande fundo de justiça; e tanto que até a própria Vidinha chegou a dar-lhe inteira razão quanto a alguns trechos. O tema do sermão foi a necessidade de buscar o Leonardo uma ocupação, de abandonar a vida que levava, gostosa sim, porém sujeita a emergências tais como a que acabava de dar-se. A sanção de todas as leis que a pregadora impunha ao seu ouvinte eram as garras do Vidigal.

— Haveis de afinal cair-lhe nas unhas, dizia ela no fim de cada período; e então o côvado e meio te cairá também nas costas.

Esta ideia do côvado e meio fez brecha no espírito do Leonardo: ser soldado era naquele tempo, e ainda hoje talvez, a pior cousa que podia suceder a um homem. Prometeu pois sinceramente emendar-se e tratar de ver um arranjo em que estivesse ao abrigo de qualquer capricho policial do terrível major. Achar porém ocupação para quem nunca cuidou nela até certa idade, e assim de pé para mão, não era das cousas mais fáceis.

Entretanto o zelo da comadre pôs-se em atividade, e poucos dias depois entrou ela muito contente, e veio participar ao Leonardo que lhe tinha achado um excelente arranjo que o habilitava, segundo pensava, a um grande futuro, e o punha perfeitamente a coberto das iras do Vidigal; era o arranjo de servidor na **ucharia real**. Deixando de parte o substantivo ucharia, e atendendo só ao adjetivo real, todos os interessados e o próprio Leonardo regalaram os olhos com o achado da comadre. Empregado da casa real?! oh! isso não era cousa que se recusasse; e então empregado na ucharia! essa mina inesgotável, tão farta e tão rica!... A proposta da comadre foi aceita sem uma só reflexão contra, da parte de quem quer que fosse.

Como a comadre pudera arranjar semelhante cousa para o afilhado, é isso que pouco nos deve importar.

Dentro de poucos dias achou-se o Leonardo instalado no seu posto, muito cheio e contente de si.

O major, que o não perdia de vista, soube-lhe dos passos, e mordeu os beiços de raiva quando o viu tão bem aquartelado; só deixando a vida que levava podia o Leonardo cortar ao major pretextos para pôr-lhe a unha mais dia menos dia.

— Se ele se emenda?! dizia pesaroso o major; se ele se emenda perco eu a minha vingança... Mas... (e esta esperança o alentava) ele não tem cara de quem nasceu para emendas.

A ucharia é uma despensa, onde se guarda basicamente carne. E naquele tempo – olha só que interessante – ninguém comia carne de boi. Era só carne de caça, de porco e de aves. E, dentre estas, a predileta de d. João era o frango, que ele comia com as mãos, jogando depois os ossos no chão. Aliás, os empregados do rei compravam tanta galinha, mas tanta, que até faltava o produto para o resto dos mortais.

O major tinha razão: o Leonardo não parecia ter nascido para emendas. Durante os primeiros tempos de serviço tudo correu às mil maravilhas; só algum mal-intencionado poderia notar em casa de Vidinha uma certa fartura desusada na despensa; mas isso não era cousa em que alguém fizesse conta.

O Leonardo porém parece que recebera de seu pai a fatalidade de lhe provirem sempre os infortúnios dos devaneios do coração.

Toma-largura é o cargo de quem trabalha no palácio real.

Machacaz: vem de "macho", corpulento, bombado.

Dentro do pátio da ucharia morava um ***toma-largura*** em companhia de uma moça que lhe cuidava na casa; a moça era bonita, e o *toma-largura* um **machacaz** talhado pelo molde mais grotesco; a moça fazia pena a quem a via nas mãos de tal possuidor.

O Leonardo, cujo coração era compadecido, teve, como todos, pena da moça; e apressemo-nos a dizer, era tão sincero esse sentimento que não pôde deixar de despertar também a mais sincera gratidão ao objeto dele. Quem pagou o resultado da pena de um e da gratidão da outra foi o *toma-largura*.

Vidinha lá por casa começou a estranhar a assiduidade do novo empregado na sua repartição, e a notar o quer que fosse de esmorecimento de sua parte para com ela.

Um dia o *toma-largura* tinha saído em serviço; ninguém esperava por ele tão cedo: eram 11 horas da manhã. O Leonardo, por um daqueles milhares de escaninhos que existem na ucharia, tinha ido ter à casa do *toma-largura*. Ninguém porém pense que era para maus fins. Pelo contrário era para o fim muito louvável de levar à pobre moça uma tigela de caldo do que há pouco fora mandado a el-rei... Obséquio de empregado da ucharia. Não há aqui nada de censurável. Seria entretanto muito digno de censura que quem recebia tal obséquio não o procurasse pagar com um extremo de civilidade: a moça convidou pois ao Leonardo para ajudá-la a tomar o caldo. E que grosseiro seria ele se não aceitasse tão belo oferecimento? Aceitou.

De repente sente-se abrir uma porta: a moça, que tinha na mão a tigela, estremece, e o caldo entorna-se.

O *toma-largura*, que acabava de chegar inesperadamente, fora a causa de tudo isto. O Leonardo correu precipitadamente pelo caminho mais curto que encontrou; sem dúvida em bus-

ca de outro caldo, uma vez que o primeiro se tinha entornado. O *toma-largura* corre-lhe também ao alcance, sem dúvida para pedir-lhe que trouxesse desta vez quantidade que chegasse para um terceiro.

O caso foi que daí a pouco ouviu-se lá por dentro barulho de pratos quebrados, de móveis atirados ao chão, gritos, alarido; viu-se depois o Leonardo atravessar o pátio da ucharia à carreira, e o *toma-largura* voltar com os galões da farda arrancados, e esta com uma aba de menos.

....

No dia seguinte o Leonardo foi despedido da ucharia.

XVI

CIÚMES

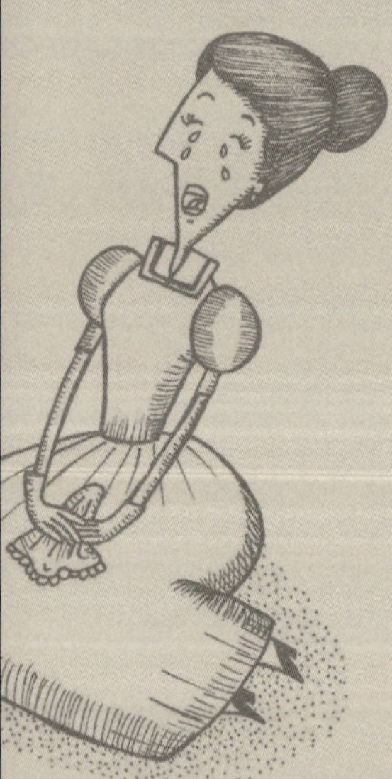

No dia seguinte já o Vidigal sabia de cor e salteado tudo quanto havia sucedido ao Leonardo, e pôs-se alerta, pois que a ocasião era oportuna.

O Leonardo entrara para a ucharia com o pé esquerdo: a tormenta por que havia passado nada foi em comparação da que lhe caiu nas costas, quando em casa se soube da causa verdadeira de sua saída.

É uma grande desgraça não corresponder a mulher a quem amamos aos nossos afetos; porém não é também pequena desventura o cairmos nas mãos de uma mulher a quem deu na cabeça querer-nos bem deveras. O Leonardo podia dar a prova desta última verdade. Vidinha era ciumenta até não poder mais: ora, as mulheres têm uma infinidade de maneiras de manifestar este sentimento. A umas dá-lhe para chorar em um canto, e choram aí em ar de graça dilúvios de lágrimas: isto é muito cômodo para quem as tem de sofrer. Outras recorrem às represálias, e nesse caso desbancam incontinente a quem quer que seja: esta maneira é seguramente muito agradável para elas próprias. Outras não usam da mais leve represália, não espremem uma lágrima, mas assim por um espaço de oito ou 15 dias, desde que desponta a aurora, até que cai a noite, resmungam um calendário de lamentações, em que entram seu pai, sua mãe, seus parentes e amigos, seu compadre, sua comadre, seu dote, seus filhos e filhas, e tudo por aí além; isso sem cessar um só instante, sem um segundo de descanso: de maneira a deixar na cabeça do mísero que a escuta uma assuada eterna, capaz de fazer amolecer um cérebro de pedra. Outras entendem que devem afetar desprezo e pouco-caso: essas tornam-se divertidas, e faz gosto vê-las. Outras enfim deixam-se tomar de um furor desabrido e irreprimível; praguejam, blasfemam, quebram os trastes, rompem a roupa, espancam os escravos e filhos, descompõem os vizinhos: esta é a pior de todas as manifestações, a mais desesperadora, a menos econômica, e também a mais infrutífera. Vidinha era do número destas últimas.

Apenas pois, como há pouco dizíamos, se verificou a verdadeira causa da saída do Leonardo, desabou um temporal que só terá semelhante no que há de preceder ao aniquilamento do globo. Depois de gritar, chorar, maldizer, blasfemar, ameaçar, rasgar, quebrar, destruir, Vidinha parou um instante, concentrou-se, meditou, e depois, como tomando uma grande resolução:

— Minha mãe, disse dirigindo-se a uma das velhas, quero a sua **mantilha**...

Pedir a mantilha à mãe é como pedir as chaves do carro aos pais para sair de casa e correr atrás do prejuízo.

— Filha de Deus, acudiu a velha, que desatino é esse? onde é que ides agora de mantilha?...

— Eu cá sei onde vou... quero a sua mantilha... tenho dito... quero a sua mantilha...

Foram todos reunindo-se em roda de Vidinha, surpreendidos por aquela resolução.

O Leonardo estava sentado, ou antes encolhido a seu canto, quedo e silencioso.

— Quero a sua mantilha, minha mãe; quero, e quero...

— Mas para onde ides, rapariga?... Ora, meu Deus!... isso foi cousa que vos fizeram...

— Quero ir à ucharia...

— Jesus!...

— Quero ir... que me importa que seja a casa do rei?... Hei de ir... hei de procurar o tal *toma-largura*... quero fazer-lhe cá duas perguntas... e, ou o Menino Jesus não é filho da Virgem, ou na tal ucharia não fica hoje cousa sobre cousa.

— Que loucura, rapariga... que desatino!...

Os dous primos riam-se interiormente do que se estava passando.

Não há cousa mais eminentemente prosaica do que uma mulher quando se enfurece. Tudo quanto em Vidinha havia de requebro, de languidez, de voluptuosidade tinha desaparecido; estava feia, e até repugnante.

Ninguém houve que a pudesse desviar do seu propósito: ela foi tomando a mantilha e dispondo-se a sair; rogos, choros, nada a pôde conter.

O Leonardo viu que o caso estava malparado, e tendo estado até então calado, decidiu-se também a pedir a Vidinha que não saísse. Foi, como se costuma dizer, pior a emenda que o soneto.

— Qual!... responde Vidinha... essa agora é que havia de ser bonita... Qual! pois eu não hei de sair?... Tinha que ver... então por pedido do senhor? Ora qual...

E foi saindo.

Comedir: conter, moderar.

Começava a anoitecer.

A gente de casa ficou toda na maior aflição; ninguém sabia o que se havia de fazer. O Leonardo tomou a resolução de acompanhar Vidinha a ver se a detinha em caminho.

Vidinha caminhava tão depressa que a princípio o Leonardo quase que a perdia de vista; finalmente conseguiu alcançá-la, e começou a pedir-lhe que voltasse, fazendo as maiores promessas de **comedir-se** dali em diante, e de lhe não dar mais motivos de desgosto. Vidinha porém a nada atendia, e caminhava sempre. O Leonardo recorreu a ameaças; Vidinha redobrou a passos: voltou de novo a rogativas; Vidinha caminhava sempre.

Já estavam no largo do Paço: Vidinha, quase a correr, deixou o Leonardo umas poucas de braças atrás de si, entrou muito adiante dele pelo portão da ucharia adentro, e desapareceu. O Leonardo parou um instante a resolver-se se entraria também ou não. Finalmente decidiu-se a entrar. No momento em que ia transpondo a soleira do portão, voltou repentinamente, e ia disparando uma carreira: uma mão magra, mas vigorosa, o deteve agarrando-o pela gola da jaqueta: era a mão do major Vidigal, com quem ele havia esbarrado ao querer entrar, e de quem pretendia fugir. Vendo que lhe seria inútil qualquer tentativa, porque ali perto havia guarda, o Leonardo resignou-se. O major olhou para ele soltando uma risadinha maligna; e disse-lhe apenas muito pausada e descansadamente:

— Ora vamos...

O Leonardo entendeu bem a significação daquelas duas palavras, e caminhou, ao lado do major, na direção que este lhe indicava.

XVII

FOGO DE PALHA

Deixemos o Leonardo seguindo seu destino acompanhado do major Vidigal, e vamos ver o que se passou na ucharia depois de sua prisão. Vidinha indagou aqui, indagou ali, e lá entrou como um raio pela casa do *toma-largura*. A moça do *caldo*, achando-se nessa ocasião descuidada, sofreu um grande susto com a chegada de Vidinha, que, conhecendo por instinto ser aquela a causa de seus males, foi largando a mantilha sobre uma cadeira e investindo para ela.

— Venho aqui, disse, para lhe dizer mesmo na cara que Vm. é uma criatura sem sentimentos...

A moça, não podendo atinar com a significação daquilo, ficou pasma e sem saber o que havia de responder.

Vidinha prosseguiu:

— Não tem sentimentos, digo-lho, e ninguém me há de desdizer.

— Vamos ver que diabo de história é esta, bradou uma voz de **estentor**.

Estentor: possante, forte.

Era o *toma-largura* que, achando-se em casa naquela ocasião, e tendo ouvido as duas primeiras apóstrofes de Vidinha, chegava para dar fé do que se passava.

Por mais arrogante que fosse a voz do *toma-largura*, e por mais ameaçadora que fosse a sua figura quase hercúlea, Vidinha não recuou um passo, não desfez uma ruga da testa, antes pareceu mostrar que a sua presença ali favorecia suas intenções; tanto que dirigindo-se a ele o foi logo apostrofando também pela seguinte maneira:

— É Vm. um homem que eu não sei para que traz barbas nessa cara...

A surpresa, e mesmo também a figura de Vidinha, decomposta pela raiva, desarmaram-no um pouco; e respondeu mais mansamente:

— Então, menina, veio aqui só para dizer cousas assim tão bonitas? Quem a trouxe cá?

— Ora, quem me havia de trazer? respondeu Vidinha em tom de mofa, lançando para a terceira personagem desta cena um olhar significativo; ora, quem me havia de trazer?... Qual!... eu vim só ver se podia tomar um *caldo*!...

A moça do *toma-largura* empalideceu, este regalou os olhos, e abanou com a cabeça como quem dizia — entendo, — e quis ficar imediatamente muito zangado com a recordação daquele fato, que a humildade de sua companheira, e talvez mesmo o seu humor, tinha feito esquecer. Vidinha porém para dizer aquelas últimas palavras tinha serenado um pouco o seu semblante, e ganhara muito em seus encantos desfigurados até então pela raiva; além disso, ao pronunciar o — qual — do costume, descerrara um ligeiro sorriso, deixando ver seus magníficos dentes.

O *toma-largura* parecia pertencer talvez à família dos Leonardos; enterneceu-se imediatamente, e não teve ânimo senão de sorrir-se e responder em tom desconcertado:

— Ora!...

— Ora, replicou Vidinha; e então, ele não diz — ora? — Qual! é preciso não ter pinga de vergonha: estas duas criaturas nasceram uma para a outra: Deus os fez e o Diabo os ajuntou; uma toma *caldo* e o outro diz — ora...

E foi tomando a mantilha e tratando de sair.

Dera tudo em fogo de palha. Ela tinha esperado achar respostas enérgicas às suas invectivas, e neste pressuposto concertara mil planos de ataque, de defesa, de gritaria, de pancadas, de prisões, etc. Nada disto porém tinha sucedido, e sem saber por quê, ela mesma se sentia um pouco aliviada, quase até mesmo satisfeita. Deu mais rajadas aos dous; explicou quem era, mas não disse o que queria. Afinal, sem nada ter feito saiu dizendo:

— Ah! pensavam que a cousa havia de ficar assim? Disse-lhe poucas, porém boas...

O coração da mulher é assim; parece feito de palha, incendeia-se com facilidade, produz muita fumaça, mas em cinco minutos é tudo cinza que o mais leve sopro espalha e desvanece.

O *toma-largura*, apenas a viu sair, em vez de prorromper numa matinada contra sua companheira, como ela o esperava, pálida e trêmula, mostrou-se até tranquilo, pretextou um afazer, e saiu também imediatamente. Andava-lhe na cabeça um plano cuja realização faria, como se costuma dizer, cair a sopa no mel. Vidinha tinha-o encantado; o Leonardo o havia ofendido; conquistar ainda que fosse uma diminuta parcela do amor da Vidinha, seria ao mesmo tempo vingar-se do Leonardo e alcançar o triunfo de um desejo. Por mais impossível que lhe parecesse o negócio, nem por isso esmoreceu; era **tenaz** e paciente.

Chegando ao portão da ucharia indagou da **sentinela** a direção que Vidinha tinha tomado, seguiu por ela, e em breve alcançou-a: acompanhou-a de longe para saber-lhe da morada, e viu-a entrar em casa.

Tenaz: persistente, que adere com força. Entendeu por que tem uma cola com esse nome?

Sentinela: guarda, vigia.

XVIII

REPRESÁLIAS

Desatino é falta de juízo, loucura.

Quando Vidinha chegou à casa achou ainda toda a família no maior susto e confusão pelo **desatino** que ela acabava de praticar: as duas velhas, ao vê-la entrar, lançaram-se-lhe ao pescoço, e cobriram-na de abraços, de beijos e de lágrimas. Ela estava ainda porém sob a influência das emoções violentas por que acabava de passar, e não pôde corresponder àquelas provas de amizade; atirou-se sobre uma banquinha, e levou algum tempo calada, sem dar a menor resposta às mil perguntas que lhe eram dirigidas. Esse silêncio mais aumentava a ansiedade da família: finalmente resolveu-se ela a rompê-lo, exclamando:

— Pensavam que o caso havia de ficar assim? enganaram-se... Qual!... eu quero que fiquem sabendo para quanto presto...

— Então, rapariga, foste fazer alguma asneira...

— Asneira... qual... fiz o que faz qualquer mulher que tem sangue na guelra... E agora venha ele para cá, que temos ainda contas a ajustar...

— É verdade, e ele que ainda não veio... já tinha tempo de chegar, pois partiu logo no vosso alcance...

— É verdade... acrescentou Vidinha com certo susto; na tal cova da ucharia não entrou ele; e quando de lá saí não o vi mais...

— Não lhe vá ter sucedido alguma cousa!... O major o jurou!...

— O major!... repetiram todas com os sinais do mais visível susto.

E levantou-se de novo em casa a confusão, porque, como os leitores terão visto, apesar dos dissabores que o Leonardo causava àquela família, todos ali, exceto os dous primos rivais, queriam-lhe muito e muito bem. Falar a qualquer dos dous primos para que o fossem procurar, era cousa de que ninguém se lembrava, tão certos estavam que eles se haviam recusar. Tiveram pois de esperar que chegasse da rua o antigo sacristão da Sé para darem as providências precisas.

Os leitores terão talvez estranhado que em tudo quanto se tem passado em casa da família de Vidinha não tenhamos falado nesta última personagem; temo-lo feito de propósito, para dar assim a entender que em nada disso tem ele tomado parte alguma.

Causa remota e primordial de todos estes acontecimentos, pois foi em consequência de sua amizade que o Leonardo se juntou à família, por muito feliz se tem dado em que não tenham caído sobre ele inculpações de que com dificuldade se poderia defender; homem de tato, conservara uma posição absolutamente neutral em todas aquelas lutas. Eis aqui pois qual a causa do nosso silêncio sobre ele.

Infelizmente naquela noite recolheu-se mais tarde que de costume, e quando chegou já não era tempo de fazer cousa alguma. Toda a família passou a noite na maior ansiedade, **desvanecidas** de certa hora em diante as esperanças de ver chegar o Leonardo a cada momento. Ninguém duvidava mais que alguma cousa tivesse sucedido ao Leonardo, e nos quadros medonhos que cada qual imaginava, a figura do major Vidigal aparecia sempre em primeiro plano; ninguém também duvidava

Desvanecida: desfeita, apagada.

que no quer que fosse que houvesse sucedido ao Leonardo, o major teria por força parte ativa e importante, senão principal.

Assim ao amanhecer do dia seguinte o primeiro lugar onde mandaram saber dele foi na casa da guarda. Mas, com surpresa geral, ele não se achava nela, nem sabiam notícias suas; procurou-se em diversos outros pontos, e nada de novo, nem novas nem mandados. Por lembrança de Vidinha foram procurar a comadre, e informaram-na de todo o ocorrido: a pobre mulher, que tudo ignorava, pôs as mãos na cabeça:

— Aquele rapaz nasceu em mau dia, disse ela, ou então aquilo é cousa que lhe fizeram; do contrário não pode ser...

E pôs-se logo a caminho a procurar o afilhado.

Na comadre estavam fundadas todas as esperanças; ninguém duvidava que apenas ela se pusesse na rua prontamente se saberia o destino do Leonardo. Enganaram-se todos, porque nem a própria comadre foi capaz de dar com ele, por tão bom caminho o tinha levado o major. Passaram muitos dias na mais completa ignorância a respeito do seu fim; e começaram desde então a aparecer suspeitas de que ele próprio teria talvez interesse em ocultar-se, e de que era essa a causa por que ainda o não haviam descoberto. Estas suspeitas tomaram vulto, e uma certa indignação começou a aparecer em toda a família contra semelhante proceder. A indignação cresceu e tomou repentinamente proporções de ódio intenso, até da parte das próprias duas velhas.

Realmente, a ser verdade o que pensavam, não haveria ingratidão mais negra do que a do Leonardo para com aquela que tão benignamente o acolhera. Nas invectivas a cada momento dirigidas contra ele, Vidinha tomava sempre o primeiro lugar, e tinha razão para isso; além de ter contra ele as razões que tinham todos os outros, tinha ainda o despeito do amor ofendido. Em certos corações o amor é assim, tudo quanto tem de terno, de dedicado, de fiel, desaparece depois de certas provas, e transforma-se num incurável ódio.

Uma cousa singular notara a Vidinha desde que fora à ucharia, e é que não se passava depois disto um só dia em que ela não visse pelo menos duas vezes o *toma-largura*. Tinha-o ela mostrado à família, e já todos o conheciam. A princípio isso incomodou-a, e tanto mais que ele não passava uma só vez que lhe não tirasse o chapéu com ar risonho: parecia-lhe semelhante cousa uma prova de desabrida falta de vergonha. Mais tarde começou a suspeitar que aquela passagem constante e aqueles cumprimentos deviam por força ter alguma explicação.

Aconteceu que uma das velhas, a mãe de Vidinha, confessasse não ter achado o *toma-largura* mal-apessoado, e esta ideia passou a toda a família. Um dia uma das velhas achando-se na janela com Vidinha, na ocasião em que passava o *toma-largura*, disse entre dentes, e como que indiferentemente:

— Se fosse comigo, bem sabia eu cá o que havia de fazer...

Vidinha, se bem que não pedisse explicação daquele dito, não deixou contudo de dar-lhe atenção e de cismar nele por algum tempo.

No dia seguinte a mesma velha chamou-a para a janela à hora do dia antecedente; e o *toma-largura* passou como sempre, e fez o seu cumprimento. A velha disse nessa ocasião, como completando o seu pensamento da véspera:

— Ora, eu pregava um mono ao tal Leonardo... e então *este* que era bem pregado, por ser ao mesmo tempo aos dous, a ele e a *ela*.

Lendo na intimidade do pensamento da velha, com a nossa liberdade de contador de histórias, diremos ao leitor, que o não tiver adivinhado, que aquele — ela — referia-se à moça do *caldo*.

Dada esta explicação, os menos perspicazes entenderão sem dúvida em que consistia o mono que a velha pregaria ao Leonardo.

Vidinha, que nada tinha de pouco inteligente, compreendeu tudo às mil maravilhas, e com tanto mais facilidade, digamo--lo aos leitores, quanto talvez que o pensamento da velha correspondesse a seus próprios pensamentos. Repetiram-se depois disto mais algumas indiretas da parte da velha, e Vidinha chegou finalmente a explicações.

Pouparemos aos leitores certos detalhes, e diremos que o resultado de tudo aquilo foi ver-se, poucos dias depois, o *toma-largura* em casa de Vidinha fazendo uma visita à família!!...

As visitas continuaram, e pela vizinhança começou a ouvir-se um rumor que tinha tanto de malévolo como de verdadeiro.

Estavam as cousas neste pé. A paz tinha sido restituída à família. Não sei quem propôs que se solenizasse o restabelecimento do sossego e as *novas venturas* com uma súcia para fora da cidade. Efetuou-se semelhante pensamento. Por uma singularidade escolheram para lugar da patuscada os — Cajueiros, — onde a família tinha feito conhecimento com o Leonardo.

A fila andou para Vidinha.

O *toma-largura* fora **convidado**, nem podia deixar de sê-lo, porque era ele um dos motivos da festa. Infelizmente porém tinha ele um defeito: no estado ordinário costumava beber sofrivelmente; quando tinha algum motivo de alegria costumava dobrar a dose, e quando isto sucedia dava-lhe para valentão e desordeiro. Disto resultou que no meio da súcia, na ocasião de jantar, deu-se por ofendido, não sabemos por quê, e começou por agarrar nas pontas da esteira que servia de mesa, e fazer voar sobre a cabeça dos convivas pratos, garrafas, copos e tudo o mais. Os dous primos quiseram contê-lo, mas não o conseguiram: Vidinha chorava, as velhas se maldiziam; uns tentavam restabelecer a paz, e outros aumentavam a desordem. Reinava por consequência uma algazarra infernal.

Quando menos o esperavam, viu-se surdir dentre as moitas o major Vidigal fechando um círculo de granadeiros que partiam de sua esquerda e de sua direita, e que encerravam toda a súcia.

— Segura aquele homem, granadeiro, disse o major a um dos seus soldados, apontando para o *toma-largura* que se achava em pé cambaleando, tendo numa mão um balaio em que viera a farinha, e na outra uma garrafa com que ameaçava os circunstantes.

À ordem do major o granadeiro hesitou: toda a família, reunindo-se em um grupo, soltou um grito de espanto apontando para o soldado.

— Então! replicou o major vendo aquela hesitação.

O granadeiro deu um passo para o *toma-largura*.

— Devagar com a louça, camarada, bradou este; lembre-se que ainda não ajustamos contas a respeito daquele *caldo*...

O *toma-largura* acabava de reconhecer no granadeiro o nosso amigo Leonardo, como toda a família o tinha reconhecido apenas ele apareceu.

Era com efeito ele.

XIX

O GRANADEIRO

Estavam pois as contas ajustadas completamente entre o Leonardo e o *toma-largura*; haviam-se vingado um do outro: o último golpe na luta competira ao Leonardo: ele abençoou o acaso, e mesmo o major Vidigal, por lhe ter fornecido ocasião de ir arrancar dos lábios de seu rival a taça da ventura. Até quase que estimou que lhe tivessem sentado praça; e bem dissemos nós que para ele não havia fortuna que não se transformasse em desdita, e desdita de que lhe não resultasse fortuna.

O *toma-largura*, como dissemos, fora levado pelo Leonardo; e os leitores, familiarizados com o destino que tinham todos os prisioneiros do major Vidigal, adivinham já que lhe indicaram o caminho da casa da guarda no largo da Sé. O estado em que ele se achava não permitiu porém que o levassem até lá. Os vapores que do estômago lhe tinham subido à cabeça foram-se pouco a pouco condensando, e em meio do caminho pesavam-lhe sobre o cérebro vinte **arrobas**;

Na Idade Média, os livros eram copiados à mão, e como a tinta e o papel eram pra lá de caros, os copistas escreviam abreviando, como se fosse torpedo. Foi assim que surgiu o & (do latim et, que quer dizer "e") e o @ (do latim ad, "casa de"). Os ingleses continuaram a usar o @ na contabilidade com o sentido de "em". Os espanhóis passaram a adotá-lo como símbolo da medida de peso que eles usavam, a arroba, e aí a moda pegou de vez. Hoje em dia, arroba ainda é muito usada em alguns países na compra e venda de gado, com uma arroba valendo 15 quilos. Vinte arrobas, então, somam trezentos quilos.

a cabeça, não se podendo manter, abandonou-se ao tronco, que, achando o peso excessivo, quis apelar para as pernas; estas porém não eram mais fortes, e, curvando-se trêmulas e bambas, deram com o valentão de ainda há pouco estirado na calçada. Os soldados não o puderam levantar, porque era, como dissemos a princípio, de uma corpulência colossal. Foi mister pois abandonar a presa: o major não teve grande dificuldade nisso, primeiro, pelo trabalho que daria qualquer outra resolução, segundo, porque se bem que da última classe, sempre era o *toma-largura* gente da casa real, e nesse tempo tal qualidade trazia consigo não **pequenas imunidades**.

É o popular "você sabe com quem está falando?".

O Leonardo tentou ainda alguns meios para que lhe não escapasse assim sem resultado mais estrondoso a primeira presa que fazia, pois era isto de mau agouro para o seu futuro militar; mas também sua mais bela vingança estava tomada.

Ficou pois o *toma-largura* abandonado na calçada.

Satisfaçamos agora em poucas palavras a curiosidade que têm sem dúvida os leitores de saber o como chegara o Leonardo à posição em que se achava. Agarrado pelo major na porta da ucharia, como se sabe, fora por ele em pessoa conduzido a lugar seguro, donde só saíra para sentar praça no Regimento Novo. Todos os batalhões que havia na cidade tinham uma companhia de granadeiros, e havendo uma vaga na companhia do Regimento Novo, fora o Leonardo escolhido para preenchê-la. Sabendo disto o major, reclamou-o para seu serviço (porque era dessas companhias de granadeiros que se tiravam soldados para o serviço policial), pois como homem experimentado naquelas cousas, pressentira que ele lhe seria um **valioso auxiliar**. Até um certo ponto o major não se enganou. Com efeito o Leonardo, sendo naturalmente astuto, e tendo até ali vivido numa rica escola de vadiação e peraltismo, deveria conhecer todas as manhas do ofício. Havia porém uma circunstância que o impedia de prestar bons serviços, e era que com ele próprio, com suas próprias façanhas, tinha muitas vezes o major de gastar o tempo que lhe era preciso para o demais. O poder dos hábitos adquiridos era nele tal, que nem mesmo o rigor da disciplina lhe servia de barreira.

Sabia que isso é usado até hoje? Por exemplo, empresas de informática contratam hackers para informar falhas de segurança no sistema.

Contemos a primeira diabrura que lhe lembrou praticar depois que vestiu farda, e que foi tanto mais sensível quanto a princípio se mostrara um soldado por tal maneira sisudo que ia quase adquirindo reputação de rígido.

Os gaiatos e suciantes da cidade, a quem o major Vidigal dava constantemente caça, lembraram-se de imortalizar as suas façanhas por qualquer meio, e inventaram um fado com o seguinte estribilho nas cantigas:

Papai lelê, seculorum.

Nesse fado a personagem principal representava o major que, figurado morto, vinha estender-se amortalhado no meio da sala; as demais personagens cantavam-lhe em roda cantigas alusivas, que terminavam todas pelo estribilho que acima indicamos.

O major, que disto soubera, andava em busca de uma ocasião oportuna para tirar desforra de semelhante gracejo, que dava a entender qual era, a seu respeito, o desejo dos que o tinham inventado. Teve um dia denúncia que numa casa do morro da Conceição se preparava para essa noite um rigoroso — *Papai lelê,* — e dispôs as cousas para pilhar os da roda em flagrante.

À hora oportuna mandou dous ou três granadeiros adiante, cada um por sua vez, para examinar o que havia, tendo combinado primeiramente um sinal positivo e outro negativo para indicarem uns aos outros se havia ou não ocasião e motivo de dar o assalto: estes sinais o granadeiro que devia aproximar-se mais da casa comunicaria ao que lhe ficasse imediato; este passaria adiante, o outro faria o mesmo até chegar ao lugar em que estava o major; era um verdadeiro sistema de sentinelas avançadas, como se se tratasse de uma grande campanha. No caso de ser dado o sinal positivo, marchariam todos vagarosamente, e se reuniriam para o assalto; dado o sinal negativo, dispersar-se-iam em silêncio, porque um dos maiores caprichos do major era nunca mostrar que havia sido logrado. Ao Leonardo coube a incumbência de ser a **vedeta** mais próxima ao inimigo, e de dar o primeiro sinal. Marchou pois adiante, e os companheiros postaram-se à espera. Esperaram por longo tempo, e cansaram de esperar; finalmente, quando já se iam dispondo a contravir às ordens e abandonar o posto para procurar o

Vedeta é o cara que vai dar um confere no inimigo para depois o entregar.

Leonardo, ouviram três vezes seguidas um longo assovio, que era o sinal negativo convencionado. Em virtude disto dispersaram-se exasperados, e foram depois reunir-se ao major embaixo da ladeira, no lugar que dá para a entrada do **Aljube**. Aí reunidos, esperaram muito tempo pelo Leonardo sem que ele aparecesse. O major principiou a cismar com o caso; de novo e repentinamente deu ordem de subir o morro. Subiram com efeito, e marchando desta vez o major adiante, foram ter à casa indicada. Com surpresa de todos, apenas se foram aproximando viram luzes e ouviram o zum-zum das violas e a toada das cantigas. Fervia dentro o fado rigoroso. Sem necessitar grandes precauções, porque todos pareciam entregues à maior segurança, cercou o major a casa, e apanhou tudo, como se costuma dizer, com a boca na botija. Estava-se exatamente no ponto solene da cerimônia.

Aljube: prisão dos padres.

Achava-se a personagem que representava o *Papai* amortalhado em um lençol, com a cabeça coberta, deitado no chão, e a **chusma** em roda a cantar e a dançar.

Chusma: multidão, galera reunida.

Quando o major bateu, e foi entrando, acompanhado da sua gente, ficou tudo gelado de medo: o sujeito que se achava amortalhado teve um grande estremeção e ficou depois imóvel, como se fosse de pedra, representando com mais propriedade do que talvez desejasse o papel de morto. Segundo seu costume, o major fez continuar por um pouco a brincadeira em sua presença. Depois começou a indagação das ocupações de cada um, e, conforme o que colhia, os foi mandando embora, ou pondo de parte, para lhes dar melhor destino. Durante toda esta cena, que levou seu tempo, o amortalhado deixou-se ficar imóvel, na mesma posição, com a cabeça coberta. Corrida toda a roda, disse-lhe o major:

— Olá, camarada da mortalha, então deveras você quer que o levem daí para a cova?

Nem um movimento em resposta.

— Ah! está morto; perdeu a fala; é natural.

Silêncio profundo.

O major fez sinal a um dos granadeiros, que tocou no sujeito com a ponta do camarão: nem assim porém ele sequer moveu-se. A um novo sinal do major o granadeiro desandou-lhe uma tremenda **lambada**. Ressuscitou com isso o morto, pôs-se de um salto em pé. Procurou porém evadir-se por uma janela, conservando sempre a cabeça coberta: os granadeiros seguraram-no, e o major disse-lhe:

— Homem, você por estar morto não tenha tanta pressa de ir para o inferno: fale primeiro com a gente.

E tirando-lhe o pano da cara acrescentou:

— Ora vamos ver a cara do defunto...

Um grito de espanto, acompanhado de uma gargalhada estrondosa dos granadeiros, interrompeu o major. Descoberta a cara do *morto*, reconheceu-se ser ele o nosso amigo Leonardo!...

O granadeiro deu uma paulada no "morto".

XX

NOVAS DIABRURAS

Granjear: cultivar.

Remoque é zombaria, insinuação maldosa.

Não sabemos se valeu ao Leonardo ser aquela a primeira ocasião em que incorria em castigo, tendo até então guardado a mais rigorosa observância de todos os seus deveres, ou se a mesma audácia do fato lhe **granjeara** mais as simpatias do major; o caso foi que além das risadas, dos **remoques** dos camaradas e dos transes da meia hora que estivera amortalhado, nada mais lhe sucedeu, com espanto de todos, e principalmente dele mesmo: o major dera daquele modo uma grande prova de desusada benevolência. Andou pois o Leonardo por alguns dias cabisbaixo e pensativo, como esmagado ao peso de grandes remorsos; os camaradas tiravam daquilo um partido imenso para meterem-no à bulha, e não o deixavam parar um só instante sossegado na companhia.

— Ele ainda não está bem ressuscitado, dizia um passando-lhe por perto.

— Qual! dizia outro, ele já não é deste mundo.

— *Papai lelê, seculorum*, entoavam outros em coro.

A nenhuma destas cousas dava ele a menor resposta, e tinha nisso bom aviso, porque desse modo poupava aos desapiedados camaradas tema para novos remoques. Passados aqueles transes tudo foi esquecido, e as cousas entraram de novo em seus eixos ordinários.

Um dia o major anunciou que tinha uma grande e importante **diligência** a fazer.

Diligência: investigação, busca.

Havia um endiabrado patusco que era o tipo perfeito dos capadócios daquele tempo, sobre quem há muitos meses andava o major de olhos abertos, sem que entretanto tivesse achado ocasião de pilhá-lo: sujeitinho cuja ocupação era uma indecifrável adivinhação para muita gente, sempre andava entretanto mais ou menos apatacado: tudo quanto ele possuía de maior valor era um capote em que andava constantemente embuçado, e uma viola que jamais deixava. Gozava reputação de homem muito divertido, e não havia festa de qualquer gênero para a qual não fosse convidado. Em satisfazer a esses convites gastava todo o seu tempo. Ordinariamente amanhecia numa súcia que começara na véspera, uns anos, por exemplo; ao sair daí ia para um jantar de batizado; à noite tinha uma ceia de casamento. A fama que tinha de homem divertido, e que lhe proporcionava tão belos meios de passar o tempo, devia-a a certas habilidades, e principalmente a uma na qual não tinha rival. Tocava viola e cantava muito bem modinhas, dançava o fado com grande perfeição, falava ***língua de negro***, e nela cantava admiravelmente, fingia-se aleijado de qualquer parte do corpo com muita naturalidade, arremedava perfeitamente a fala dos meninos da roça, sabia milhares de adivinhações, e finalmente, — eis aqui o seu mais raro talento, — sabia com rara perfeição fazer uma variedade infinita de caretas que ninguém era capaz de imitar. Era por consequência as delícias das espirituosas sociedades em que se achava. Quem dava uma súcia em sua casa, e queria ter grande roda e boa companhia, bastava somente anunciar aos convidados que o Teotônio (era este o seu nome) se acharia presente.

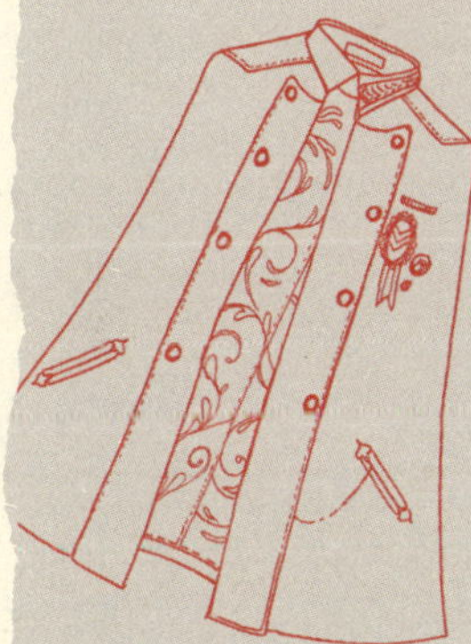

8 Você sabia que na África existem mais de mil idiomas e dialetos? Pesquise no Google.

Agora quanto à sua ocupação ou meio de vida, que para muitos era, como dissemos, impenetrável segredo, o major Vidigal tanto fez que a descobriu: em dias designados da

Naquela época a jogatina já era ilegal!

semana reunia-se no sótão onde ele morava certo número de pessoas que levavam até alta noite aí metidas: Teotônio era o banqueiro de uma **roda de jogo**.

Nesta conformidade andava o major a querer pilhá-lo em flagrante; e como tentava isso desde muito sem que o pudesse conseguir, por ser sempre iludida a sua vigilância pela troca constante que faziam os da roda dos seus dias de reunião, resolveu pôr a mão no Teotônio na primeira ocasião, e servir-se depois dele para a captura dos outros companheiros.

Como os leitores estarão lembrados, o Leonardo-velho, isto é, o Leonardo-Pataca, vivia com a filha da comadre; dela tinha um descendente, a cujo nascimento nós os fizemos assistir. Pois apesar de haver já passado algum tempo, a criança ainda não estava batizada. O Leonardo-Pataca, a instâncias da comadre, que muito se afligia com aquela demora, determinou finalmente o dia que ela se devia fazer cristã. Segundo os hábitos imutáveis, havia súcia por essa ocasião; e, segundo a moda, foi o Teotônio convidado. O major soubera de tudo, e era exatamente aí que o esperava, e tinha determinado pilhá-lo. Para isso dera aos seus soldados o aviso de que acima falamos.

Era má sina do major ter sempre de andar desmanchando prazeres alheios; e infelicidade para nós que escrevemos estas linhas estar caindo na monotonia de repetir quase sempre as mesmas cenas com ligeiras variantes: a fidelidade porém com que acompanhamos a época, da qual pretendemos esboçar uma parte dos costumes, a isso nos obriga.

À hora ajustada chegou o major à casa do Leonardo-Pataca; como não havia o menor motivo para violências, porque tudo corria na mais perfeita paz, o major entrou sozinho, com prévia permissão do Leonardo-Pataca, e assistiu ao divertimento. Quando ele chegou estava exatamente Teotônio em cena com as suas habilidades. Tendo esgotado já todas elas, ia recorrer à última, que era a das caretas. É preciso notar que ele não sabia só fazer caretas a capricho, sabia-as também fazer imitando, pouco mais ou menos, esta ou aquela cara conhecida: era isso o que fazia morrer de riso aos circunstantes.

Estavam todos sentados, e o Teotônio em pé no meio da sala olhava para um, e apresentava uma cara de velho; virava-se repentinamente para outro, e apresentava uma cara de tolo a rir-se asnaticamante; e assim por muito tempo mostrando de cada vez um tipo novo. Finalmente, tendo já esgotado toda a sua arte, correu a um canto, colocou-se numa posição que pudesse ser visto por todos ao mesmo tempo, e apresentou a sua última careta. Todos desataram a rir estrondosamente apontando para o major.

Acabava de **imitar** com muita semelhança a cara comprida e chupada do Vidigal.

O major mordeu os beiços percebendo a caçoada do Teotônio; e se já tinha boas intenções a seu respeito, ainda as formou melhor naquela ocasião.

As risadas continuaram por muito tempo; e ele, não podendo afrontá-las impassível, e não havendo, como já fizemos sentir, motivo justo para um rompimento, achou mais conveniente retirar-se, e pondo-se em posição conveniente, esperar que a súcia se debandasse, para então convidar o Teotônio a ir fazer algumas caretas aos granadeiros na casa da guarda.

Saiu pois completamente corrido.

Encontrando os seus granadeiros que tinham ficado a pouca distância, dirigiu-se ao Leonardo, e fez-lhe sentir que querendo a todo o custo naquela noite segurar o Teotônio, temia que os de casa desconfiassem disso e lhe dessem escapula por qualquer meio; era-lhe pois mister uma pessoa que o fosse vigiar de perto sem que despertasse suspeitas: essa pessoa devia ser o Leonardo.

— Sou malvisto em casa de meu pai, replicou este à proposta do major.

— É hoje um bom dia de conciliação...

— Talvez não queiram receber-me...

— E sua madrinha que lá se acha?...

— Mas a filha que é uma víbora contra mim?...

— Víbora ou não, há de ir; que quando manda a disciplina... Nao quero que aquele valdevinos ande tomando impunemente a minha cara para original de caretas.

Os granadeiros, que conheciam o Teotônio e lhe sabiam da habilidade, compreenderam logo o que tinha sucedido por

Quem nunca entrou em apuros por imitar o diretor da escola?

aquele dito do major, e desataram por seu turno a rir. O Leonardo, por aquele apelo à disciplina, com a qual não se achava em muito bom pé de relações desde a noite do *papai lelê,* venceu todas as dificuldades e repugnância que manifestara no desempenho da missão de que o encarregara o major, e pôs-se a caminho para a casa de seu pai.

Chegou e bateu: assim que de dentro lhe perceberam as cores da farda e barretina houve um grito de medo, e por um movimento que parecia combinado (o major tinha razão!) foram repentinamente apagadas todas as velas da sala, e começou a reinar uma confusão tal, que parecia haver-se travado uma luta entre todos.

O Leonardo viu nisso uma primeira contrariedade, porém não deixou de achar graça no susto que causara. Resolveu então falar da parte de fora para tranquilizar aos medrosos.

Em 1883, o país tem sua primeira usina, mas só para atender aos trabalhos de mineração em Diamantina (MG). Depois, no começo do século XX, a iluminação chega apenas para os bondes, as ruas e as fábricas. Só depois disso é que começa a ter luz nas residências. Daí eles falarem em "trazer as velas".

— Bom modo de ser recebido um filho em casa de seu pai! Para quarta-feira de trevas só lhe faltam as matracas...

A comadre, que ouvira e reconhecera a voz do afilhado, desatou a rir, exclamando:

— Vejam que logro! é o Leonardo; **tragam as velas**, gente: não há novidade, que o cabo da guarda é nosso compadre.

— Aquele brejeiro, **resmoneou** o Leonardo-velho, sempre há de andar a fazer das suas: vejam que susto causou a toda essa gente... Ó amigo Teotônio, desça, que não há novidade...

Resmonear: resmungar.

À luz da primeira vela que traziam viu-se descer por uma porta o Teotônio do forro do quarto da sala onde se havia escondido.

Apenas pôs o pé em terra fez logo uma careta de medo, por tal forma expressiva, que houve em todos uma tremenda explosão de hilaridade. Começou a surdir gente de diversos cantos da casa, e em presença do Leonardo recomeçou a folia.

Algumas pessoas não deixaram de estranhar e recear a presença do Leonardo naquela ocasião e naqueles trajes logo depois da saída do major; porém a comadre a todos

tranquilizou, dizendo que tendo ele obtido licença no quartel, por não estar de serviço naquele dia, viera assistir ao batizado de sua irmã.

— Ele é meio doudo, repetia ela a todos, mas é muito amoroso, e nunca se esquece da família.

Leonardo confirmava esses protestos da comadre, e ia entretanto tomando parte na brincadeira, uma vez que contra as suas esperanças todos o haviam recebido bem em casa. À proporção que se ia esquentando no prazer do fado e das cantigas começou o Leonardo a sentir remorsos pelo papel de judas que ali estava representando: quando olhava para o Teotônio, que desde que entrara lhe havia feito dar tão boas risadas, **pungia-lhe** o coração lembrando-se que ele próprio o havia de entregar ao major. Não poucas vezes lhe passou pela cabeça dar-lhe escapula avisando-o, porém a disciplina, o *papai lelê*, vinham-lhe à ideia, e hesitava.

O remorso torturava o coração de Leonardo.

Enquanto era assaltado por estes pensamentos olhava repetidas vezes para o Teotônio.

Este, que nada tinha de tolo, desconfiou da cousa; não sabemos por que instinto leu o que pensava o Leonardo, e pôs-se em guarda.

O Leonardo tomou repentinamente sua resolução.

— Ora, adeus, disciplina, disse consigo; hei de dar escapula ao homem, seja lá como for.

E do lugar em que estava acrescentou alto:

— Ah! Sr. Teotônio, quer saber uma cousa? Pois se puser o pé daquela porta para fora, o major põe-lhe a unha, que para isso está ele à sua espera, e para aqui me mandou...

— Ó diabo! exclamaram todos.

— Mas nada de sustos; tudo se há de arranjar, que tenho eu boa vontade disto.

— Mas não te comprometas, rapaz, acrescentou a comadre ao ouvido do Leonardo; olha que o major não é de graças, e daí te pode vir mal.

— Ora, tenho pena dele só por aquelas caretas.

Juntaram-se então os dous, Leonardo e Teotônio, e juntos concertaram o seu plano de modo que este escapasse ao major, e que aquele não ficasse comprometido.

Estava já a noite muito adiantada, ordenaram os dous que saíssem ao mesmo tempo muitos convidados, e o Leonardo, partindo adiante deles, foi correndo ter com o major.

— Aí vem o bicho, Sr. major.

— Cerca, cerca! disse o major.

E cada um se dividiu para seu lado.

O major colou-se à porta de um corredor, e pôs-se de olho alerta.

Veio-se aproximando ao major um vulto assobiando tranquilamente o estribilho de uma modinha. Quando se achou em pequena distância o major deu um salto donde estava e segurou-o.

Um ai franzino se fez ouvir, acompanhado de um:

— Me largue! Que é isto?

O major prestou atenção, não tendo reconhecido a voz do Teotônio, e viu que tinha segurado um pobre corcunda, aleijado, ainda em cima, da perna direita e do braço esquerdo.

— Ora vá-se para o inferno, disse o major; suma-se daqui. Também não sei o que andam fazendo a estas horas pelas ruas estas figuras.

O aleijado safou-se apressadamente livre do susto, e lá foi continuando a assobiar o seu estribilho.

Fez-se depois disto o mais profundo silêncio, e o major não viu mais passar senão os convidados da patuscada, não vendo entre eles o Teotônio.

Então ardeu com o caso; e reunindo os granadeiros disse para Leonardo:

— Ele não saiu...

— Saiu, replicou este; até de jaqueta branca e chapéu de palha: eu o vi tomar ali para a porta onde estava o Sr. major.

— De jaqueta branca e chapéu de palha? perguntou o major.

— Sim, senhor, e de calça preta: não o peguei porque logo vi que não havia de escapar ao Sr. major.

— Ah! patife, patife, resmungou: destas nunca levei... Era o corcunda, o aleijado...

— Ele sabe fazer muito bem de corcunda e de aleijado, disse um dos granadeiros; já o vi uma vez fazer isso, que era mesmo tal e qual...

Era com efeito o Teotônio o aleijado que o major tinha segurado.

O Leonardo ria-se às furtadelas do logro que levara o major.

Não tardou porém muito tempo que lhe não amargasse aquele prazer, vindo o major a saber que tudo aquilo se fizera de combinação com ele.

XXI

DESCOBERTA

É muito antigo dizer-se que há uma cousa ainda pior do que um inimigo, e é um mau amigo. Um dos convidados do Leonardo-Pataca dizia-se muito amigo do Teotônio, e pelo empenho que o Leonardo mostrara em livrá-lo das garras do major, protestara desde logo repartir com ele parte dessa amizade, sem que nenhum dos dous ficasse prejudicado. Poucos instantes depois desse protesto deu logo a primeira prova de que estava disposto a cumpri-lo.

Enquanto se passavam as cenas que acabamos de descrever tinha amanhecido: o major e sua gente punham-se em retirada: ainda se achavam porém nas imediações do lugar onde se havia feito a tentativa para prender o Teotônio, quando o tal amigo a que nos referimos, que fora um dos últimos a retirar-se, encontrando a patrulha, e vendo que o Teotônio não ia no meio dela, concluiu que os planos haviam surtido bem, e que o major ficara desta vez logrado. Teve por isso um acesso de alegria; e esquecendo a presença do major, correu ao Leonardo, abraçou-o, exclamando com arrebatado ímpeto:

— Bravo! como esta não fazes duas em toda a tua vida; foi limpa; *ele* há de ficar-te obrigado para sempre, e eu com *ele*, porque sou seu amigo e teu também!

O Leonardo ficou estático diante de semelhante imprudência. O major, que ia cabisbaixo pensando no logro que acabara de levar, voltou-se repentinamente: a palavra *ele*, proferida pelo terrível amigo, abriu luz a seus olhos. O Leonardo foi tirado do torpor em que se achava pela voz do major a dizer-lhe compassadamente:

— Recolha-se preso ao quartel.

A esta sentença o Leonardo ergueu do fundo d'alma tudo quanto havia aí de despeito, de rancor, e lançou um olhar sobre o imprudente que a havia provocado, e que ainda muito senhor de si apertava-lhe desapiedadamente a mão, que parecia não estar disposto a largar tão cedo.

Deixemos agora o Leonardo, vítima de sua dedicação, caminhar preso para o quartel, e passemos a outras cousas. Há muito tempo que não falamos em D. Maria e na sua gente. Saibam os leitores que, passada a lua de mel, em que tudo foram rosas, o nosso José Manuel pusera, como se costuma dizer, as mangas de fora, e tais cousas fez, que em poucos meses estava tudo em guerra aberta; tinha-se ele com sua mulher Luisinha mudado de casa de D. Maria, e por causa de **dote**

O dote era uma espécie de adiantamento de herança que a família da noiva tinha a obrigação de pagar para o futuro maridão. A ideia dos pais era de que o dote daria uma ajudinha na vida daquele casal que estava começando a formar família. Mas na prática o troço virou negócio puro. Quem não tinha dote, ficava encalhada.

vai, dote vem, herança daqui, herança dali, havia-lhe D. Maria proposto uma ação por tal sorte complicada, que era de desconfiar que não bastassem para ver-lhe o fim os dias que restavam de vida à pobre velha.

Tinha-se José Manuel tornado para Luisinha um verdadeiro marido-dragão, desses que só aquele tempo os conta tão perfeitos, que eram um suplício constante para as mulheres. Depois que se havia mudado de casa de D. Maria, nunca mais Luisinha vira o ar da rua senão às furtadelas, pelas frestas da rótula: então chorava ela aquela liberdade de que gozava outrora; aqueles passeios e aquelas palestras à porta em noite de luar; aqueles domingos de missa na Sé, ao lado de sua tia com o seu rancho de crioulinhas atrás; as visitas que recebiam, e o Leonardo de quem tinha saudades, e tudo aquilo enfim a que não dava nesse tempo muito apreço, mas que agora lhe parecia tão belo e tão agradável. Tendo-se casado com José Manuel, para seguir a vontade de D. Maria, votava a seu marido uma enorme indiferença, que é talvez o pior de todos os ódios.

Pois a vida de Luisinha, depois de casada, representava com fidelidade a vida do maior número das moças que então se casavam: era por isso que as Vidinhas não eram raras, e que poucas famílias haviam que não tivessem a lamentar um desgostozinho no gênero do que sofreu aquela pobre família, que indo ao Oratório de Pedra viera dizimada para casa, e cuja história serviu de tema às intrigas da comadre, quando quis pôr a José Manuel fora do lance.

Ora, é claro que tendo D. Maria ficado um pouco séria com a comadre por causa de toda aquela intriga que precedera ao casamento de José Manuel com sua sobrinha, agora, que estava com este de **candeias às avessas**, se reatasse o laço da amizade que por um pouco afrouxara: sucedia assim com efeito.

Zangada, em desarmonia com José Manuel.

Um dia as duas encontraram-se na missa, tornaram-se a falar; as desgraças do Leonardo, que fizeram tema a essa conversação, enterneceram a D. Maria, que por seu turno também referiu à comadre tudo quanto sucedia agora à pobre Luisinha.

— Ai, senhora! dizia a comadre referindo-se a José Manuel, parece que me roncava cá o quer que seja quando via aquele maldito; arrenego do homem que é um valdevinos às direitas. Aquilo há de levar a pobre menina à sepultura. Coitada! bem-criada e malfadada.

— Nunca pensei, criatura, nunca pensei que sucedesse tal... Mas aquilo como era finório! que palavrinhas doces! que santidade aquela! Agora, senhora, agora sou eu capaz de acreditar na história da moça furtada no Oratório de Pedra: ele tem bofes para tal... Mas hei de me ver vingada, oh! se hei de! tão certo como estar eu aqui: os desembargadores lá estão, que me hão de dar esse gosto: espero isso em Deus.

Desta conversa, e do mais que se seguiu, nasceu a conciliação das duas.

Quando certas amizades são uma vez interrompidas, tendo mesmo sofrido um leve estremecimento, é difícil que voltem depois ao estado primitivo; com outras amizades acontece porém o inverso; os estremecimentos aproveitam, porque é fácil a volta da paz, e parece que depois disto se tornam mais estreitas. A amizade que existia entre D. Maria e a comadre era deste último gênero. Portanto depois daquela conversa na missa, não só voltaram as relações entre as duas ao seu primitivo estado, como se tornaram mais que nunca sólidas. Daí em diante não houve um só segredo entre as duas que não fosse mutuamente comunicado, e elas fizeram pacto de se ajudarem reciprocamente para dar remédio, uma aos males da sobrinha, outra às diabruras do afilhado.

O Leonardo, como dissemos, achava-se preso; fizera disso ciente à madrinha, que se pôs logo em alvoroto, não só pelo fato em si, como pelo generoso motivo que o havia ocasionado. O primeiro passo pois que tiveram a dar as duas, D. Maria e a comadre, em virtude do seu pacto, foi tratar de alcançar a soltura do Leonardo, e livrá-lo do mais que (sabe Deus) lhe estaria preparado.

Vamos ver como se houveram em semelhante empenho.

XXII

EMPENHOS

O primeiro passo que deu a comadre foi dirigir-se à casa do major a interceder pelo Leonardo; o major porém mostrou-se inflexível: o caso era grave, já não era o primeiro; a disciplina não podia ser impunemente ofendida mais de uma vez; o castigo devia ser infalível e grande. A comadre, que fora cheia de boas esperanças, soube pelo major o que ignorava, o que nem mesmo supunha: o Leonardo não só ficaria por mais tempo preso, como teria de ser **chibatado**... A pobre mulher, apenas lhe declarou isto o major, caiu de joelhos, chorou, lamentou-se; tudo porém debalde. Saiu desesperada, e com a mantilha caída, toda em desalinho, correu, voou à casa da D. Maria. Ao vê-la entrar naquele estado, D. Maria ergueu-se da sua banquinha, e largou a almofada da renda.

— Que tendes, criatura? que tendes? exclamou. Santo Cristo! o que é? Falai!...

A chibata era um chicote. Os jogadores de capoeira, por exemplo, tomaram muita chibatada na época da trama deste livro, porque a capoeira era proibida por lei e um edital de 1817 estabelecia a pena de trezentas chibatadas a todo capoeirista preso gingando em qualquer canto.

Em 1910, cansados de serem maltratados pelos oficiais e de apanhar feio com a chibata, os marinheiros deram um basta naquele abuso, organizando o que entrou pra história com o nome de Revolta da Chibata.

— Ai, Sra. D. Maria do meu coração! que desgraça! respondeu a comadre: que má sina de rapaz... Ora veja o que me sucede por ter feito uma boa ação!... E eu que sofro e que sinto como se fosse meu filho...

E os soluços a sufocaram.

— Fale, senhora, replicou D. Maria; fale, que me põe numa aflição...

— Vai apanhar, D. Maria... vai apanhar de chibata... ele... o Leonardo...

— Meu Deus, pobre rapaz: ora vejam tudo em que deu; é sina, coitado! aquele rapaz não nasceu em bom dia; não, comadre; isso sou eu capaz de jurar pela salvação da minha alma... Mas não falou com o major? Que lhe disse ele?

— Duro como uma pedra, senhora; a nada se moveu: pedi-lhe pelas Cinco Chagas, pela Senhora Santíssima... tudo embalde, tudo em vão.

— Está bom, não se aflija, comadre; ainda há um meio que eu penso que não há de falhar: vamos à casa *dela*, que por lá é caminho certo; ela dá-se muito comigo, há de pedir pelo moço.

— Já me tinha lembrado disso; mas na tribulação em que vinha tornou-me a esquecer; se com ela não se arranjar alguma cousa... está tudo perdido.

Os leitores estão já curiosos por saber quem é *ela*, e têm razão; vamos já satisfazê-los. O major era pecador antigo, e no seu tempo fora daqueles de quem se diz que não deram o seu quinhão ao vigário: restava-lhe ainda hoje *alguma cousa* que às vezes lhe recordava o passado: essa *alguma cousa* era a Maria-Regalada que morava na Prainha. Maria-Regalada fora no seu tempo uma **mocetona de truz**, como vulgarmente se diz: era de um gênio sobremaneira folgazão, vivia em contínua alegria, ria-se de tudo, e de cada vez que se ria fazia-o por muito tempo e com muito gosto: daí é que vinha o apelido — *regalada* — que haviam juntado ao seu nome.

Moça bonita, magnífica.

Isto de apelidos, era no tempo desta história uma cousa muito comum; não estranhem pois os leitores que muitas das personagens que aqui figuram tenham esse apêndice ao seu nome.

Dizem todos, e os poetas juram e tresjuram, que o verdadeiro amor é o primeiro; temos estudado a matéria, e acreditamos hoje que não há que fiar em poetas: chegamos por nossas investigações à conclusão de que o verdadeiro amor, ou são todos ou é um só, e neste caso não é o primeiro, é o último. O último é que é o verdadeiro, porque é o único que não muda. As leitoras que não concordarem com esta doutrina convençam-me do contrário, se são disso capazes.

Isto tudo vem para dizermos que Maria-Regalada tinha um verdadeiro amor ao major Vidigal; o major pagava-lho na mesma moeda. Ora, D. Maria era uma das camaradas mais do coração de Maria-Regalada. Eis aí por que falando *dela* D. Maria e a comadre se mostraram tão esperançadas a respeito da sorte do Leonardo.

Já naquele tempo (e dizem que é defeito do nosso) o empenho, o compadresco, eram uma mola real de todo o movimento social.

— Vai mandar aprontar a **cadeirinha**, disse D. Maria a uma de suas escravas.

— Vamos, senhora, vamos; que isto são os meus pecados velhos.

D. Maria aprontou-se, meteu-se na sua cadeirinha; a comadre tomou a mantilha, e partiram para a Prainha.

Maria-Regalada recebeu-as com uma boa risada.

— Que milagre de Santa Engrácia! que fortuna! que alegrão! O que a traz por aqui? Isto é grande novidade!

— É novidade, sim, respondeu D. Maria, porém triste novidade.

O vaivém das pessoas com grana na cidade do Rio de Janeiro acontecia em cima de cadeirinhas e algumas variações dela, como a rede carregada por tração humana, ou seja, com um escravo em cada ponta e o rico explorador deitadão no meio. Os modelos de cadeirinhas variavam de acordo com a capacidade do bolso do freguês e eram também conhecidas como "móveis de arruar", porque eram isso mesmo: um móvel que ia pra rua.

Com as honras do estilo, que não eram muitas naquele tempo, foi a comadre apresentada, porque não era conhecida de Maria-Regalada. Primeiro D. Maria, depois a comadre, contaram, cada uma por sua parte, a história do Leonardo com todos os detalhes, e depois de inúmeros rodeios, que puseram a arder a paciência da ouvinte, e quase a fizeram morrer de curiosidade, chegaram finalmente ao ponto importante, ao motivo que ali as levara: queriam nada menos do que a soltura e perdão do Leonardo, e contavam para alcançar semelhante cousa com a influência da Maria-Regalada sobre o major.

— Ora, disse esta tomando um ar de modéstia, eu já não presto para nada... isso era bom noutro tempo... agora... o major... as cousas estão mudadas, D. Maria... depois que ele se meteu na polícia... nem mais nem ontem... quem sabe o que por lá vai!... Mas enfim, D. Maria, eu não sei dizer que não, tenho o coração assim, e sempre o tive... no meu tempo muita gente se aproveitou disto... Eu farei o que puder; vou falar-lhe... talvez que ele me queira atender...

— Há de atender, há de, respondeu a comadre; ele já não está tão velho que se tenha esquecido de todo do tempo de dantes.

— Veremos, veremos. A Sra. comadre sabe lá o que são homens?!...

— Diga-me a mim... se sei!... acudiu esta prontamente.

— Mas então, atalhou D. Maria, o negócio requer toda a pressa, porque de um instante para outro podem chegar a farda ao corpo do pobre rapaz, e depois nem S. Antônio a tira.

— Não há de haver novidade; ainda havemos chegar a tempo, com a graça de Deus. Para maior segurança vamos todas três daqui à casa do major, e cada uma por nosso lado faremos tudo para livrar o moço.

Maria-Regalada vestiu-se à pressa, tomou a sua mantilha, e ao lado da cadeirinha em que ia D. Maria partiram para a casa do major.

XXIII

AS TRÊS EM COMISSÃO

Partiram pois as três para a casa do major, que morava então na rua da Misericórdia, uma das mais antigas da cidade. O major recebeu-as de rodaque de chita e tamancos, não tendo a princípio suposto o quilate da visita; apenas porém reconheceu as três, correu apressado à camarinha vizinha, e envergou o mais depressa que pôde a farda; como o tempo urgia, e era uma incivilidade deixar sós as senhoras, não completou o uniforme, e voltou de novo à sala de farda, calças de enfiar, tamancos, e um lenço de Alcobaça sobre o ombro, segundo seu uso. A comadre, ao vê-lo assim, apesar da aflição em que se achava, mal pôde conter uma risada que lhe veio aos lábios. Os cumprimentos da recepção passaram sem novidade. Na atropelação em que entrara o major a comadre enxergou logo um bom agouro para o resultado do seu negócio. Acrescia ainda em seu favor que o major guardava na sua velhice doces recordações da mocidade, e apenas se via cercado por mulheres, se não era um lugar público e em circunstâncias em que a disciplina pudesse ficar lesada,

tornava-se um babão, como só se poderia encontrar segundo no velho Leonardo. Se estas lhe davam então no fraco, se lhe faziam um elogio, se lhe faziam uma carícia por mais estupidamente fingida que fosse, arrancavam dele tudo quanto queriam; ele próprio espontaneamente se oferecia para o que podiam desejar, e ainda em cima ficava muito obrigado. Contudo, posto que a comadre soubesse já desta circunstância com antecipação, ou a pressentisse pelas aparências, a gravidade do negócio de que se tratava era tal, que nem isso bastou para tranquilizá-la. Dispôs-se para o ataque, ajudada por suas companheiras, que, apesar de mais estranhas à sorte do Leonardo, nem por isso se ligavam menos à sua causa. Houve um momento de perplexidade para decidir-se quem seria o orador da comissão. O major percebeu isto, e teve um lampejo de orgulho por ver assim três mulheres confundidas e atrapalhadas diante de sua alta pessoa; fez um movimento como para animá-las, arrastando sem querer os tamancos.

— Oh! de tamancos e farda não está má... Senhoras donas, cousas de velho; no meu tempo não fazia eu destas...

— D. Maria que o diga, acudiu logo a comadre referindo-se a Maria-Regalada, e querendo fazer brecha fosse por onde fosse: mas não importa; o negócio é outro...

— É verdade, Sr. major, o bom tempo já lá foi.

— E Deus perdoe a quem dele tem saudades, retorquiu o major rindo-se com um riso rugoso de velha sensualidade...

— Sim, sim, tornou a Maria-Regalada; mas deixe essas cousas todas para logo...

— Ai criatura, acudiu D. Maria, que até então estivera calada, cansada talvez do número prodigioso de mesuras que fizera ao entrar; deixai cada um lembrar-se do seu tempo, isto consola; eu cá gosto bem quando acho...

— É como eu, respondeu o major; em se me tocando cá nas feridas antigas...

— Pois é mesmo por me lembrar destas feridas antigas, atalhou a Maria-Regalada, que venho aqui com estas senhoras donas, que o Sr. major bem conhece; e se não foram elas cá não viera, pois o negócio é sério...

A comadre achou ocasião bem apanhada, e fez com a cabeça um sinal de aprovação.

— Vamos lá ver o que é o tal negócio sério, respondeu o major atinando, pela presença da comadre, pouco mais ou menos com o que era, e pelo que fez um sinal duvidoso com a cabeça, ou para fazer-se de bom, ou porque realmente não quisesse abrir largas esperanças.

A interlocutora prosseguiu:

— O seu granadeiro Leonardo é um bom rapaz.

O major arqueou franzindo as sobrancelhas, e repuxou os beiços, como quem não concordava ***in totum*** com aquilo...

Do latim, "totalmente".

— Não me comece já com cousas, Sr. major. Pois é, sim, senhor, muito bom rapaz, e não há razão para ser castigado, por causa de uma cousa nenhuma que fez... Isso não é razão, não, senhor, para se mandar tocar de chibata um moço que não é nenhum valdevinos; pois o Sr. major bem sabe que o padrinho quando morreu deixou-lhe alguma cousa, que bem lhe podia estar já nas mãos, e ele por isso livre da maldita farda, a quem sempre tive zanga (menos de uma que bem se sabe), se o pai que tem... mas deixemos o pai que não vem nada ao caso...

— Já sei de tudo, já sei de tudo, atalhou o major.

— Ainda não, Sr. major, observou a comadre, ainda não sabe do melhor, e é que o que ele praticou naquela ocasião quase que não estava nas suas mãos. Bem sabe que um filho na casa de seu pai...

— Mas um filho quando é soldado, retorquiu o major com toda a gravidade disciplinar...

— Nem por isso deixa de ser filho, tornou D. Maria.

— Bem sei, mas a lei?

— Ora, a lei... o que é a lei, se o Sr. major quiser?...

O major sorriu-se com cândida modéstia. A discussão foi-se assim animando; porém o major nada de ceder, até pelo contrário parecia mais inflexível do que nunca; chegou mesmo a pôr-se em pé e a falar muito exaltadamente contra o atentado do Leonardo, e a necessidade de um severo castigo. Era engraçado vê-lo no bonito uniforme que indicamos, de pé, fazendo um sermão sobre a disciplina, diante daquelas três ouvintes tão incrédulas que resistiam aos mais fortes argumentos.

Ainda porém não tinham as três esgotado contra ele o seu último recurso; puseram-no pois em ação.

Quando mais influído estava o major, as três, a um só tempo, e como de combinação, desataram a chorar... O major parou... encarou-as um instante: seu semblante foi-se visivelmente enternecendo, enrugando, e por fim desatou também a chorar de enternecido. Apenas as três se aperceberam deste triunfo carregaram sobre o inimigo. Foi então uma algazarra, uma choradeira sem nome, capaz de mover as pedras.

O major de enternecido foi passado a atordoado, e como que ficou envergonhado das lágrimas que lhe corriam pelas faces: enxugou-as, e procurou reassumir toda a sua antiga gravidade.

— Nada, disse desembaraçando-se das três, e passeando a passos largos pela sala; nada: que haviam de dizer de mim se me vissem aqui nestas choramingas de criança? Eu, o major, o Vidigal, a chorar no meio de três mulheres!... Senhoras donas, o caso é grave, e não lhe vejo remédio; o exemplo, a disciplina, as leis militares... nada, não pode ser...

E deu as costas às três, continuando a passear e a fazer ressoar com força os tamancos no assoalho.

Transluzir: manifestar.

Maria-Regalada disse baixo às duas, em cujos semblantes já nem **transluzia** o mais pequeno vislumbre de esperança:

— Ainda não está tudo perdido...

E dirigindo-se ao major acrescentou:

— Bem, Sr. major; águas passadas não moem moinho...

— Qual passadas, senhora dona! mas bem vê que o caso é grave...

— Seja lá o que for, sinto ter perdido meus passos, e não servir a quem desejava; verdade seja que eu já contava com isso, e também não prometi... Mas em último lugar quero sempre dizer-lhe uma cousa, mas há de ser em particular...

— Vamos lá, estou pronto.

Quem tivesse alguma perspicácia conheceria, não com grande facilidade, que o major estava há muito tempo disposto a ceder, porém que queria **fazer-se rogado**.

Maria-Regalada levou então o major para um canto da sala, e disse-lhe ao ouvido algumas palavras. O major, **desanuviou** o rosto, remexeu-se todo, coçou a cabeça, balançou com as pernas, mordeu os beiços.

— Ora esta! disse em voz baixa à sua interlocutora; pois era preciso falar nisto? Enfim...

— Ora, graças que se lhe acabaram os **sestros**, respondeu Maria-Regalada em voz alta.

— Sim?!... exclamaram as duas sorrindo de esperança.

— Eu bem dizia que o Sr. major tinha bom coração...

— Eu nunca duvidei, apesar de tudo... mas agora, o passado, passado; o caso era grave, como ele dizia, e foi um favor!...

— Então, D. Maria? Quem foi rei sempre teve majestade...

— Majestade... qual! isso já não é para mim...

O major atalhou esta explosão de gratidão que levava **visos** de ir longe.

— Hão de ficar ainda mais contentes comigo... não lhes digo por quê, mas verão...

— Esta agora é que é grande; veremos o que será...

— Já sei: é...

— Há de ser por força...

O major queria que elas implorassem, pedissem com insistência.

Desanuviar: tranquilizar.

Sestro: manha, birra.

Viso: indício, aspecto.

— Estou quase adivinhando.

— Sabem que mais? atalhou o major; são horas de uma diligência a que não posso faltar... O rapaz está livre de tudo; contanto que, acrescentou dirigindo-se a Maria-Regalada, o dito, dito...

— Eu nunca faltei à minha palavra, replicou esta.

Retiraram-se as três cheias do maior contentamento, e o major saiu depois também para cumprir a sua promessa.

XXIV

A MORTE É JUIZ

D. Maria dirigiu-se imediatamente para casa na sua cadeirinha. Ao chegar notou grande rumor e alvoroço, e tratou logo de indagar a causa. Um escravo de sua sobrinha a esperava com uma carta. Apenas a leu, D. Maria, não diremos que se entristeceu, porém mostrou-se muito atrapalhada.

— Não entrem com a cadeirinha; esperem lá, que torno a sair.

E com efeito meteu-se de novo nela, e mandou que seguissem para casa de sua sobrinha.

O caso era o seguinte: José Manuel entrara para casa em braços, tendo sido acometido na rua de um violento ataque **apoplético** ao voltar do cartório, onde tivera uma grave contestação com o procurador de D. Maria, por causa da demanda que entretinham. Luisinha, a coitada, vendo-se naqueles apuros, sem saber o que fizesse, despachara logo portador para casa de sua tia.

José Manuel teve um derrame cerebral.

D. Maria apenas entrou mandou chamar o licenciado, que depois de examinar o doente declarou que era caso perdido.

Compungida: aflita.

Fizeram-se entretanto algumas aplicações, que não tiveram resultado algum.

— Estás viúva, menina, disse D. Maria alguma cousa **compungida** com a declaração do médico.

Luisinha pôs-se a chorar, mas como choraria por qualquer vivente, porque tinha coração terno.

Estavam presentes algumas pessoas da vizinhança, e uma delas disse baixinho à outra, vendo o pranto de Luisinha:

— Não são lágrimas de viúva...

E não eram, nós já o dissemos: o mundo faz disso as mais das vezes um crime. E os antecedentes? Porventura ante seu coração fora José Manuel marido de Luisinha? Nunca o fora senão ante as conveniências, e para as conveniências aquelas lágrimas bastavam. Nem o médico nem D. Maria se haviam enganado: à noitinha José Manuel expirou.

No dia seguinte fizeram-se os preparativos para o enterro. A comadre, informada de tudo, compareceu pesarosa a prestar seus bons ofícios, suas consolações.

O enterro saiu acompanhado pela gente da amizade: os escravos da casa fizeram uma algazarra tremenda. A vizinhança pôs-se toda à janela, e tudo foi analisado, desde as argolas e galões do caixão até o número e qualidades dos convidados; e sobre cada um desses pontos apareceram três ou quatro opiniões diversas.

Naqueles tempos ainda se não usavam os discursos fúnebres, nem os **necrológios**, que hoje andam tanto em voga; escapamos pois de mais essa. José Manuel dorme em paz no seu derradeiro jazigo.

Como havia prometido a comadre, alguém chegou quase ao anoitecer. Era o Leonardo. Quando ele entrou na sala D. Maria não pôde conter um grito de surpresa.

Vinha em completo uniforme de sargento da companhia de granadeiros!

— Como! olhem o major. E então?!

— É verdade, senhora dona, respondeu o Leonardo; a ele tudo devo.

Necrológios são aqueles anúncios em jornal que se referem ao morto, elogiando seu caráter em vida. A seção do jornal chama-se obituário (de óbito).

Foi aquilo objeto de geral espanto. Ficariam todos muito contentes com a simples soltura do Leonardo; e não só ele aparecia solto e livre, como até elevado ao posto de sargento, o que já não é no exército pouca cousa.

O Leonardo começou a procurar com os olhos alguma cousa ou alguém que tinha curiosidade de ver; deu com o que procurava: era Luisinha. Há muito que os dous se não viam; não puderam pois ocultar o embaraço de que se acharam tomados. E foi tanto maior essa emoção, que ambos ficaram surpreendidos um do outro. Luisinha achou Leonardo um guapo rapagão de **bigodes e suíça**; elegante até onde pode sê-lo, um soldado de granadeiros, com o seu uniforme de sargento bem assente. Leonardo achou Luisinha uma moça espigada, **airosa** mesmo, olhos e cabelos pretos, tendo perdido todo aquele acanhamento físico de outrora. Além disso seus olhos, avermelhados pelas lágrimas, seu rosto empalidecido, se não verdadeiramente pelos desgostos daquele dia, seguramente pelos antecedentes, tinham nessa ocasião um toque de beleza melancólica, que em regra geral não devia prender muito a atenção de um sargento de granadeiros, mas que enterneceu ao sargento Leonardo que, apesar de tudo, não

Elegante com bigodes e suíças? Lembre que o livro é do século XIX. Uma coisa é certa: nada os impediria de ficar juntos.

Airosa: graciosa, gentil.

era um sargento como qualquer. E tanto assim, que durante a cena muda que se passou, quando os dous deram com os olhos um no outro, passaram rapidamente pelo pensamento do Leonardo os lances de sua vida de outrora, e remontando de fato em fato, chegou àquela ridícula mas ingênua cena da sua declaração de amor a Luisinha. Pareceu-lhe que tinha então escolhido mal a ocasião, e que agora isso teria um lugar muito mais acertado.

A comadre, que dava uma perspicaz atenção a tudo o que se passava, como que leu na alma do afilhado aqueles pensamentos todos; fez um gesto quase imperceptível de alegria: raiava-lhe na mente alguma ideia luminosa. Começou então a retraçar um antigo plano em cuja execução por muito tempo trabalhava, e cujas probabilidades de êxito lhe haviam reaparecido no que se acabava de passar.

Passada a primeira emoção, Luisinha ergueu-se e fez ao Leonardo um acanhado cumprimento: este correspondeu-lhe com alguma cousa entre cumprimento paisano e continência militar.

A comadre rompeu depois disto a conversa, procurando entreter D. Maria, e deixar os dous entregues a si.

— Diga-me, disse ela dirigindo-se a D. Maria, e aquela sua demanda com o defunto?

— A morte foi desta vez juiz. Ele não tem herdeiros; era só no mundo... Eu não levei a minha *avante*, é verdade, porque enfim não posso dizer que venci; mas também não perdi. Agora sim, tenho muito gosto de entregar tudo à menina, mas não queria que me levassem as cousas senão por minha muito livre vontade.

— Está bem; o passado já lá vai: Deus é assim, escreve direito por linhas tortas.

E por aí adiante empenharam-se na sua conversa. Os dous, depois de algum tempo de silêncio, como já se tinham retirado todas as visitas, foram pouco e pouco, de palavra em palavra, travando diálogo, e conversavam no fim de algum tempo tão empenhadamente como a comadre e D. Maria, com a diferença que a conversa daquelas duas era alta, desembaraçada; a deles baixa e reservada.

Não há nada que interrompida mais depressa se reate do que seja a familiaridade em que o coração é interessado. Não se estranhe pois que Luisinha e Leonardo a ela se entregassem.

E querem ver uma singularidade que às vezes se repete? Depois que se fizera moça, e que tomara estado, nunca Luisinha tinha tido momentos de tão verdadeiro prazer como os que ali estava gozando naquela conversa, num dia de luto, quando acabava de sair o caixão que levara à sepultura aquele que devia ter feito a sua felicidade. O Leonardo também por sua vez, nunca, no meio de todas as **vicissitudes** de sua vida extravagante, tinha tido instantes que tão rápidos lhe corressem do que aqueles em que via o objeto de seus primeiros amores sob o peso do infortúnio em um dia de pranto.

Vicissitudes: transformações, mudanças.

Pois parece que estas mesmas circunstâncias reavivaram o passado: a comadre folgava lá no seu lugar com tudo aquilo, e, parecendo prestar toda a atenção a D. Maria, não perdia uma só circunstância.

Finalmente chegou a hora da retirada, não da comadre, que se ofereceu para fazer companhia à viúva, porém de Leonardo, a quem esperava o major, porque era dia de serviço, e apenas tinha ele obtido licença para cumprir o duplo dever de dar os pêsames a D. Maria, e agradecer o interesse que por ele havia tomado, fazendo por intermédio de Maria-Regalada que o major não só lhe alcançasse perdão

Se um aperto de mão dava o que falar, o que não ia pensar o povo daquela época se fossem a uma balada de hoje?

do castigo que lhe era destinado, como também o acesso de posto que repentinamente tivera.

Luisinha involuntariamente estendeu à despedida a mão ao Leonardo, que lha apertou com força.

Ora, isto naquele tempo era bastante para **dar que falar** ao mundo inteiro!

XXV

CONCLUSÃO FELIZ

A comadre passou com a viúva e sua tia quase todo o tempo do **nojo**, e acompanhou-as à missa do sétimo dia. O Leonardo compareceu também nessa ocasião, e levou a família à casa depois de acabado o sacrifício.

Aquele aperto de mão que no dia do enterro de seu marido Luisinha dera ao Leonardo não caíra no chão a D. Maria, assim como também lhe não escaparam muitos outros fatos consecutivos a esse.

O caso é que não lhe parecia extravagante certa ideia que lhe andava na mente.

Muitas vezes, ao cair de Ave-Maria, quando a boa da velha se sentava a rezar na sua banquinha em um canto da sala, entre um Padre-Nosso e uma Ave-Maria do seu bendito rosário vinha-lhe à ideia casar de novo a fresca viuvinha, que corria o risco de ficar de um momento para outro desamparada num mundo em que maridos, como José Manuel, não

No passado, "nojo" significava não só aversão, mas também luto. A maior prova disso é que até hoje no Brasil o termo jurídico da licença que se pode tirar do trabalho quando morre um parente é "licença-nojo". Então, "de dar nojo" é quando algo provoca aversão, enquanto "estar de nojo" significa que a pessoa está de luto.

são difíceis de aparecer, especialmente a uma viuvinha apatacada.

Ao mesmo tempo que lhe vinha esta ideia lembrava-se do Leonardo, que amara a sua sobrinha no tempo da criançada, e que era, apesar de extravagante, um bom moço, não de todo desarranjado, graças à benevolência do padrinho barbeiro.

Verdade é que se não sabiam bem as contas que seu pai havia feito a esse respeito; mas como era cousa que constava de verba testamentária, D. Maria nada via de mais fácil do que propor uma demanda, cujo resultado não seria duvidoso.

Havia porém no meio de tudo uma circunstância que lhe desconcertava os planos. O Leonardo era soldado. Ora, soldado, naquele tempo, era cousa de meter medo.

Quando D. Maria chegava a este ponto de suas meditações, abandonava-as, e continuava o seu rosário.

Antolhar ou antojar é pôr diante do olhar.

A comadre fazia quase exatamente os mesmos cálculos por sua parte, e também só esta única dificuldade se **antolhava** à realização de seus planos.

Enquanto estas duas pensavam, os outros dous obravam.

Luisinha e Leonardo haviam reatado o antigo namoro; e quem quiser ver cousa de andar depressa é **ver namoro de viúva**.

A dica vale para quem terminou um namoro: não perca tempo.

Na primeira ocasião Leonardo quis recorrer a uma nova declaração; Luisinha porém fez o processo sumário, aceitando a declaração de há tantos anos.

Sem que os vissem, viam-se os dous muitas vezes, e dispunham seus negócios.

Infelizmente ocorria-lhes a mesma dificuldade: um sargento de linha não podia casar.

Havia talvez um meio muito simples de tudo remediar. Antes de tudo, porém, os dous amavam-se sinceramente; e a ideia de uma união ilegítima lhes repugnava.

O amor os inspirava bem.

Esse meio de que falamos, essa caricatura da família, então muito em moda, é seguramente uma das causas que produziu o triste estado moral da nossa sociedade.

Só essa dificuldade demorava os dous. Entretanto o Leonardo achou um dia o **salvatério**, e veio comunicar a Luisinha o meio que tudo remediava: podia ficar ele sendo soldado e casar, dando baixa na tropa de linha, e passando-se no mesmo posto para as **milícias**.

A dificuldade, porém, estava ainda em arranjar-se essa baixa e essa passagem: Luisinha encarregou-se de vencer esse embaraço.

Um dia em que estava sua tia a rezar no seu rosário, justamente num daqueles intervalos de Padre-Nosso a Ave-Maria de que acima falamos, Luisinha chegou a ela, e comunicou-lhe com confiança tudo que havia, fazendo preceder sua narração da seguinte declaração, que cortava a questão pela raiz:

— Para lhe obedecer e fazer-lhe o gosto casei-me uma vez, e não fui feliz; quero ver agora se acerto melhor, fazendo por mim mesma nova escolha.

Em breve, porém, conheceu que fora inútil sua precaução, porque D. Maria confessou que de há muito ruminava aquele mesmo plano.

Combinaram-se pois as duas.

A bondade do major inspirava-lhes muita confiança, e lembraram-se por isso de recorrer a ele de novo.

Foram ter com Maria-Regalada, que mesmo na véspera lhes tinha mandado dar parte que se mudara da Prainha, e oferecia-lhes sua nova morada.

A comadre, de tudo inteirada, fez parte da comissão.

Quando entraram em casa de Maria-Regalada, a primeira pessoa que lhes apareceu foi o major Vidigal, e, o que é mais, o major Vidigal, em hábitos menores, de **rodaque** e tamancos.

— Ah! disse a comadre em tom malicioso, apenas apareceu a Maria-Regalada, pelo que vejo isto por aqui vai bem...

— Não se lembra, respondeu Maria-Regalada, daquele segredo com que obtive o perdão do moço? Pois era isto!...

A Maria-Regalada tinha por muito tempo resistido aos desejos ardentes que nutria o major de que ela viesse definitivamente morar em sua companhia. Não atribuímos esta

Salvatério: salvação, escapatória.

Milícia na época era o Exército; e os granadeiros seriam a Polícia Militar. Não tem nada a ver com as milícias de hoje.

Rodaque: espécie de sobrecasaca masculina.

resistência senão a *capricho*, para não fazermos mau juízo de ninguém; o caso é que o major punha naquilo o maior empenho; teria lá suas razões.

O segredo que a Maria-Regalada dissera ao ouvido do major no dia em que fora, acompanhada por D. Maria e a comadre, pedir pelo Leonardo, foi a promessa de que, se fosse servida, cumpriria o gosto do major.

Está pois explicada a benevolência deste para com o Leonardo, que fora ao ponto de, não só disfarçar e obter o perdão de todas as suas faltas, como de alcançar-lhe aquele rápido acesso de posto.

Fica também explicada a presença do major em casa da Maria-Regalada.

Depois disto entraram todos em conferência. O major desta vez achou o pedido muito justo, em consequência do fim que se tinha em vista. Com a sua influência tudo alcançou; e em uma semana entregou ao Leonardo dous papéis: — um era a sua baixa de tropa de linha; outro, sua nomeação de sargento de milícias.

Além disto recebeu o Leonardo ao mesmo tempo carta de seu pai, na qual o chamava para fazer-lhe entrega do que lhe deixara seu padrinho, que se achava religiosamente intacto.

. . . .

E finalmente entendemos o título do livro. Demorou!

Passado o tempo indispensável do luto, o Leonardo, em uniforme de **sargento de milícias**, recebeu-se na Sé com Luisinha, assistindo à cerimônia a família em peso.

Daqui em diante aparece o reverso da medalha. Seguiu-se a morte de D. Maria, a do Leonardo-Pataca, e uma enfiada de acontecimentos tristes que pouparemos aos leitores, fazendo aqui ponto-final.

ILUSTRADORES

Anderson Almeida
Mapa do Rio de Janeiro.

Camila Matos
15, 92, 143 e 200.

Daniel Carvalho
58, 125, 182 e 243.

Daniel Semanas
24, 26, 33, 72, 73, 74, 79, 88, 131, 132, 145, 184, 186, 188, 189, 191, 209, 244, 247 e 248.

Julian Gallash
12, 13, 17 19, 53, 63, 66, 69, 113, 117, 120, 123, 155, 164, 170, 172, 173, 175, 195, 222, 231, 234, 236 e 240.

Loro Verz
33, 34, 39, 48, 87, 90, 93, 99, 136, 153, 158, 191, 192, 193, 194, 211, 241, 254, 255, 256, 257 e 259.

Marcio Moreno
27, 50, 52, 54, 56, 61, 76, 96, 111, 112, 127, 148, 160, 164, 177, 204, 207, 214, 217, 218, 222, 223, 237 e 239.

Matheus Dias
81, 133, 190 e 263.

Matheus Lopes
31, 104, 161, 213 e mapa de personagens.

Pedro Lucena
13, 25, 43, 47, 70, 94, 96, 100, 102, 122, 146, 148, 153, 154, 171, 198, 203, 204, 208, 209, 210 e 235.

Silvio Pequeno
55, 119, 167 e 227.

✔ O Rio de Janeiro no século XIX

✔ Quem é quem no romance de Manuel Antônio de Almeida

Confira alguns locais onde se passam os eventos da história:

❶ A queima de fogos de artifício acontecia no Campo de Santana.

❷ D. Maria morava com Luisinha na rua dos Ourives.

❸ Aqui ficava o *canto dos meirinhos*, ponto de encontro de Leonardo-Pataca com seus colegas de trabalho.

❹ A comadre assistia à missa na Lapa e depois ia para o Largo da Sé.

❺ A casa do major Vidigal ficava na rua da Misericórdia.

❻ A Casa da Guarda, onde Leonardo-Pataca passou um tempo preso, ficava no Largo da Sé.

❼ No Largo do Paço ficavam o Palácio Imperial e a Ucharia Real.

❽ Vidinha e sua família moravam na rua da Vala.

O Rio de Janeiro no século XIX

CONHEÇA OS OUTROS CLÁSSICOS DE LÍNGUA PORTUGUESA DA PANDA BOOKS

Visite nosso site e espie também a Coleção de Clássicos Internacionais: www.pandabooks.com.br